T0246613

La coleccionista de historias

La coleccionista de historias

Sally Page

Traducción de Jesús de la Torre Olid

El papel utilizado para la impresión de este libro ha sido fabricado a partir de madera procedente de bosques y plantaciones gestionadas con los más altos estándares ambientales, garantizando una explotación de los recursos sostenible con el medio ambiente y beneficiosa para las personas.

La coleccionista de historias

Título original: *The Keeper of Stories*

Primera edición en España: septiembre, 2023
Primera edición en México: noviembre, 2023

ISBN: 978-607-383-772-9

Impreso en México – *Printed in Mexico*

Para mi padre, con todo mi cariño

Queridos lectores:

Estoy segura de que, al igual que yo, habéis conocido a personas que os han sorprendido con algo que os hayan contado sobre sí mismas y habéis pensado que todo el mundo tiene una historia que contar.

Este fue mi punto de partida para *La coleccionista de historias*. Me imaginé a una mujer que no creía tener una historia (al menos, ninguna que estuviese dispuesta a contar); una mujer que, debido a esto, había empezado a coleccionar historias de otras personas. No estuve segura de quién era este personaje hasta que una noche que estaba viendo los Oscar presencié el discurso de agradecimiento de la actriz británica Olivia Colman. En él recordaba que, cuando era una joven aspirante, había trabajado como asistenta. Se había colocado delante de los espejos de los baños de otras personas con un limpiador de inodoro en la mano, como si fuese una estatuilla de los Oscar. Me pregunté si eso lo estaría viendo alguien que seguía siendo asistenta y cuya vida no hubiese terminado siendo como se había esperado. ¿Qué estaría pensando? Y así es como nació Janice, mi protagonista.

Este es un libro sobre historias, pero también sobre el modo en que encontramos lo normal dentro de lo extraordinario. También me gusta pensar que es un libro sobre la esperanza.

Estoy feliz de poder decir que en el Reino Unido, donde yo vivo, mi libro ha tenido un sorprendente éxito (cuando mi agente buscaba editorial, solo una persona mostró interés). Ahora es un superventas según las listas de *The Sunday Times* y los derechos se han vendido a veintidós países. Estoy absolutamente feliz de que Ediciones B lo ofrezca ahora a los lectores españoles. Espero que os guste.

SALLY

Prólogo

Todo el mundo tiene una historia que contar.

Pero ¿y si no tienes una historia? ¿Qué pasa entonces?

Si eres Janice, te conviertes en coleccionista de las historias de otras personas.

En una ocasión vio el discurso de agradecimiento de los Premios de la Academia de una famosa actriz inglesa, un Tesoro Nacional. En él, el Tesoro Nacional describía su vida anterior como asistenta y contaba cómo, siendo una joven aspirante, se había puesto delante de los espejos de los baños de otras personas levantando en la mano un limpiador de inodoro como si fuera una estatuilla de los Oscar. Janice se pregunta qué habría pasado si el Tesoro Nacional no hubiese conseguido convertirse en actriz. ¿Seguiría trabajando como asistenta, igual que ella? Son, más o menos, de la misma edad, cuarenta y muchos años, e incluso cree que se parecen un poco. Bueno, piensa sonriendo, quizá no sean tan parecidas, pero sí tienen la misma poca estatura que apunta hacia un futuro de cuerpo achaparrado. Se pregunta si el Tesoro Nacional habría terminado también siendo coleccionista de historias de otras personas.

No recuerda qué fue lo que dio inicio a su colección. ¿Fue quizá el destello de una vida mientras atravesaba los campos de Cambridge en autobús para ir a trabajar? ¿O algo que oyó en una conversación mientras limpiaba un lavabo? No tardó mucho en darse cuenta, mientras limpiaba el polvo de una sala de estar o descongelaba un frigorífico, de que la gente le contaba sus historias. Quizá siempre había sido así, pero ahora es distinto; ahora las historias le extienden la mano y ella las va recogiendo. Sabe que es un recipiente. Mientras escucha esas historias, asiente al reconocer lo que es un hecho: que para muchos, ella no es más que un sencillo y modesto cuenco en el que pueden verter sus confidencias.

A menudo, las historias son inesperadas; en ocasiones, son divertidas e interesantes. Otras veces, están teñidas de remordimientos y, otras, son vitalistas. Piensa que quizá la gente habla con ella porque se cree sus historias. Disfruta de las inesperadas y se traga por completo sus exageraciones. En casa, por la noche, con un marido que la inunda más de discursos que de historias, piensa en sus preferidas, saboreándolas de una en una.

1

El comienzo de la historia

Los lunes tienen un orden muy particular: risas para empezar; tristeza hacia el final del día. Como sujetalibros disparejos, estas son las cosas que apuntalan su lunes. Lo ha dispuesto así a propósito, porque la perspectiva de las risas la ayuda a levantarse de la cama y le da fuerzas para lo que viene después.

Janice ha descubierto que una buena asistenta puede dictar con bastante exactitud sus días y sus horas y, lo que es más importante para el equilibrio de su lunes, el orden en el que va a realizar la limpieza un día en particular. Todo el mundo sabe lo difícil que resulta encontrar asistentas de fiar y parece que un sorprendente número de personas de Cambridge han descubierto que Janice es una asistenta excepcional. No está muy segura de a qué se refieren con el elogio de «excepcional» que ha oído cuando hay invitadas a tomar café en las casas donde trabaja. Sabe que no es una mujer excepcional. Pero ¿es una buena asistenta? Sí, cree que sí lo es. Desde luego, tiene bastante experiencia. Solo espera que esta no sea la historia que resuma su vida: «limpiaba bien». Al bajar del autobús, saluda con la cabeza al conductor para apartar ese pensamiento cada vez más recurrente. Él le responde asintiendo y ella tiene la fugaz sensación de que va a decirle algo, pero, entonces, las puertas del autobús suspiran como si exhalaran y se cierran con una sacudida.

Cuando el autobús se aleja, se queda mirando al otro lado de la calle, a una larga y arbolada avenida de casas adosadas. Algunas de las ventanas de las casas resplandecen con luz; otras están en sombra y a oscuras. Se imagina que hay muchas historias ocultas tras todas esas ventanas, pero esta mañana solo le interesa una. Es la historia del hombre que vive en la laberíntica casa eduardiana de la esquina: Geordie Bowman. Cree que sus otros clientes no han conocido nunca a Geordie y sabe que es poco probable que se vayan a conocer gracias a ella, pues no es esa la forma en que Janice piensa que su mundo debería funcionar. Pero, por supuesto, sí que han oído hablar de Geordie Bowman. Todo el mundo ha oído hablar de Geordie Bowman.

Geordie lleva más de cuarenta años viviendo en la misma casa. Al principio, ocupó una habitación como inquilino, porque los alquileres en Cambridge eran considerablemente más baratos que en Londres, donde él trabajaba. Y al final, cuando se casó, terminó comprándole la casa a su casera. Su mujer y él no soportaban tener que echar a los demás huéspedes, así que su creciente familia vivió acompañada por una mezcla de pintores, profesores y estudiantes hasta que, de uno en uno, se fueron marchando por voluntad propia. Era entonces cuando empezaba la disputa por la habitación que había quedado libre recientemente.

—John era el más astuto —recuerda a menudo Geordie con orgullo—. Metía dentro sus cosas antes de que ellos hubiesen terminado de hacer las maletas.

John es el hijo mayor de Geordie y ahora vive en Yorkshire con su propia familia. El resto de la prole de Geordie está desperdigada por el mundo, pero vienen de visita siempre que pueden. Su querida esposa, Annie, murió hace varios años pero nada ha cambiado en la casa desde que ella se fue. Cada semana, Janice riega sus plantas, algunas de ellas ahora del tamaño de pequeños arbustos, y quita el polvo a su colección de novelas de escritores estadounidenses. Geordie anima a Janice a que coja alguna prestada y, a veces, ella se lleva a casa una de Harper Lee o Mark Twain para sumarlas a su selección de cómodas lecturas.

Geordie ha abierto la puerta antes de que ella saque la llave.

—Dicen que no hay nada como hacer las cosas en el momento oportuno —exclama él. Geordie siempre tiene magníficas citas y la voz perfecta para ellas—. Entra y empecemos por un café.

Ese es el pie para que ella le prepare un café fuerte, con mucha leche caliente, tal y como a Geordie le gusta y exactamente como Annie solía prepararlo. No le importa. La mayoría de las veces Geordie se las apaña solo, cuando no está en Londres, en el extranjero o en el pub, y ella cree que Annie aprobaría que Janice le mime de vez en cuando.

La historia de Geordie es de sus preferidas. Le recuerda la fortaleza que hay dentro de las personas. También hay algo en ella que está relacionado con lo de hacer uso de tus propios talentos, pero no le gusta pensar mucho en eso. Es demasiado parecido a las historias de la Biblia de su infancia y hace que le recuerde a su propia falta de talento. Así que aparta esos pensamientos y se concentra en la fortaleza, como demostró el muchacho que luego se convertiría en Geordie Bowman.

Geordie, como era de esperar, se crio en Newcastle. Ella cree que su verdadero nombre es John o quizá Jimmy, ya no está segura; con el tiempo, terminó convirtiéndose simplemente en «Geordie». Vivía en las calles próximas a los muelles, donde trabajaba su padre. Tenían un perro que su padre adoraba, más que a su hijo, y un mueble-bar con forma de góndola que era el orgullo y deleite de la familia, hasta que inventaron las pantallas de plasma. Una noche, cuando Geordie tenía catorce años, salió a las calles de Newcastle. El perro de la familia había mordido al vecino y su padre estaba sediento de sangre, la del vecino. Como la razón y la lógica brillaban por su ausencia, Geordie salió por patas por la puerta de atrás. Era una noche fría con nieve en el suelo y Geordie solo llevaba una chaqueta fina. Aun así, no tenía ganas de estar en casa, así que, en lugar de girar a la derecha para ir a los muelles, giró a la izquierda y se metió por un callejón para colarse por la puerta lateral del ayuntamiento de Newcastle.

En la sala de conciertos, Geordie se subió al gallinero, donde hacía más calor y era poco probable que le vieran. Y ahí estaba, escondido tras unos focos para estar más calentito, mientras se comía una chocolatina que había birlado del quiosco, cuando empezaron los cantos. La primera nota elevada atravesó el pecho de Geordie como una jabalina, dejándolo inmóvil. Nunca había oído hablar de la ópera, y mucho menos la había escuchado, pero aquella música se dirigía directamente a él. Más tarde, en entrevistas en televisión, Geordie diría que, cuando muriera y le abrieran en canal, encontrarían la partitura de *La Bohème* envolviéndole el corazón.

Regresó a casa durante unos días, unas semanas, no estaba seguro de cuánto tiempo. En aquella época, se le ocurrió un plan. Nunca había oído hablar de ópera en el noreste, así que supuso que no era el sitio donde debía quedarse. Tenía que irse a Londres. Seguramente sería ese el hogar de la ópera. El hogar de todo lo que fuera elegante. Necesitaba llegar a Londres. Pero, sin dinero, el tren o el autobús quedaban descartados. Así que la respuesta fue que tendría que ir andando. Y eso es exactamente lo que hizo. Llenó una mochila con toda la comida que cabía en ella y una botella que robó de la góndola y se dirigió hacia el sur. Por el camino, conoció a un vagabundo que le acompañó durante gran parte del trayecto. En ese tiempo, el vagabundo le enseñó cosas que le podrían ser de utilidad en la ciudad y también cómo mantener la ropa limpia durante el viaje. Consistía en coger ropa limpia de un tendedero y sustituir la ropa robada por la sucia que llevaban puesta. Hicieron eso mismo en el siguiente tendedero que encontraron, y así sucesivamente.

Una vez llegado a Londres, Geordie recorrió varias salas de conciertos, después de que el vagabundo le diera una lista de sitios en los que probar, y terminó encontrando trabajo como utilero. El resto es historia.

El marido de Janice, Mike, no ha conocido nunca a Geordie. Pero eso no le impide hablar de él en el pub como si se tratara de un viejo amigo. Janice no le contradice en público, aunque Mike no se muestra agradecido por ello; en su mente, ha mantenido charlas con Geordie en muchas ocasiones. Mientras él habla del tenor mundialmente conocido («Era el preferido de la reina, ya sabes»), ella se aferra a la idea de que ese encuentro no va a hacerse realidad nunca en la vida. En algunas ocasiones que él ha «ido un momento al baño» y la ha dejado pagando la cuenta, otra vez, ella piensa en Geordie cantándole una de sus arias preferidas mientras le limpia el horno. Últimamente, Geordie canta más alto que nunca y eso ha empezado a preocuparla, pues también ha notado que, a veces, tiene que gritarle para llamar su atención y que no oye algunas de las cosas que le dice.

Después del café, Geordie no puede resistirse a seguir a Janice por la casa. Se queda en la puerta mientras ella limpia la estufa de leña y vuelve a llenarla de astillas y troncos. Parece que necesita un poco de persuasión. Para tratarse de un hombre tan grande, puede ser sorprendentemente tímido a la hora de expresarse.

—¿Ha estado fuera? —pregunta Janice con la esperanza de que eso le haga decir lo que de verdad quiere contarle.

Lo consigue a la primera y él le sonríe.

—Solo unos días en Londres. Por allí te encuentras con verdaderos capullos, niña.

—Ya me imagino. —Espera que esto sirva como aliento suficiente.

Y así es.

—Viajaba en el metro y subió un auténtico imbécil. Estaba lleno, pero no demasiado. Ya sabes, todos íbamos como podíamos. Y ese pijo gilipollas entra en el último momento antes de que se cierre la puerta y empieza a gesticular...

Entonces, Geordie hace una imitación bastante buena del

capullo pijo haciendo sonreír a Janice. No se había equivocado; sabía que era con Geordie con quien debía empezar el día, la semana.

El gilipollas pijo de Geordie está en pleno discurso.

—«Eh, venga ya. Moveos un poco. Seguro que hay sitio si la gente se mueve un poco. Hay espacio suficiente. ¡En serio! Venga ya, moveos por el vagón».

Geordie hace una pausa para asegurarse de que tiene la atención de ella.

—Y es entonces cuando oí una voz que venía del otro extremo del vagón. Otro tipo, un londinense, diría yo. En fin, que le grita: «Abre un poco más esa bocaza, tío. Seguro que podríamos meter en ella a un par».

Janice suelta una carcajada.

—Eso hizo que cerrara el pico. —Geordie está encantado por la reacción de ella.

A Janice no la engaña. Sabe que fue Geordie el que gritó eso en el metro. Fue él quien dejó sin habla a ese capullo. Es demasiado modesto como para decirlo, pero ella lo sabe. Casi puede oír su voz bramando por el vagón y el estallido de carcajadas agradecidas a su alrededor.

Encantado con la reacción de ella, la deja para que siga con su trabajo. Janice coge el plumero. Quizá estar con personas como Geordie debería bastarle. Muchas de las personas para las que limpia aportan algo especial a su vida y espera que, aunque sea un poco, ella aporte algo a las de ellas. Se detiene con el plumero a medio camino hacia un estante. La verdad es que se siente insegura, inquieta. Estas son historias de otras personas. Si ella representa algún papel en ellas sabe que es pequeño, un extra. Piensa de nuevo en el Tesoro Nacional e intenta imaginársela en la sala de música de Geordie, con el plumero levantado por encima de las estanterías de partituras de música. ¿Sería esto suficiente para el Tesoro Nacional? ¿Se contentaría con esto? Continúa quitando el polvo, avergonzada incluso de haberlo preguntado.

Janice ve otra vez a Geordie cuando está saliendo para comer algo y dirigirse después a su siguiente trabajo como asistenta. En la calle el cielo está gris y puede sentir el desagradable aire de febrero filtrándose por la rendija de la puerta. Geordie la ayuda a ponerse el abrigo.

—Gracias, voy a necesitarlo. El día se está enfriando.

—Más vale que te cuides si te estás resfriando —le sugiere él.

—No, yo estoy bien —vuelve a intentarlo, esta vez a todo volumen—: Solo digo que hace frío.

Él le pasa su bufanda.

—Bueno, pues hasta la semana que viene. Y cuídate ese resfriado.

Ella se rinde.

—Ya me encuentro mejor —le dice, con toda sinceridad.

Mientras él cierra la puerta tras ella, Janice se pregunta si la historia de la vida es una tragedia cómica o una comedia trágica.

2

Historias de familia

—Por supuesto que todas las bibliotecas tienen fantasmas. Todo el mundo sabe que a los fantasmas les gusta leer.

El joven que baja los escalones de la biblioteca habla seriamente con su acompañante, una chica de unos veinticinco años. Janice desearía tener tiempo para poder seguirles, continuar oyendo su conversación y saber más sobre esos fantasmas. Él parece estar completamente seguro de lo que dice, como si le estuviese explicando a su amiga que hay pájaros en el aire y nubes en el cielo. Janice se queda fascinada con la idea de que haya fantasmas en la biblioteca y se pregunta si verá a alguno hoy. A menudo, se pasa por la biblioteca a la hora del almuerzo para cambiar un libro y comerse a escondidas un sándwich en una mesa del fondo entre las estanterías.

Hoy no hay ningún fantasma, solo las hermanas, pues las dos bibliotecarias no pueden ser otra cosa que hermanas. Tienen el mismo y particular tono castaño de pelo, veteado por mechas rubias rojizas con toques cobrizos. Una de las hermanas luce una melena hasta el hombro, rizada por abajo; la otra lleva una trenza larga ligeramente desviada hacia un lado. A Janice le recuerda a una niña pequeña, aunque esta hermana debe de estar cerca de los cincuenta años. Janice cree que le queda bien y le gusta el modo en que ha entrelazado sus mechones multicolor en la trenza. Janice sabe poco sobre ellas aparte de que son hermanas de verdad y que son cuatro en total. La menor de las hermanas, la que lleva el pelo suelto, le había dicho una vez: «Nuestra madre tuvo cuatro hijas. Nuestro padre nunca pudo tener un chico». Su hermana mayor hizo hincapié: «Cuatro, ¿te lo puedes imaginar? Pobre hombre. Una casa llena de mujeres». La hermana más joven había seguido contándole que todas las hermanas estaban muy unidas y que se parecían mucho. «Pero, por supuesto, somos todas muy distintas», había aclarado la mayor. Su hermana asintió. «Sí, podríamos llamarnos Lista, Guapa, Mandona y Niña». Las dos se rieron. «Una broma de la familia», había explicado la mayor. «Sí, una broma de la familia», había repetido la otra sonriendo a su hermana.

Janice pensó entonces en su propia hermana y trató de imaginarse a las dos trabajando juntas, ordenando libros en una biblioteca de Cambridge. Sabe que es una fantasía, miles de kilómetros y de recuerdos tácitos las separan, pero, a veces, prolonga ese pensamiento imaginado del mismo modo que escoge otras historias para revisarlas. Las hermanas no tienen ni idea de que ella también tiene una hermana, pero sí saben que le encantan los libros y charlan con ella sobre sus preferidos. Las hermanas no son de las que creen que hay que guardar silencio en las bibliotecas. «Bueno, desde luego que la gente a la que le encantan los libros va a querer hablar de ellos», había dicho una vez la hermana más joven.

Janice ha tratado de adivinar cuál es cada hermana, pero no ha querido preguntar por miedo a que la malinterpreten. En privado, piensa que la menor debe ser Guapa y la hermana mayor Lista, o puede que Mandona. La ha visto vaciar la biblioteca a la hora del cierre en menos de dos minutos.

Hoy, las dos la saludan al unísono.

—Janice, ha llegado tu libro.

Janice está ahora releyendo sus clásicos preferidos y ha pedido un ejemplar de *La hija de Robert Poste*, de Stella Gibbons.

Coge el libro dando las gracias y, después, se queda pensando y pregunta:

—¿Alguna vez se os ha ocurrido que pueda haber un fantasma en la biblioteca? —Nada más preguntarlo, se siente tonta y se pregunta cómo el joven podía haber hablado sobre eso con tanta seguridad y confianza.

La hermana mayor se inclina un poco sobre el mostrador.

—Pues es curioso que lo preguntes. Eres la segunda persona que ha entrado hoy diciendo que la biblioteca está encantada.

Ah, ese joven.

—¿Y lo está? Encantada, quiero decir.

Parecen tomarse el asunto con seriedad.

—Bueno, no lo sé —contesta la hermana mayor—. A veces, he pensado que los libros tienen vida propia. Pero creo que es cosa del viejo señor Banks, que nunca deja nada en su sitio.

La hermana menor piensa un momento lo que ha dicho su hermana.

—Pero, claro, todo el mundo sabe que a los fantasmas les gusta leer. Así que tal vez...

Antes de que Janice pueda hacer otra pregunta —¿Cómo lo sabes? O quizá ¿cómo es que todos parecen saberlo menos yo? O ¿es lo que le has oído decir a ese joven?— les interrumpe una manada de madres jóvenes con sus niños que necesitan la atención de las hermanas.

Janice se va con sus pensamientos, su ejemplar de *La hija de Robert Poste* y sus sándwiches de queso a la mesa escondida del fondo. Se queda sentada un rato, con el libro sin abrir delante de ella, haciéndose una pregunta: ¿las historias de la gente están definidas por el lugar que ocupan en una familia? Pero, si es así, ¿en qué lugar queda ella? No tiene deseo alguno de alargar ese pensamiento, así que se imagina a un fantasma que mira por las estanterías después de la hora de cierre. Descubre que esa idea, más que preocuparla, la tranquiliza. Un fantasma al que le gusten los libros no puede ser malo del todo. Y esa tranquilidad supone un alivio. Lo cierto es que Janice siempre se preocupa demasiado. Y la lista de cosas por las que se preocupa parece aumentar cada día. Se preocupa por el estado de los océanos, las bolsas de plástico, el cambio climático, los refugiados, la agitación política, la extrema derecha, la extrema izquierda, la gente que tiene que mantener a sus hijos gracias a los bancos de alimentos, los coches diésel, ¿podría reciclar más?, ¿debería comer menos carne? Le preocupa el estado del Sistema Nacional de Salud, los contratos de cero horas, por qué hay ahora muchas personas a las que conoce que no tienen subsidio por enfermedad ni vacaciones pagadas. Le preocupan enormemente las personas con alquileres con pocas garantías o que viven en casa de sus padres hasta que tienen casi cuarenta años. Y le preocupa por qué cualquiera querría trolear a otro ser humano o gritarle por la calle solo por el color de su piel.

Antes leía el periódico y disfrutaba haciendo los crucigramas. Ahora consulta su tableta rápidamente cada mañana, por si ha habido un terremoto o si ha muerto algún miembro importante de la realeza. Pero no puede seguir leyendo. Cada noticia se va acumulando a su lista de preocupaciones. Y esa preocupación se va filtrando también en el resto de su vida. En lugar de estimularse con libros nuevos y emocionantes de la biblioteca, se reconforta leyendo viejos clásicos y sus preferidos ya conocidos. Austen, Hardy, Trollope, Thackeray y Fitzgerald.

Abre su ejemplar de *La hija de Robert Poste*, dispuesta a zambullirse en la divertida familiaridad de esa historia. Además, encuentra ahí a una heroína con la que se puede sentir relacionada de verdad: Flora Poste es una mujer a la que le gusta que todo esté ordenado, igual que a Janice.

Media hora después, Janice sale de la biblioteca y recorre el mismo camino que el joven que cree en los fantasmas. Se dirige hacia su siguiente trabajo, la doctora Huang, antes del último del día, por fin. Ha bajado la mitad de los escalones cuando ve una figura familiar al otro lado de la calle. Ese hombre alto tiene una inconfundible forma de caminar. Se balancea desde la almohadilla de un pie a la otra al andar. A Janice siempre le sorprende que su marido, Mike, sea tan mal bailarín cuando camina con tanto ritmo. Pero ¿qué está haciendo aquí? Mira su reloj. Debería estar en el trabajo desde hace horas. Al desaparecer de su vista, Janice encuentra poco alivio al saber que no tiene por qué añadir a su marido a su lista de preocupaciones. Él ocupa ya el primer puesto de la lista.

3

Historias dentro de los desvanes

Son casi las cuatro de la tarde cuando Janice llega a su último trabajo del lunes: tristeza. Risas para empezar el día, pena para terminarlo. La casa adosada de ladrillo rojo está apartada de la calle, grande y achaparrada, como si alguna vez se hubiese puesto en cuclillas y hubiese decidido no moverse. La modesta fachada es engañosa. Como todas las demás casas de la calle, es más amplia por detrás, con largas y luminosas cocinas/comedores que se extienden a lo largo de cada jardín paralelo. Y en los desvanes de toda la calle hay despachos, cuartos de juegos, habitaciones de invitados y, en este caso, la habitación preferida de Janice, que, para ella, puede ser el centro de una historia. La historia de Fiona.

Al abrir la puerta, Janice sabe de inmediato que Fiona y su hijo, Adam, no están. Una casa vacía tiene un sonido propio y singular. No solo siente que sus habitantes se han ido, sino que, en cierto modo, la casa se ha cerrado y se ha apartado a otro lugar. El silencio es tan absoluto que lo puede oír. Ha notado lo mismo con otras casas en otras ocasiones. Una casa a primera hora de un día de Navidad puede estar falta de ruido pero no del todo. Es evidente que la casa no está dormida, al contrario que sus habitantes, sino que respira muy suavemente y por sus paredes casi puede oír la súplica de «cinco minutos más» antes de que comience la embestida. Una casa en la mañana de un funeral tiene un sonido particular, o puede que sea una sensación, no está del todo segura: tensa, expectante, inalterable. Dos años atrás sintió eso aquí. Fue el día en que Fiona enterró a su marido. La última vez que Adam se despidió de su padre.

Hay una nota de Fiona en la mesa de la entrada.

> He llevado a Adam al ortodoncista. ¡Más problemas con los aparatos!
>
> Dinero en la mesa de la cocina.

Janice suelta un suspiro con una profunda sensación de alivio y, de inmediato, se siente culpable. Le gusta Fiona y siempre está deseando hacer un descanso para tomar un café con ella en su estudio, pero lo cierto es que, a veces, tiene la esperanza de que no esté en casa. Al pensarlo, cree que probablemente haya tres razones para esto. En primer lugar, sabe que puede hacer la limpieza más rápido sin que ella esté. En segundo lugar, y de ahí es de donde sabe que viene la culpa, quiere evitar la tristeza que ve en esa agradable mujer de mediana edad que se sienta enfrente de ella a dar sorbos a un café que acaba de servir para las dos con su cafetera de color rojo intenso. La verdad es que le preocupa Fiona. Otra preocupación más que sumar a su lista. Pero, claro, la vida de Fiona no tiene nada que ver con ella. Janice no es más que su asistenta, como no deja de recordarle su marido.

Cuando casi ha terminado con la limpieza puede pensar en la tercera razón por la que se alegra de que Fiona no esté. Así puede pasar más tiempo en su habitación preferida de la casa. La habitación alargada y baja del desván. Seguirá limpiando, por supuesto, pues Janice tiene normas muy estrictas al respecto, pero también estará pensando en la historia de Fiona.

En el desván, sobre una mesa grande donde antes había una maqueta de tren, con las marcas de los raíles aún visibles sobre el fieltro verde, hay una casa de muñecas. Es una casa grande de estilo Regencia de tres plantas y, al igual que la casa de Fiona, habitaciones adicionales en el tejado. Pero en la planta baja, en lugar de comedores, cocinas y despensas, hay un local comercial. Vivienda arriba y negocio abajo. Con pintura de pan de oro, Fiona ha elaborado un elegante rótulo en miniatura para el negocio: «Jebediah Jury. Funeraria». Janice no tiene ni idea de dónde vendrá el nombre, pero debe admitir que suena muy bien.

Se sienta y abre el frontal de la casa. La mayoría de las habitaciones están equipadas y perfectas en su forma de miniatura. Dormitorios, una sala de estar, un cuarto para el bebé y, la favorita de Janice, una preciosa cocina de estilo campestre con masa enrollada sobre la mesa junto a un cuenco de ciruelas del tamaño de cabezas de alfiler. Y hay una cosa nueva desde la semana pasada; Fiona ha terminado uno de los baños. Cree que el papel pintado con estampado azul y crema queda perfecto con los muebles de caoba y la bañera con patas. Janice acerca una mano y endereza la diminuta alfombrilla azul marino de la bañera que cuelga del toallero en miniatura. Ve también otro cambio. Abajo, en el estudio de atrás, ve que Fiona ha hecho otro ataúd de nogal con diminutas asas de metal. No cree que esto se venda en ninguna tienda de casas de muñecas. ¿Para qué iban a hacerlo cuando la mayoría de la gente busca cómodas minúsculas, un piano o incluso una cesta para el perro? No, sabe que Fiona ha debido de hacerlo con sus propias manos. Se sienta y lo mira frunciendo el ceño, sin saber qué pensar.

Cuando murió el marido de Fiona, ella trabajaba como contable de un despacho de abogados. A los dos meses de su muerte, Fiona dejó su trabajo y se estuvo formando como directora de funeraria. Durante un café, le explicó a Janice que era algo que siempre había tenido interés por hacer, pero que nunca lo había expresado en voz alta porque creía que la gente lo vería como algo bastante raro.

A Janice no le parecía raro en absoluto. Sabía que cuando la gente se casa encuentra ayuda en revistas y guías en internet. Todo el mundo da consejos; es imposible evitarlo. Pero cuando muere alguien puedes verte sola en un mundo de silencio cohibido. Janice ayudaba, a veces, a una amiga que dirigía un negocio de comida a domicilio y, con el paso de los años, ha terminado ofreciéndose voluntaria para las recepciones fúnebres y evitando las bodas. En los funerales, la gente solía verse perdida, no solo por la pena sino, al ser ingleses, inmovilizados por el temor a decir o hacer algo incorrecto. Una palabra amable del «personal» más que de parte de un doliente era con frecuencia bien recibida. Así que sí, se podía imaginar por qué Fiona quería ser directora de funeraria.

Fiona había trabajado media jornada y, después, a jornada completa en una funeraria, mientras acababa la formación necesaria para convertirse en directora de una empresa de servicios funerarios y Janice no tenía motivos para creer que se hubiese arrepentido nunca de su decisión. Pero ¿otro ataúd? ¿No tenía ya suficientes almacenados al fondo? Desde entonces, Fiona había realizado una serie de cursos presenciales y había dejado el mundo de las funerarias para especializarse en oficiante de ceremonias civiles, centrándose en funerales laicos. Janice también podía entender esto, la necesidad de aportar orden y seguridad cuando no cuentas con un ritual religioso. Conocía a personas, ateas, que habían tenido un funeral religioso únicamente porque la familia había acudido a las doctrinas establecidas por no saber bien qué otra cosa podía hacer.

Janice saca del bolsillo de su delantal un largo y fino tubo y tira de un alambre metálico que tiene pegadas unas diminutas plumas verdes. Fiona no es la única que sabe fabricar cosas. Se dispone a limpiar el polvo de cada una de las habitaciones, maravillándose por el detalle que hay en cada uno de los espacios. ¿Construir este mundo en miniatura permite a Fiona dar sentido a su propio mundo? No está del todo segura de que sea así.

Janice sí cree que su nuevo trabajo la ha ayudado y sabe que Fiona ha aliviado y guiado a otras personas con gran amabilidad durante el impacto y la pena que acompaña a la muerte. Y fue gracias al trabajo de Fiona que Janice la oyó reírse por primera vez tras la muerte de su marido.

Estaban tomando café juntas en el estudio de Fiona. Estaba acurrucada en el sillón bajo de piel, con los pies escondidos bajo su falda de tweed. Llevaba un jersey verde claro y lo único que a Janice le pareció que le faltaba era añadirle un alzacuellos para que fuera el retrato de un párroco rural. Quizá fuera ese el motivo por el que los familiares de los difuntos la encontraban tan reconfortante. Fiona se había levantado las gafas por encima de su pelo corto y rubio cenizo y había apartado a un lado el montón de notas que tenía en su regazo. Le había contado que eran sus numerosos intentos por redactar un panegírico de un hombre que, al parecer, desagradaba a todo el mundo que le había conocido.

—Te sorprendería saber la cantidad de familias que me dejan a mí preparar el panegírico —había dicho levantando los ojos hacia Janice.

—Quizá les dé miedo hablar en público —había sugerido ella tímidamente. Janice sabe que no solo se preocupa mucho, sino que también es apocada como un ratón.

—Pues no parece que eso les impida gritarse y pelearse en público —le había respondido Fiona, sonriendo.

Janice asintió. También ella había visto eso en las recepciones fúnebres. Para ser apocada como un ratón, se le daba sorprendentemente bien interrumpir las discusiones.

—¿Qué te parece esto? —le había preguntado Fiona mientras cogía la primera página del montón de notas—. Era un hombre de su generación.

—Eh…, no estoy segura.

—¿Era todo un personaje? —sugirió Fiona, dubitativa.

Janice se quedó pensativa un momento.

—¿Y qué tal…? —Hizo una pausa mientras miraba por la

ventana—. Era un hombre al que no olvidarán quienes mejor le conocían.

Janice volvió a girar la mirada rápidamente al oír la risa de Fiona. Llevaba meses sin oírla reír. Sintió ganas de llorar.

—Absolutamente perfecto —había respondido Fiona, sonriendo.

Termina de limpiar el polvo a la preciosa casa de muñecas y cierra la puerta con un chasquido. Quiere que la historia de Fiona quede representada en este bonito mueble. Una alegoría de una nueva e inesperada dirección que lleve a la sanación y la recuperación. Es una historia que le gustaría añadir a su colección. Pero cada vez está menos segura de que la historia de Fiona tenga un final feliz. Hay algo oscuro oculto en esta historia, un asunto grande e implícito al que no se está haciendo caso. Algo que está escondido. Esto hace que se sienta inquieta y que empiece a pensar en su propia infancia, y, si hay un lugar al que no desea volver, es a ese.

4

Todo el mundo tiene una canción para cantar (y un motivo para bailar)

Mientras espera en la parada de autobús, Janice se sorprende pensando si será el mismo conductor de esa mañana. No puede deshacerse de la sensación de que hubo algo que no se dijo en esa fracción de segundo justo antes de que las puertas se cerraran con una sacudida. Empieza a imaginarse al conductor suspirando a la vez que las puertas. ¿Qué era lo que le iba a decir? Cuando llega el autobús y sube a bordo, casi suelta una carcajada. Este conductor no podría ser más distinto al de la mañana. Se pregunta si habrá alguien ahí arriba (lo que quiera que eso signifique) que se está burlando de ella. El conductor de esta tarde es un hombre de poco más de treinta años y sencillamente es enorme. Sospecha que más musculoso que gordo. Tiene la cabeza calva, una barba tremenda y tatuajes que le suben por un lado del cuello. Este hombre tiene aspecto de Ángel del Infierno. El conductor de esta mañana tenía aspecto de profesor de geografía.

Hasta que se sienta no se da cuenta de lo cansada que está y, durante un rato, considera la idea de quitarse los zapatos de sus hinchados pies. El problema es que puede resultar complicado volver a ponérselos. En lugar de ello, deja que su cuerpo se hunda en el asiento y lo relaja de tal forma que se bambolea al compás de los movimientos del autobús. Vacía la mente y se prepara para sintonizar distraídamente las conversaciones que hay a su alrededor. No considera que esto sea escuchar a escondidas; simplemente deja que las palabras la inunden. Luego, de vez en cuando, su mente se estira y atrapa un hilo de algo. A veces, esos hilos sueltos no llevan a ningún sitio, pero, si tiene suerte, puede seguir uno de ellos y llegar al prometedor atisbo de una historia. El trayecto desde el centro de Cambridge hasta el pueblo donde vive solo dura media hora, así que normalmente le toca a ella rellenar con su imaginación los espacios en blanco de las historias. Le encanta que sea así y, de esa forma, ocupa el tiempo mientras camina hasta su casa desde la parada del autobús. Sin embargo, es muy estricta con respecto a dónde guarda estas historias: las conserva en un lugar de su mente entre la ficción y la no ficción.

No tiene muchas esperanzas en el trayecto de esta tarde. El autobús va solo medio lleno y, por ahora, únicamente se oye un levísimo murmullo de conversación. No es que piense que haya desarrollado un sexto sentido sobre dónde puede haber una historia. Eso es lo bueno de ser una coleccionista de historias, que surge la posibilidad de encontrar cosas inesperadas en cualquier lugar. Recuerda a la frágil anciana de la lavandería (Janice había llevado a lavar el edredón de un cliente) que resultó que había sido azafata del primer vuelo comercial entre Londres y Nueva York. Mientras la mujer doblaba cuidadosamente sus mantas con bordes de satén, pues su marido jamás pudo soportar usar un edredón, le había hablado a Janice del momento en que aterrizaron. «Verás, PANAM había publicado anuncios en los que decía que iba a ser la primera en batir el récord, pero mi jefe de la BOAC me llevó aparte como una semana antes, me hizo firmar un documento confidencial y me dijo que iban a adelantarlos y que si yo quería estar entre la tripulación. Como puedes imaginar, acepté». Recuerda que la anciana hizo una pausa para alisarse su anodino anorak acolchado. Durante una milésima de segundo, levantó levemente la mano hacia la cabeza, como para comprobar que llevaba el gorro. Pero se remetió el pelo gris por detrás de la oreja y continuó: «Bueno, las chicas siempre íbamos muy elegantes. Más castrenses que el uniforme que llevan ahora las azafatas. Ah, pero ese día tiramos la casa por la ventana. Todavía recuerdo el tono rojo del lápiz de labios que llevaba: "Placer elegante". A mí me parecía bastante apropiado. En fin, que lo hicimos. Y cuando aterrizamos y bajamos del avión, todo el personal de PANAM salió a abuchearnos. Pero no nos importó. Caminé por la pista como si midiese dos metros». La mujer sonrió y Janice intentó imaginar el rostro más joven que habría mostrado esa misma sonrisa victoriosa. Ayudó a la anciana a llevar las mantas a su coche y esa fue la última vez que la vio. Pero todavía conserva su historia. La saca a la luz los días que no consigue sonreír por sí misma. La sonrisa de esa mujer era tan radiante que habría iluminado un espacio mucho mayor que una lavandería de un callejón de Cambridge. Habría iluminado algo tan grande como..., en fin, tan grande como un avión. Y Janice piensa que probablemente fue así. Observa por un momento su reflejo en la ventanilla del autobús veteada por la lluvia. Puede ver la sombra de una sonrisa en su rostro. Sí, una buena historia. Y, sin embargo, otro recordatorio (no es que Janice crea que lo necesite, pero no viene mal repetirlo) de que nunca, nunca se debe subestimar a los ancianos.

De repente, se ve atrapada por un fragmento de conversación. La verdad es que no podía pasarla por alto, pues el hombre habla con voz muy elevada. Una pareja joven. Amigos más que amantes, piensa.

Él: «¿Has oído hablar del Jack Daniels de plátano?».

Ella: «¡Suena repugnante!».

Él: «Lo es. No me harto de tomarlo».

Y eso es todo. Parece que termina ahí y ella no tiene deseo alguno de que siga.

Desde atrás oye hablar a una pareja de mujeres. Tono más bajo, clase media. Mujeres agradables, se imagina ella. Amigas.

—Iba yo por el aparcamiento del cine y ahí estaba él.

—¿Quién?

—Ya sabes…, ese actor. Está por todas partes.

—¿Hugh Bonneville?

Buen intento, piensa Janice, con tan poca información.

—No, ese no. Ha salido en *The Observer.* Has tenido que verlo.

¿Por qué tendría que haberlo visto?

—¿Bill Nighy?

—No, ese no. Es negro.

—¡Bill Nighy no es negro! Ah, te refieres al hombre del aparcamiento. ¿Idris Elba?

Ese habría sido también el primer intento de Janice.

—No, mayor. Estaba en esa película con… —Y, entonces, la mujer menciona al Tesoro Nacional y durante una milésima de segundo Janice piensa que saben que las está escuchando. Se remueve un poco incómoda en su asiento.

—Ah, me gusta mucho ella…

Y empiezan a hablar del Tesoro Nacional. No las culpa. Es una actriz buenísima. Pero no es por ahí por donde Janice quiere ir, así que vuelve a fijarse en las gotas de lluvia en la ventanilla. Y es entonces cuando la ve.

Primero es su reflejo. Janice gira lentamente la cabeza para poder verla por el rabillo del ojo. La había visto antes, porque está de pie pese a que hay bastantes asientos libres. Es una mujer joven, probablemente de veintimuchos años, alta y esbelta. Lleva un vestido de punto a rayas y una rebeca larga a juego con tonos de verde oscuro y dorado. Sus medias negras son de un tono más oscuro que la piel de sus manos, pero del mismo color que su pelo. Parece estar quieta, con los ojos medio cerrados. Inmóvil, pero no del todo. Tiene una pierna un poco por delante de ella y Janice puede ver que sus músculos se flexionan ligeramente. Su cabeza también se mueve, solo unos milímetros.

Movimientos diminutos atrás y adelante. Es entonces cuando ve los auriculares casi ocultos bajo los rizos de su pelo. De repente, como si fuese un espasmo, su brazo se estira con un movimiento de onda. Es un movimiento elegante y alegre y Janice se pregunta si esa mujer será bailarina. Después, vuelve a doblar el brazo en su costado pero los demás movimientos ínfimos continúan.

Janice se pregunta qué estará escuchando esa mujer. Le encantaría oír la música que ha hecho que el brazo se le escape y baile por su cuenta. Antes le encantaba bailar. Nunca tuvo la figura de bailarina de esta mujer, pero cuando escuchaba determinadas canciones su cuerpo cantaba al compás de ellas. Sus músculos se flexionaban, las puntas de sus pies golpeteaban el suelo y sabía que, a pesar de lo que los demás pensaran, ella estaba en completa sintonía con la música. En esos preciados y gloriosos momentos en los que sus caderas se balanceaban al ritmo y sus brazos se elevaban libres de sus costados, no le importaba en absoluto lo que nadie que estuviese en la misma habitación o incluso en todo el mundo pudiera pensar de ella. Cuando baila es una leona.

Cuando se acerca su parada de autobús, se levanta a regañadientes. No quiere abandonar a esa joven pero, en este momento, en esta vida, es demasiado apocada como para interrumpir su íntima ensoñación y preguntarle qué está escuchando. Al salir a la acera, oye el suspiro de las puertas del autobús tras ella y, en ese momento, entre el último bufido y el ruido de la sacudida al cerrarse, oye una voz. Se gira con expectación.

—Buenas noches, guapa —le grita el joven conductor con tono alegre.

Mientras se aleja caminando, empieza a pensar que quizá los dioses sí estén burlándose de ella.

5

La historia de un marido

Hay días en los que, cuando está llegando a su pequeña (y nada engañosa) casa adosada, Janice piensa que va a necesitar dos manos para atravesar la puerta. Una a cada lado del marco de la puerta para empujar su reticente cuerpo por el umbral. Si su marido le habla antes incluso de haber puesto el pie sobre el escalón, puede necesitar toda la fuerza de sus dos brazos para impulsarse hacia delante. Se pregunta si algún día va a necesitar un fuerte empujón en medio de la espalda para poder cruzar la puerta. Sabe que no va a esperar un brazo extendido, una mano amiga de su marido. No se permite escuchar el susurro de una voz que a veces oye en su oído: «¿No se te ha ocurrido darte media vuelta, Janice, y volver sobre tus pasos?». Por alguna razón, esa voz susurrante tiene acento irlandés. Ella cree que quizá esté relacionado con la bondad de la hermana Bernadette, una de las pocas monjas que ha conocido a la que parecía gustarle de verdad aquello de amar al prójimo.

Esta noche, la casa está en silencio cuando abre la puerta y resulta más fácil atravesar el umbral. No es el silencio absoluto de una casa vacía, sino la tranquilidad callada de una casa en la que hay alguien durmiendo. Encuentra a su marido, Mike, sentado en el sofá, con la cabeza echada hacia atrás. Tiene los pies levantados sobre la mesa de centro y un cuenco de patatas fritas medio vacío manteniendo el equilibrio sobre su vientre. Vuelve a la entrada, se quita los zapatos, dobla los dedos de los pies y se dirige a la cocina. Sabe que lo primero que él va a decir cuando despierte es: «¿Qué hay para cenar?». No lo pregunta con voz molesta ni exigente, sino con un tono alegre que indica que los dos participan en lo mismo. A ella ya no le engaña.

Cuando aparece en la puerta, con los ojos adormilados, la sorprende, la sorprende de verdad, al preguntarle qué tal le ha ido el día. Esto la distrae de su preocupación de haberle visto antes junto a la biblioteca, cuando sabe que debía estar trabajando. Mientras empieza a contarle su día, se pregunta por qué esta noche, precisamente esta, ha tenido que preguntarle por su trabajo. Y, entonces, ahí está. Él empieza a hablar antes incluso de que ella termine su frase, lo que hace que se dé cuenta de que, en realidad, no la estaba escuchando. No se puede creer que después de tanto tiempo haya conseguido engañarla, que se haya alegrado cuando él ha mostrado interés por ella.

—Es bueno que te guste tu trabajo.

¿Ha dicho eso?

—Es bueno que estés ocupada. Ah, ¿qué hay para cenar? —Le sonríe.

—Pastel de carne con patatas.

Había pensado hacer tortitas para el postre. Se le había ocurrido en ese momento, en ese mismo segundo en que él le había preguntado por su día.

—¿Esta noche no hay postre? —Es un hombre grande y goloso y su madre siempre preparaba unos postres estupendos, como a menudo le recuerda.

—Hay yogures en el frigorífico.

Como acto de rebelión, ella sabe que resulta penoso.

—Me estabas diciendo que estaba bien mi trabajo —le recuerda. Se pregunta por qué le está ayudando. Quizá para así poder acabar de una vez.

—Sí, sí. La verdad es, Jan…

Aquí llega, con el nombre cariñoso que ella odia…

—No sé cuánto tiempo más voy a poder seguir con este trabajo.

Y ahí está: la historia de su marido.

En los treinta años desde que conoce a Mike ha tenido veintiocho trabajos distintos. Lo único que puede decir de Mike, y quizá sea eso lo que hace que siga volviendo a entrar por esa puerta, es que ese hombre no es un holgazán. Los veintiocho trabajos que ha tenido han sido de lo más variados. Ha sido vendedor, aprendiz de prevención de riesgos, conductor, instructor de gimnasia, camarero, celador de hospital y ahora celador de una de las facultades más importantes de Cambridge. Ha trabajado en pequeños negocios, en empresas grandes y también por cuenta propia; en diferentes momentos de su matrimonio han tenido de todo aparcado en su entrada, desde un BMW a furgonetas de segunda mano. Un verano fue una camioneta de helados. Mike también ha conducido tractores y camiones montacargas pero, por suerte, nunca los ha llevado a casa. Con sus diferentes habilidades se ha paseado, con su ondulante y relajada forma de caminar, por tiendas, fábricas, almacenes, panaderías, facultades y hospitales ofreciendo a todos los que le rodean la ayuda de sus consejos. Incluso pasó algún tiempo trabajando como asesor financiero, una ironía que a Janice no le pasa desapercibida.

Mike es un hombre agradable. Tiene sentido del humor y no impone de inmediato sus ideas a los demás. Janice cree que esta es una de las razones por las que se le da tan bien conseguir nuevos trabajos. Mike puede resultar muy simpático, las razones de su variada carrera profesional pueden parecer creíbles y ella está segura de que en muchas empresas le han aceptado por sentir bastante lástima por él. Desde luego, conoce a una o dos jefas suyas que le veían como un hombre que siempre había sido un incomprendido. Y, a pesar de su creciente barriga y sus flácidos carrillos, Mike sigue siendo un hombre atractivo.

La cuestión es que todos sus jefes terminan dándose cuenta con el tiempo de que Mike sabe muchísimo más que ellos. Las primeras semanas pueden ir bien. A veces, logran llegar a ser meses. Pero enseguida ven que Mike les empieza a corregir. Comenzará por una pequeña sugerencia pero, poco después, Mike se distingue como alguien que, en su opinión, está realizando una tarea impresionante y piensa que se lo deben reconocer. Se apasiona por lo que hace y habla de los aspectos positivos de la empresa. Identifica los problemas y, en ocasiones, consigue que aparten a alguien de su trabajo. Uno menos, a por otros.

Más adelante, y puede pasar algún tiempo, sus jefes empiezan a preguntarse cómo es posible que ese hombre tenga tiempo de estar siempre señalando la viga en los ojos de los demás. A menudo, llega tarde y cuando se le necesita para que realice alguna tarea, o quizá hacer un envío a tiempo, está inexplicablemente desaparecido. (Ella vuelve a recordarlo pasando junto a la biblioteca en mitad del día cuando debería haber estado en la conserjería). Y, entonces, empiezan a aparecer las dudas. Janice entiende este periodo de transición mejor que la mayoría. En la primera época de su matrimonio, ella vivía cada trabajo con Mike, sentía compasión por él cuando se enfrentaba a los problemas, se sentía molesta con los compañeros que le habían fallado, furiosa con los jefes que no le sabían apreciar. Hasta que despidieron a Mike de su cuarto trabajo, a ella no se le encendió una bombilla de alarmante luminosidad: quizá no fueran ellos, quizá fuera Mike.

Con el paso de los años, el sentido de la oportunidad de Mike ha mejorado y ha aprendido a saltar antes de que le empujen. Eso no quiere decir que ese sentido de la oportunidad le haya venido siempre bien a ella, como cuando estaba embarazada de su hijo, Simon, o cuando acababan de firmar una hipoteca o ahora, que ella está… ¿Cómo está? No tiene ni idea. Pero sabe que no es el momento para que le cuente qué han hecho mal los altos cargos de la facultad, sobre todo cuando tiene a la hermana Bernadette susurrándole en el oído.

Janice deja que Mike se zambulla en su última diatriba sobre quién tiene la culpa y por qué necesita una nueva oportunidad. Ella ya no le escucha. Se pregunta cuál será exactamente la historia de su marido. ¿Es sencillamente el hombre de los mil trabajos? ¿Es Walter Mitty? Desde luego, su mundo guarda poco parecido con el de cualquier otro, por lo que ella sabe. ¿O se trata de algo más siniestro? ¿Es la historia de un ilusionista? ¿De un hipnotizador? Porque, por mucho que ella intenta alejarse del mundo que él se ha inventado, no puede evitar sentir que también ha incluido en él una parte de sí misma. Puede que no la coja de la mano, pero Janice está segura de que sí la tiene fuertemente agarrada por el borde del abrigo con un puño rechoncho y que no va a soltarla. Cuando se pregunta si le tiene miedo a ese puño, sabe la respuesta. Mike no es un hombre al que haya que temer físicamente. Es demasiado grande y lento para eso. Sabe que es a los hombres pequeños y fibrosos a los que de verdad hay que temer.

Cuando han terminado de cenar y Mike se acuesta dejando que ella recoja («No te importa, ¿no, Jan? Tengo mucho en qué pensar»), Janice cierra la puerta de la cocina y se queda un rato mirando por la ventana hacia la curva de casas idénticas y el campo que hay detrás. Se pregunta dónde se encontrará ahora la joven del autobús y con qué música estará bailando. Le gustaría escuchar un poco de música en la cocina mientras recoge pero no quiere que Mike baje por las escaleras quejándose. Entonces, se acuerda de los auriculares que Simon le regaló a su padre por Navidad. Su hijo tiene ahora veintiocho años y trabaja en el distrito financiero de Londres, dedicándose a no sabe qué. Son ya muchos años sin que él pase una buena temporada con ellos. Uno de los cimientos del reino inventado de Mike era que su único hijo iría a un colegio privado y que tenía que ser alguno de los más conocidos.

—No puedes negarle lo mejor, Jan.

»No querrás que sufra porque nosotros —se refería naturalmente a ella— no hemos hecho todo lo que hemos podido.

Aquel había sido el inicio de su trabajo como asistenta. Tenía poco más que ofrecer y cualquier idea de estudiar para mejorar sus opciones había quedado aplastada desde el primer momento.

—Lo primero es el chico, Jan. Y como este trabajo no ha resultado como yo quería... La verdad es que son una panda de incompetentes. Cómo me gustaría contarle al consejo cómo se están haciendo las cosas...

Lo irónico es que ahora su hijo con tan buena educación quiere tener poco que ver con ella o con su padre. Lo de su padre, quizá, porque lo tenga calado. Con respecto a ella, se teme que es porque la culpa por haber permitido que le enviaran a estudiar fuera. Las visitas de Simon son escasas y unas cuantas Navidades atrás dejó de enviar regalos y solo les mandó un cheque. Era un cheque generoso pero ella lo rompió en mil pedazos antes de tirarlo al fondo del cubo de reciclaje. Quizá él se dio cuenta de que nunca lo habían cobrado porque, desde entonces, les ha regalado vales para comprar en las tiendas de John Lewis. Resultan fáciles de enviar y no tendrá que saber nunca si los han usado. Ella todavía guarda el suyo de esta Navidad en su monedero, pero recuerda que su marido sí usó el suyo para comprar unos auriculares caros.

—Mirad esto, chicos —dijo a los del pub—. Una cosita estupenda de nuestro Simon. Siempre compra lo mejor.

Mientras Janice va a buscar los auriculares de Mike, se pregunta si es la pena o quizá la expiación por haber permitido que enviaran fuera a Simon lo que hace que siga viviendo con un hombre al que ya no ama y que ni tan siquiera le gusta.

El señor Mukherjee, que jugó en el equipo indio sub-21 de críquet, se detiene a esperar a su perro, Booma. Tiene la cortesía de no mirar a la figura agachada que está a su lado y observa cómo su vecina, Janice, se contonea a contraluz al otro lado de la ventana de la cocina. Ella se gira y levanta un brazo formando un arco sobre su cabeza. Hay algo que resulta bastante hermoso en sus movimientos rítmicos y, para el señor Mukherjee, no es poco sorprendente. Piensa que quizá debería mirar para otro lado, pero esa pequeña cabeza y hombros que bailan (es lo único que puede ver) resultan hipnotizantes y se descubre de pie, en el césped, bajo el aire frío del invierno, sonriendo.

6

Toda historia necesita un villano (la notable excepción)

Una buena asistenta puede, por lo general, escoger para quién trabaja. A Janice le gustan todas las personas para las que limpia, con una notable excepción.

La casa grande y moderna con forma de V que tiene delante está construida con bloques de hormigón entrelazados. Se extiende arrogante sobre un solar que antes constituyó parte de los terrenos de una de las facultades más modernas. La casa le recuerda a un hombre grande, con las piernas separadas y que ocupa mucho más espacio del necesario y del que sería cortés. Mientras avanza por el camino de grava de pizarra brasileña siente una mezcla de temor y alegre expectación.

La puerta la abre la dueña de la casa (no le permite que tenga una llave). La mujer que está frente a ella es atractiva, de cincuenta y tantos años. Lleva una de sus propias creaciones: una casaca azul regio llena de cremalleras metálicas del color de la orina. Por dentro de esas cremalleras Janice puede ver un tejido de seda estampado con cabezas de caballos de colores neón. Cada semana lleva una casaca distinta y Janice tiene entendido que vende muchas de ellas en mercadillos que se celebran en las casas de sus amigas. Cuando no está vendiendo sus casacas le gusta «hacer algo» por instituciones benéficas. Eso parece implicar el reunir en su casa a miembros de distintas organizaciones para donarles sus conocimientos. «No se le puede poner precio a eso. Costaría, literalmente, varios miles». De vez en cuando, dona una casaca a la beneficencia. A Janice le gusta estar presente cuando lo hace solo por ver las caras de los que ha reunido en torno a ella para recaudar fondos.

La mujer tiene un nombre pero, para Janice, siempre será la señora SíSíSí. Eso es lo que dice cuando está al teléfono, cuando habla con amigas y cuando despliega su sabiduría entre el personal de la organización benéfica que se le haya antojado este mes. Supone que esa mujer está tratando de decir «Sí» o puede que incluso «Sí, claro», pero una sola vez no basta para la señora SíSíSí.

El marido de la señora SíSíSí también trabaja desde casa. Janice cree que tuvo mucho éxito en el distrito financiero y que, tras ganar un montón de dinero, gastó parte de él en la construcción de esta monstruosidad arquitectónica a la que ahora llaman hogar. Es una casa llena de espacios grandes y superficies resplandecientes y vacías, por lo que, en ciertos aspectos, no debería quejarse. Puede que sea mucho, pero resulta muy fácil de limpiar. En la trasera de la casa hay un cubo grande que el marido usa como despacho. Si alguna vez Janice trata de acercarse a esa zona para limpiar (por órdenes de la señora SíSíSí) su marido mueve un papel/carpeta/dedo en el aire y, sin mirarla jamás, espeta: «¡No! ¡No! ¡Ahora no!». Así que la señora SíSíSí está casada con el señor NoNoAhoraNo. Se pregunta si su marido es la razón de que nunca hayan tenido hijos.

La señora SíSíSí paga bien a Janice por el trabajo que hace. No le grita ni le deja sartenes/inodoros/bañeras/hornos repugnantes para que se encargue de ellos, pero sí ha cometido dos pecados capitales que Janice no puede perdonarle. En la cocina, una de las pocas cosas que se permite tener a un lado es una cafetera italiana de última generación. Es una auténtica belleza.

Janice puede desarmarla y limpiar todas las partes, pero nunca la han invitado a beberse un café de ella. En el armario de encima de la cafetera hay un bote de café instantáneo de la marca Tesco solo para Janice. Por lo que ella sabe, y por lo que ha visto, es lo único que la señora SíSíSí ha comprado jamás en Tesco.

El segundo pecado es que se dirige a Janice como «señora P». Janice no recuerda haberle dado nunca permiso para eso, pero también sabe que jamás sabría cómo expresar su objeción. Y ahora ya es demasiado tarde. Janice puede pensar lo que quiera de la señora SíSíSí, pero sabe que es demasiado tímida como para decirle nada a la cara.

Por todo esto, la señora SíSíSí no tiene una historia. Por una cuestión de principios, Janice nunca va a mostrar por ella mayor interés del estrictamente necesario y, desde luego, no va a permitirle entrar en la preciada biblioteca de su cabeza. Sí que le permite un «incidente», que queda muy lejos de lo que es una historia, pero, para ella, resume a la señora SíSíSí.

Un grupo de recaudadores de fondos para una institución benéfica infantil estaban en la casa, donde la señora SíSíSí había organizado una reunión para fomentar el trabajo en equipo. El ejercicio consistía en imaginar que todos se encontraban en un bote de remos a la deriva en el mar. En distintos trozos de papel había descripciones de personas inventadas presentes también en la embarcación. Entre ellos, había filántropos, defensores de derechos de la infancia, varios niños y algunos personajes menos respetables, como políticos y periodistas. El objetivo del ejercicio era decidir, puesto que la barca se estaba hundiendo, quién debería quedarse y quién debería ser expulsado, incluidos los integrantes de la organización benéfica y la propia señora SíSíSí.

Nadie parecía tener deseos de empezar hasta que una chica bajita y de pelo oscuro de la institución infantil sugirió tímidamente que para facilitar el debate deberían, al menos, descartar a los niños y decidir solamente a qué adultos había que sacrificar. La señora SíSíSí saltó de inmediato y protestó: «¿Por qué?

¿Es que piensas que mi vida es menos valiosa que la de un niño?». Y así continuaron. Al terminar la reunión, la señora SíSíSí había lanzado a varias personas por la borda, incluido un niño imaginario con fibrosis quística. «Bueno, lo más probable es que no fueran a vivir mucho tiempo, de todos modos».

A Janice le encantó saber que la chica bajita de pelo oscuro se había lanzado detrás del niño. Pero la señora SíSíSí no estaba tan contenta. «Eso no se puede hacer. No puedes saltar de la barca. Nadie haría eso en la vida real». La chica se mostró inflexible y se negó a volver a subir a la barca. Janice no estaba segura de si era porque habría saltado de cualquier barca en la que estuviera la señora SíSíSí o porque de verdad creía que una persona se podría sacrificar por un niño. Quería pensar que era por lo último y le puso un extra de galletas de chocolate cuando la llamaron para servir más café.

Hoy, la señora SíSíSí la va siguiendo mientras Janice limpia, lo cual es raro. De hecho, es más que raro; resulta desconcertante. Le hace sentir muy inquieta. La señora SíSíSí le está hablando en líneas generales de cómo le ha ido la semana y de una obra de teatro que ha ido a ver. Le habla a Janice como si estuviera a su alcance ver obras de teatro e incluso ser una mujer que pudiera tomarse un capuchino preparado en una cafetera. Esto no es nada normal y, mientras habla, Janice se siente enormemente cohibida, consciente de cada círculo que hace en el suelo de madera con la mopa de diseño especial y mango largo (con filamentos de cachemira). Piensa que si, al igual que Mike, la señora SíSíSí le pregunta cómo le ha ido el día, ella cogerá su abrigo y se marchará.

Pero, al final, lo que dice la señora SíSíSí es:

—Señora P, tengo una propuesta para usted.

Durante un momento absurdo se pregunta si la señora SíSíSí y el señor NoNoAhoraNo son pareja abierta. Da una pasada al suelo dibujando un arco exagerado para darle la espalda a su jefa y ocultar su risa. Aparte de eso, no dice nada. No se le ocurre nada que decir.

Incluso estando de espaldas a ella, Janice está segura de que la señora SíSíSí está especialmente nerviosa (lo cual, cuando Janice vuelve a mirarla, debería haberle servido de advertencia).

—Señora P, sé que siempre viene bien tener un poco más de dinero, así que de inmediato he pensado en usted.

La mente de Janice se queda completamente en blanco. ¿Qué narices le va a pedir que haga? ¿Qué es lo que puede tenerla tan nerviosa?

—Va a ocuparle buena parte de su tiempo y nos aseguraremos de que se le paga bien. Será durante las horas que le vengan bien. Con cinco o seis horas a la semana debería bastar. La cuestión es que mi suegra necesita ayuda. Tiene más de noventa años y, en fin, su casa...

La señora SíSíSí se estremece y no parece poder terminar la frase pero, entonces, al darse cuenta de su error, se recupera rápidamente.

—En realidad, no está tan mal. Está bastante llena de cosas suyas, pero estoy segura de que habrá visto cosas peores y, por supuesto, una vez que usted se encargue de todo, será mucho más fácil de manejar.

Después de una pausa, añade:

—Está pegada a una de las facultades y, en muchos aspectos, es muy bonita.

Janice sigue pasando la mopa muy despacio en un intento por ganar algo de tiempo.

—Me temo que ahora mismo estoy bastante ocupada. —Es lo único que consigue decir.

—Pero no del todo. —La señora SíSíSí ve la oportunidad y mete la punta de su zapato de piel de cocodrilo en el hueco.

—Bueno, es decir, estoy ocupada todos los días —intenta excusarse Janice.

—Podría ir el día que quisiera y la paga sería buena.

Esto hace que se detenga. Parece que Mike vuelve a estar sin trabajo y no se imagina que vaya a renunciar a sus excursiones al pub.

La señora SíSíSí no ha terminado.

—La cuestión es, señora P, que o alguien va a ayudarla adonde está o vamos a tener que pensar en buscarle una residencia. No queremos eso pero, con noventa y dos años...

Estupendo. Ahora la perspectiva de ser la causa de que a una anciana la echen de su propia casa para meterla en una residencia que huele a pis y repollo se sumará a su lista de preocupaciones.

—Bueno, supongo que podría ir a verla. Pero no prometo nada.

La señora SíSíSí ya no la está escuchando.

—Eso es fantástico, señora P. Sabía que podía confiar en usted. Le daré todos los detalles. —Pasa la punta de los dedos por el borde de la encimera un par de veces antes de añadir—: Tiene que recordar que es una señora muy mayor y estoy segura de que ya sabe cómo son. Pero estoy convencida de que no habrá nada que la perturbe. Usted siempre es muy calmada y estable.

Janice apenas ha escuchado esta última parte pues, de repente, ahí apoyada en sus pies, está la razón por la que sigue viniendo a limpiar para la señora SíSíSí. La fuente de su alegre expectación. Un pequeño y desaliñado fox terrier está ahí sentado, mirándola. Tiene una cara expresiva y, a veces (bueno, en realidad, casi todo el tiempo), es como si le hablara directamente a ella. En resumidas cuentas, su expresión lo dice todo. Y ahora ella casi cree que él está regañando a su dueña por atreverse a suponer cómo es Janice. Mira en dirección a la señora SíSíSí y, en esa mirada, Janice puede ver sus palabras sin pronunciar: «¿Y cómo coño sabes tú cómo es Janice? ¡Nunca hablas con ella!».

7

La historia de un perro peludo

—Este es Decius, es un fox terrier.

Esta fue una de las primeras cosas que la señora SíSíSí le había dicho, seguida rápidamente por:

—Espero que le gusten los perros nos gustaría que lo sacara de paseo.

No fue «Espero que le gusten los perros». Pausa. «Nos gustaría que lo sacara de paseo». Ni siquiera «¿Le importaría sacarlo de paseo?». Igual que sus sisisís, lo dijo todo seguido en su afán de sacarse las palabras y al perro de encima.

—¿Decius? —fue lo único que Janice fue capaz de contestar.

—Sí, se llama así por un emperador romano.

Y fue entonces la primera vez que lo vio. Miró a Decius. Él la miró a ella y su expresión declaraba, con la misma certeza que si la hubiese ladrado: «No digas ni una palabra. Ni una puta palabra». Ella no le culpó, pero después de todo este tiempo todavía se sorprende de lo mucho que ese perro suelta palabrotas. Para ser un fox terrier.

Hace ya cuatro años que conoce a Decius y no le da miedo reconocer (al menos, ante sí misma) que lo quiere. Le encanta la sensación de su cara vellosa y nervuda entre sus manos; le gusta su forma de andar, como de una bailarina que va a ponerse en puntas. Adora su forma de dar saltitos como si hubiese una cuerda a la altura de su cintura y Janice es consciente de su felicidad cuando pasea a Decius por los campos y prados que rodean Cambridge. Está pensando en crear una sección en su biblioteca para historias de animales, para así poder incluir a Decius.

En una ocasión probó a llamarle Decy, pues Decius le parecía un nombre muy formal. Y es ella, y no la señora SíSíSí ni el señor NoNoAhoraNo, quien tiene que ponerse en medio del campo a gritar su nombre en voz alta. Sin embargo, él le lanzó una mirada desde debajo de sus cejas greñudas que en silencio, pero de manera elocuente, decía: «Por favor. No». Y cuando se alejó levantando barro furiosamente con sus patas traseras, ella casi creyó oír que murmuraba: «Hay que joderse».

Para empezar, Janice paseaba a Decius cuando iba a limpiar o a ayudar con los refrescos durante algún acto benéfico, aproximadamente dos veces a la semana. Pero no era suficiente, para ninguno de ellos. Así que Janice se ofreció a ir con más frecuencia para pasear al perro y la señora SíSíSí aprovechó la oportunidad. Así que, los demás días, ella incluye sus paseos entre sus trabajos de limpieza y, a menudo, los fines de semana va hasta allí en el coche. La primera vez que la señora SíSíSí la vio aparcar en la puerta, exclamó: «¡Ah, usted conduce!». Como si, tal y como Janice le contó a Decius después, hubiese visto a un mono de feria al volante. Habían estado sentados en el bosque compartiendo unos trozos de pollo. Se supone que Decius es vegano (aunque ni la señora SíSíSí ni el señor NoNoAhoraNo son seguidores de ese tipo de alimentación) y piensa que una de las razones por las que él la quiere, y es recíproco, es que ella le trae comida que de verdad quiere comer. Recuerda que él la había mirado con ojos inquisitivos y que ella sintió la necesidad de explicarle a Decius por qué, si ella sabe conducir, no viene en coche los demás días. Sobre todo, cuando el tiempo no está como para sacar a un perro a la calle. Le confesó que era complicado.

Mike y ella tienen un coche, un viejo Volkswagen ranchera. Él siempre se lo llevaba para ir a trabajar. Ahora, a ella se le ha ocurrido que quizá eso podría cambiar, puesto que va a quedarse sin trabajo, pero, en cierto modo, lo duda.

—No querrás llevarte el coche, Jan. Te va a suponer más problema que otra cosa. Aparcar en la ciudad es una pesadilla.

Eso es verdad, aunque también es cierto que la mayoría de sus jefes tienen aparcamiento para visitas o caminos de entrada en sus casas. Ya se lo ha explicado otras veces.

—Lo que tú digas, pero creo que terminarás viendo que tengo razón. —La miró con una sonrisa afable—. Ya sé. Yo puedo llevarte y recogerte cuando vaya.

Ella había sido tan tonta que se había creído que eso podría funcionar. Él tenía aparcamiento en la facultad en la que trabajaba de celador y compartir coche la ayudaría en su preocupación por la huella de carbono. Pero, al parecer, él nunca tenía que ir a la misma hora que ella. Y cuando Janice aparecía en la facultad sabiendo que el turno de él había terminado y con la esperanza de que la llevara a casa, lo habitual era que Mike estuviese desaparecido sin ninguna explicación. Se volvió insoportable tener que enfrentarse a las miradas del resto del personal, que claramente estaba cada vez más molesto con su marido y su errática puntualidad.

Ahora recuerda aquel día en el bosque, con Decius sentado en el banco a su lado, con la cabeza en su regazo. Ella había colocado su cara junto a su pelo en busca de consuelo, porque se había dado cuenta de que el problema del coche la había llevado a pensar en otro problema: que tiene muy pocos amigos. Resulta que Cambridge es una ciudad bastante pequeña cuando has pasado por tantos trabajos como Mike. A Janice le sorprende que él no se dé la vuelta cuando se encuentra con antiguos compañeros o conocidos del trabajo. Está convencida de que ese hombre no tiene ninguna vergüenza y que, en su mente, ha conseguido salir vencedor de esas relaciones. Así que ella soporta la vergüenza por los dos y siente que su peso tira hacia abajo de su cuerpo de tal modo que ya no puede mirar a la gente a los ojos. Y hay algunas personas a las que le habría gustado conocer mejor. Recuerda el alivio que sintió al ver a un amigo de Geordie Bowman, que había ido a llevar unas cubiteras de plata. Janice sabía que conocía a Mike pero él no tenía ni idea de que ella fuera su mujer. Cuando surgió su nombre de pasada, aquel hombre se había echado a reír (lo cual le pareció a Janice un gesto indulgente cuando recordó las evasivas que Mike le había estado dando). Soltó un resoplido y exclamó: «¡Ese hombre está loco! Absoluta y completamente loco». Él había continuado después colocando las cubiteras en el viejo horno de pan donde Geordie guardaba su vino y ella había vuelto a quitar el óxido de la puerta del horno con su lijadora. Pero más animada. Le alegraba saber que había otras personas que pensaban lo mismo y que se podía decir en voz alta. Le hacía sentir menos sola.

Ahora, está sola en la cocina con Decius (que, en realidad, no es estar sola nunca) y ya casi ha terminado su trabajo. Después de su «charla», la señora SíSíSí le ha anotado la información de su suegra todo lo rápido que le ha permitido su Mont Blanc y se ha ido de compras. Janice coge la correa de Decius del gancho del cuarto de la entrada y abre la puerta de atrás. Ha decidido que va a llevar a pasear a Decius por el campo hasta donde vive Fiona. Ha estado preocupada por ella. No tiene que ir a limpiar a su casa hasta el lunes que viene, pero espera que no le importe que se pase unos días antes porque tiene un regalo para ella.

La casa está a oscuras y no hay señales de vida cuando toca al timbre de la puerta. Piensa si meterle su regalo por la ranura del buzón, pero es muy pequeño y podrían pisarlo fácilmente. Así que, después de llamar con el puño y hacer sonar el timbre una vez más, usa su llave para entrar. Está segura de que a Fiona no le va a importar y cree que su regalo le sacará una sonrisa la próxima vez que mire en su casa de muñecas. Limpia con cuidado las patas de Decius con el trapo que lleva en el bolsillo del abrigo y lo lleva bien cogido de la correa a su lado mientras sube al desván. Una cosa es que pase un par de minutos para dejar un regalo y otra permitir que el perro de una desconocida explore la casa de Fiona.

Cuando abre la puerta de la casa de muñecas ve que Fiona ha estado ocupada. Ha añadido toda una instalación eléctrica y en algunas de las habitaciones ha colocado con cuidado diminutas lámparas de techo y de mesa. Sobre el tablero, a la derecha de la casa de muñecas, ve el enchufe y no puede resistirse a encenderlo. El chispazo y el estallido que oye en algún lugar de la casa de muñecas le hace dar un brinco y, preocupada, abre más la puerta para ver qué ha pasado. No tarda en localizar el problema: dos cables se han cruzado y la chispa posterior los ha separado y ha roto el circuito. Cree que uno de los cables lo puede unir y que el otro va a necesitar que lo suelden. Sabe que Adam, el hijo de Fiona, guarda un soldador en su dormitorio y que lo usa para trabajar en sus figuritas robóticas, pero entrar en el dormitorio de un niño de doce años y rebuscar entre sus cosas sí que supone claramente un incumplimiento de sus normas de asistenta.

Está tan inmersa en averiguar si puede arreglar los cables sin un soldador que pasa un rato antes de oír la voz desde abajo. Baja la mirada al lateral de su silla y Decius ha desaparecido y la puerta del desván está ligeramente abierta. Se levanta de un salto de la silla, con la cara ya ardiendo al pensar en la posterior explicación. Encuentra a Decius una planta más abajo, sentado junto a Adam, que se ha arrodillado para hablar con él. Decius tiene sus patas sobre los muslos del chico y está frotando el hocico contra su mano.

—Adam, lo siento mucho. No tenía ni idea de que hubiera alguien. Solo quería dejar una cosa para tu madre.

Adam se muestra completamente impasible ante su repentina aparición (ella supone que está acostumbrado a que haya un flujo de gente entrando y saliendo de esa casa sin que apenas les preste atención). Parece que ella entra en esta categoría. Está mucho más interesado en Decius.

—¿Es tu perro?

Tiene la tentación de responder: «Sí». De hecho, en su mente aparece un: «¡Claro que sí!», pero le dice la verdad.

—Yo solo lo saco a pasear.

Al oír esto, Decius se gira para mirarla y a ella le parece verlo bastante dolido. Antes de que se le ocurra qué más añadir, es Adam quien continúa:

—Tiene una pinta rara y parece que anda de puntillas. ¿Es normal eso?

Janice envía a Decius una oración silenciosa para que no diga ningún taco, pero parece que le gusta Adam y se sube a su regazo. Ella sabe qué es lo que viene después: pronto estará tumbado sobre Adam. Eso es exactamente lo que ocurre y el chico se ríe y, en ese momento, Janice cree que el corazón se le va a partir en dos. Recupera la compostura sentándose al lado de ellos en el suelo.

—Es un fox terrier y creo que es señal de que es de buena raza.

—¡Chachi! Pues a mí me parece un poco atontado.

Janice no se atreve a mirar a Decius a los ojos.

Pero Adam arregla la situación añadiendo:

—Pero es guay, ¿no? —Es una afirmación, no una pregunta, y Decius la mira como diciendo: «Te lo dije». Entonces, a Janice se le ocurre que Decius jamás soltaría palabrotas delante de un niño y, a pesar de sus largas piernas y sus pies grandes, Adam sigue siendo todavía un niño. El cuello que sale de su sudadera con capucha es largo y flaco y, aunque tiene pelo abundante y caído, su cara es pequeña y aún sin acné. De hecho, tiene una preciosa tez de color melocotón y crema. También se ha delatado al usar «chachi» y «guay». A Adam le gusta usar todavía las suaves exclamaciones que usaría su madre (que tiene aspecto de vicaria).

—¿Te han arreglado el aparato? —pregunta ella.

—Ah, eso —responde pasando inconscientemente la lengua sobre sus dientes, pero sin decir nada más.

Esto le recuerda a las anteriores conversaciones con Adam, respuestas que no llevan a ningún sitio hasta que se quedan mirándose en un incómodo silencio. Entonces, piensa en las risas y se dice a sí misma que tiene que insistir más.

—¿Tienes un soldador?

Él levanta la vista de Decius sorprendido.

—Sí.

—¿Me lo puedes dejar?

—Sí, supongo.

Se levanta sin ganas, aferrado al cuerpo cálido de Decius hasta el último momento, en que tiene que dejarlo sobre el suelo.

—Voy a por él. —Se gira un poco y, a continuación, la mira con cierta inquietud—. ¿Se va a quedar ahí? ¿No se va a ir?

Ay, sí que es un niño. Y, de nuevo, el corazón se le rompe. Esta vez por Adam y piensa que un poco por Simon y por ella misma. Mantiene un tono alegre.

—Yo creo que quiere ir contigo.

Adam sonríe y Decius la mira como diciendo: «¿La apestosa habitación de un niño? ¿Estás de broma? Por supuesto que voy».

Les deja juntos en la habitación de Adam y sube a arreglar los cables de la casa de muñecas. No tarda mucho. Una vez que ha dejado todo de nuevo en su sitio, mete la mano en su bolso para sacar el diminuto regalo que le ha comprado a Fiona. Es una tarta de cumpleaños en miniatura. Por supuesto, no ha podido ponerle cuarenta y cinco velas, pero cree que Fiona entenderá la idea cuando abra la casa, como espera que haga mañana, y la vea en la mesa de la cocina. Antes de cerrar la puerta de la casa de muñecas ve el nuevo ataúd en miniatura que hay en el establecimiento de Jebediah Jury. Una familiar sensación de inquietud le invade el cuerpo. Sabe, mejor que nadie, que ella no es más que la asistenta. Esto no tiene nada que ver con ella. No puede fingir que sabe cómo le está yendo de verdad a la familia sin John: el padre de Adam y marido de Fiona. Pero la inquietud se instala en ella como la niebla en una hondonada.

John había sido cirujano torácico en el hospital de Addenbrooke. Le encantaba salir de acampada y hacer excursiones en bicicleta con la familia. Había construido aquí una maqueta de trenes para su hijo y le había ayudado a construir sus figuritas robóticas en su dormitorio. Ella no puede saber qué debe de sentirse realmente al haberle perdido, pero sí nota la fuerte presencia de una pregunta sin responder flotando sobre ellos y puede percibir que está echando a perder a esta familia, aplastando esta casa. Y la pregunta en la que no deja de pensar es: ¿por qué ese hombre tan encantador se suicidó?

Cuando le devuelve el soldador a Adam, le encuentra en la cama con Decius tumbado encima de él.

—Gracias, Adam. Será mejor que nos vayamos ya.

Decius baja de un salto y vuelve al lado de ella. Janice mira la cara de Adam y, mientras le hace la propuesta, se pregunta en qué se está metiendo. En aguas profundas, eso seguro.

—¿Te gustaría venir a pasear a Decius alguna vez?

—¿Puedo? —pregunta él y ella cree que Decius le mira con aprobación, así que Adam suelta un claro—: ¡Por supuestísimo! —Pero, después, lo estropea añadiendo—: Un nombre de mierda. —Y ella sabe que es hora de irse. Pues la paciencia de un fox terrier tiene un límite.

8

No hay que dejarse engañar por las apariencias

El escupitajo cae en la acera a menos de dos centímetros de su zapato. O es un muy buen lanzamiento o la suegra de la señora SíSíSí ha fallado. Janice se queda mirando a la ancianita que está en la puerta abierta mientras intenta no hacer caso de la voz de la hermana Bernadette, que le susurra al oído: «Bueno, ¿vas a ver en qué estado está esta mujer?». Seguido del inevitable: «¿No vas a darte la vuelta y salir de nuevo por ese camino?». Piensa que la hermana Bernadette tiene algo de razón, o, más bien, toda la razón. ¿De verdad necesita estar aquí? ¿Y qué lleva puesto esta mujer? Parece una especie de quimono por encima de unos pantalones de pana de hombre, enrollados muchas veces sobre los tobillos, y en la cabeza lleva un gorro rojo con cerezas artificiales encima. Las cerezas parecen cubiertas de lo que Janice sospecha que es moho.

Cuando habla, la voz de la mujer suena entrecortada, con cada palabra preciosamente formada antes de escupirla por su boca como la flema. A Janice le parece que suena como una locutora de la BBC de los años cincuenta que estuviese muy, pero que muy cabreada.

—No necesito tus servicios de limpieza. Esta es mi casa y nadie me va a dar órdenes sobre cómo organizar mis cosas.

—¿Cómo ha sabido que he venido a eso? —no puede evitar preguntar Janice—. ¿Que soy una asistenta?

—Bueno, mírate bien, mujer. —Al decir esto, la mujer señala a un paquete de bolsas de aspiradora y unos guantes de goma que sobresalen de su bolso—. ¿Qué otra cosa podrías ser?

Janice puede oír en su cabeza el resoplido de desaprobación de la hermana Bernadette. Entonces, de repente, se fija en el color del quimono, de un llamativo púrpura chillón. Ya lo había visto antes, claro, pero no se había fijado bien. Recuerda aquel famoso poema sobre la ancianidad, algo sobre vestir de púrpura, un gorro rojo y aprender a escupir. Busca en su memoria otro verso y pregunta:

—¿Me permite preguntarle si se gasta la pensión en brandi y guantes de verano?

La anciana que está en la puerta se queda mirándola un rato antes de contestar con un tono más moderado.

—Tengo debilidad por el brandi pero ninguna necesidad de comprar más guantes. —A continuación, observa a Janice unos segundos más antes de afirmar—: No pienso dejar que ninguna tonta entre en mi casa. Y mi nuera es la mayor de todas. —Dicho eso, se da media vuelta y empieza a arrastrar los pies por el pasillo. Janice supone que debe seguirla, así que entra y cierra la puerta detrás de ella.

Cuesta sortear todas las cosas que hay desperdigadas por el estrecho espacio: revistas, montones de ellas, palos de golf, una lámpara de estudio con la base rota, maletas, una ardilla disecada, dos escalerillas y lo que parece un diyeridú apoyado en dos tacos de billar. El lado práctico de Janice no puede evitar imponerse: esta mujer necesita más espacio de almacenamiento. Se pregunta si en la facultad dispondrán de alguno que pudieran alquilar. La anciana llega al final del pasillo y Janice ve que coge dos bastones que tiene ahí escondidos. Cuando apoya su peso en ellos, lanza un gruñido de dolor y Janice se da cuenta del esfuerzo que ha supuesto para ella hacer su pequeña pantomima sin ayuda. Antes de girar para entrar en la parte principal de la casa, la mujer se quita el gorro y el quimono y los deja caer al suelo junto con las demás cosas que hay desperdigadas por el suelo. Janice tiene que contenerse para no agacharse de forma instintiva a recogerlas. En lugar de ello, las pisa con decisión y siente el satisfactorio estallido de una cereza artificial al aplastarse bajo su pie. No va a trabajar para esta mujer. Si necesita tanto el dinero puede fácilmente buscar otro trabajo entre sus clientes habituales.

La casa parece construida en el interior de una de las facultades más antiguas de Cambridge. La puerta que ha atravesado Janice está colocada en un muro exterior de ladrillo rojo que da a la calle. Cuando se gira hacia el edificio principal al fondo del pasillo ve que la casa se abre para formar un lado de un patio interior. La habitación a la que accede es amplia. Está abierta desde el suelo hasta las vigas y parece que no hay ninguna planta superior, aparte de una galería que rodea toda la estancia. Una escalera de caracol conduce hasta ella y en el otro extremo puede ver las patas de lo que parece una cama sin hacer. Debajo de ella, bajo la galería, hay una pequeña cocina. Bueno, supone que es una cocina; las encimeras están atestadas de montones de cosas, pero, como muchas de ellas son platos y sartenes, adivina que es lo que es. Las paredes internas de la habitación son de un cálido terracota, como los ladrillos del muro exterior. En el lado de la calle hay tres ventanas colocadas muy por encima de la altura de la cabeza. En la pared principal interior que da a un patio cuadrangular de césped hay un enorme ventanal hecho con un entramado de vidrio. Hay escudos de armas de vidrios de colores que se alinean por arriba. La luz de la habitación es espléndida pero no consigue ocultar el desorden. El polvo flota en el aire y allá donde Janice mira hay montones de libros. Eso, además de las muchas cajas de libros que bordean la habitación.

Un gemido de lo que parece dolor llama su atención de nuevo hacia la dueña de los libros. Tiene los hombros encorvados sobre los bastones que todavía la sujetan... apenas. Se queda mirando a Janice desde unas pobladas cejas blancas pero no dice nada. Todo en esa mujer desprende agresividad. Un desafío. Janice se pregunta cómo subirá por la escalera de caracol cada noche; sospecha que lo consigue por pura terquedad. Janice siente que algo se ablanda en su interior y sugiere en voz baja que se sienten. No llega tan lejos como para ofrecerse a preparar un café para las dos. No tiene ningún deseo de acercarse a esa cocina.

La anciana arrastra los pies hasta un sillón de cuero que hay junto a una pequeña estufa eléctrica y se deja caer sobre él. La envuelve todo el cuerpo haciendo que parezca más pequeña y frágil que en la puerta con su atuendo púrpura y rojo. Sus pequeños pies sobresalen por debajo del borde de sus pantalones enrollados como los de un niño. Janice se dispone a acercarse al sillón de enfrente pero la mujer le espeta: «¡No! No, ahí no» y, de repente, recuerda de quién es madre. Coge una de las pocas sillas libres que no tiene libros encima, una preciosa silla de comedor que sospecha que puede ser una Chippendale original, la acerca hacia la estufa y se sienta. Se da cuenta entonces de su error. Lo único que quiere decir es que, puesto que no necesita ninguna asistenta, se va a despedir y a marcharse. ¿Cuánto tiempo puede tardar?

Ni siquiera consigue pronunciar la primera palabra. La anciana resopla de repente y le pregunta:

—Bueno, ¿cuál es tu historia?

Nunca le ha hecho nadie esa pregunta. Y se queda pasmada. Las pesadillas de verse desnuda delante de una multitud y los recuerdos de Mike insistiendo en que pruebe a cantar con él en un karaoke para, después, dejarla sola en el escenario, no son nada en comparación con esta sensación. Intenta decirse que quizá esta sea una forma cortés de iniciar una conversación, aunque, en vista de cómo ha ido todo hasta ahora, lo duda. Sus jefas, al contrario que su marido, suelen preguntarle cómo le ha ido el día y, juntas, hablan de películas, música, el omnipresente clima y las vacaciones —las de ellas, no las suyas—. Pero nadie le ha preguntado jamás por su vida. Si es que, en realidad, es eso lo que esta desagradable anciana está haciendo.

—¿Estás sorda? Creía que eso era cosa mía.

Esto obliga a Janice a hablar.

—Soy muy buena asistenta y me imagino que eso es lo único que usted necesita saber. —¿Por qué ha dicho eso? No va a trabajar para esta mujer. ¿Y adónde ha ido el apocado ratón? Las dos saben que esto supone un desafío. Dios, a este paso, a menos que consiga escapar, va a tener que aguantar que esta desagradable vieja la llame también «señora P».

—Ah, pero todo el mundo tiene una historia —insiste la mujer, sin hacer caso al desafío y empeorando mucho más las cosas para Janice. Es como si estuviese clavando en ella unas uñas (muy sucias) bajo la piel suelta, tratando de agarrarla para poder arrancar enormes tiras del cuerpo de Janice.

Lo único que Janice consigue hacer es soltar una carcajada poco convincente y añadir:

—Me temo que le voy a parecer muy aburrida. Yo no diría que tengo ninguna historia.

Desearía haber podido decir esto con más decisión, pero el ratón ha vuelto. Quiere dejar claro con total convicción que es ella la que colecciona historias. Que recopila historias porque no tiene ninguna. Quiere gritarlo en voz alta para ahogar la vocecita que oye en su interior y que está tratando de añadir: «Desde luego, ninguna historia que esté dispuesta a contarle a usted».

Parecen haber llegado a un empate. La anciana tiene los ojos levantados al techo. Janice mira a la mujer que mira al techo. Agradece que la silla Chippendale, probablemente original, esté aguantando sus temblorosas piernas.

Janice no está segura de que vaya a poder levantarse, pero consigue decir:

—Creo que será mejor que me vaya. No da la impresión de que usted quiera ninguna asistenta.

Aparentemente la mujer ha tomado una decisión. Sin dejar de mirar al techo, contesta:

—Yo no he dicho eso. He dicho que nadie me va a dar órdenes con respecto a mi forma de organizar mis cosas. Puede que sea muy vieja pero no soy una deficiente mental. Sé que me cuesta manejarme y que, a menos que algo cambie, mi hijo me va a meter en una residencia. Hubo una época en la que yo tenía cierto estatus en la universidad..., mi difunto marido fue el rector de aquí durante varios años, pero ahora parece que pocos le recuerdan y a la directiva le gustaría recuperar la casa para «fines más productivos».

Mira ahora directamente a Janice.

—Creo que mi hijo se ha ofrecido a financiar alguno de ellos. Tengo entendido que le gustaría que la «nueva iniciativa de cohesión» llevara su nombre.

Janice vuelve a mirarla y, sin saber qué decir, se agarra a su salvavidas natural.

—Parece que ha tenido usted una vida muy interesante. Estoy segura de que tiene una buena historia para contar. —A continuación añade, como si hubiese puesto el piloto automático—: ¿Quiere que prepare un café?

La anciana se inclina hacia delante y se pone de pie con dificultad.

—No, tienes que echar un vistazo a algunos de los libros. Ellos te contarán todo lo que necesitas saber. Empieza por ahí. —Señala a un montón de ellos que están sobre lo que parece una mesa de comedor—. Yo prepararé el café.

Dicho eso, va arrastrando los pies hacia el fondo de la habitación. Janice se da cuenta de que no intenta poner la cafetera, sino que se sienta en un taburete junto al fregadero. Se pregunta si la madre del señor NoNoAhoraNo la va a dejar un rato tranquila. Se le ocurre que podría levantarse y marcharse sin más. Pero también es verdad que puede hacerlo después de ver los libros que hay sobre la mesa. Y desde que ha entrado en la habitación ha deseado poder mirar más de cerca lo que parece ser una lujosa biblioteca.

Hay muchos tomos apilados sobre la mesa. Y, por lo que

puede ver, esto no es más que una pequeña parte de lo que hay en la habitación. Hay libros en francés y, según cree, en ruso. Novelas inglesas clásicas, toda una colección de ejemplares encuadernados en piel de *Las crónicas de Barsetshire* de Trollope. Unos pesados libros de tapa dura sobre Caravaggio y Bernini. Libros sobre el Muro de Adriano y una guía sobre las termas romanas de Herculano. Hacia el fondo del montón hay más libros de arte, esta vez sobre artistas modernos.

—¿Y bien?

Sin que ella se dé cuenta, la madre del señor NoNoAhora-No se ha acercado y se ha sentado en un extremo de la mesa.

—Ha viajado usted mucho y es evidente que es muy leída. —Janice levanta los ojos y señala hacia el resto de la habitación—. Le interesa el arte y la historia y usted o su marido hablan ruso y francés.

—Los dos lo hablamos..., lo hablábamos.

Janice piensa que ha llegado la hora de irse: esa pausa, ese cambio de tiempo verbal la está atrayendo. Y no quiere pasar más tiempo del necesario con esta complicada mujer.

De repente, Janice suelta una carcajada; se ha fijado en uno de los libros sobre arte moderno.

—¿Qué pasa? —pregunta la mujer, pero Janice supone que ella ya lo sabe. No puede deshacerse de la sensación de que la está poniendo a prueba de alguna forma.

Janice lo levanta y lee el título en voz alta, un libro escrito por una artista contemporánea:

—*Tu saliva es mi traje de buceo en el océano del dolor.*

Hay un bufido de risa al otro lado de la mesa.

—Sí, lo compré para recordarme lo jodidamente ridícula que puede llegar a ser la gente.

—¿Alguna vez ha conocido a Decius? —pregunta Janice antes de poder contenerse.

—¿Quién es Decius?

Ahora es Janice la que se siente ridícula. ¿Qué va a decir? «Conozco a un fox terrier que en mi imaginación suelta palabrotas como usted. Y sus cejas se parecen bastante a las de él».

—Ah, nada, es el perro de su hijo, eso es todo.

La anciana coloca las dos manos sobre la mesa e inclina la cabeza sobre ellas. Su resuello sorprende a Janice, que se pregunta si se trata de un ataque de asma y si debería ir a por alguna medicación. Entonces, se da cuenta de que es risa, unas enormes carcajadas secas. Al final, la anciana se limpia los ojos y dice:

—Así que Tiberius ha llamado a su perro Decius. A su padre le habría encantado. —Y añade a modo de explicación—: Mi marido tenía un enorme interés por la historia romana.

¡¿Tiberius?! Janice no quiere ir por ahí. No quiere que los malos tengan una historia. No quiere pensar en un niño pequeño que va al colegio con un nombre tan espantoso ni tampoco en por qué ese niño creció y terminó poniendo a su perro el nombre de un emperador romano. ¿Una broma contra su padre? ¿Un tierno recuerdo de él? De repente, se pregunta si al querer que la «nueva iniciativa de cohesión» lleve su nombre está pensando en el de Tiberius o en el apellido familiar, el de su padre.

Se pone de pie. De verdad que no necesita esto.

—Voy a tener que irme —dice cogiendo su bolso.

Sin embargo, la madre de Tiberius no ha terminado con ella.

—Una última pregunta. Es una pregunta sobre una isla desierta. —Se gira para mirar la cara de Janice, probablemente la cara de un ratón en una trampa, y continúa con rapidez—. Si pudieras llevarte un libro, una novela, a una isla desierta, ¿cuál sería?

—*La feria de las vanidades.* —No tenía intención de responder, pero las palabras han salido antes de poder contenerlas.

La madre de Tiberius parece sorprendida. A continuación, asiente, despacio.

—Buena elección, muchas historias dentro de otras historias. Bien escrita, mucho humor, un encantador sentido del ridículo y un gran plantel de personajes.

Janice está empezando a sentirse molesta por esta disección de su libro favorito y se acerca lentamente hacia la puerta.

—Y dime ¿eres más una Becky Sharp o una Amelia?

Janice no dice nada, pues teme que le salga algo como: «¿Quién narices cree usted que soy?». Desea ser más como Becky Sharp pero sabe que es la ingenua y equivocada Amelia.

Janice está ya junto a la puerta que da al pasillo, pero parece que no puede escapar de la anciana, que se acerca a ella arrastrando los pies.

—Tengo una historia maravillosa para ti. Sí, yo diría que es la historia perfecta, solo para ti. Es sobre una chica, una mujer, igual que Becky Sharp. De hecho, en nuestro cuento va a llevar el nombre de Becky. Es la historia de dos príncipes y una mendiga. Bueno, uno era un príncipe de verdad que había sido criado para ser rey y el otro, en realidad, nunca fue ningún príncipe. Así que te puedes imaginar que va a ser una historia de intriga y misterio.

Janice está ahora pasando por encima del quimono púrpura y abriéndose paso entre las maletas y la ardilla disecada.

La mujer que va detrás de ella es implacable.

—Y Becky, nuestra heroína, se crio en París, una ciudad bonita de verdad. Su madre era sombrerera y su padre empleado de un bufete. Era una familia encantadora. Tenía dos hermanos mayores, unos chicarrones valientes que la protegían y que terminaron siendo soldados.

Janice se encuentra ya al otro lado de la puerta y, por pura costumbre, se gira para despedirse de la madre de Tiberius.

—Por supuesto, es de Becky de la que hablamos. Y toda esa historia, todo eso de la familia, los hermanos y su valentía…, en fin, lógicamente, era todo mentira.

Y dicho eso, le cierra la puerta a Janice en las narices.

9

En busca de una heroína

Es jueves y Janice está en la puerta de un bloque de pisos bien cuidados y de estilo art déco. Intenta concentrarse en la historia de la mujer que vive en la primera planta, pero la historia de Becky no deja de filtrarse en sus pensamientos. ¿En qué le había mentido? ¿Y por qué creía la anciana que era una historia para ella?

Mientras Janice se quita los zapatos con experimentado movimiento doble de la punta en el tacón y mete los pies en la suavidad de la lana con doble capa, se le viene a la mente el contraste entre esta entrada y la de la suegra de la señora SíSíSí. Todo es blanco; todo está impoluto. Puede oír a Carrie-Louise gritando desde la pequeña cocina hacia la puerta.

—Querida..., ¿eres tú? Janice..., hoy tienes que ser muy buena conmigo.

Carrie-Louise habla despacio, prolongando cada palabra todo lo posible. Su «muy» se alarga en la mitad, temblando como sus manos, que ya no se quedan quietas, ni siquiera cuando las tiene apoyadas en el regazo. Sale de la cocina con movimientos serenos y seguros, curiosamente al contrario que su voz y sus manos. Cuando Janice piensa en Carrie-Louise, la expresión «como un pincel» aparece siempre en su mente. No es una mujer que lleve nunca un gorro con cerezas enmohecidas. Lleva la ropa alisada sobre un cuerpo ligeramente engrosado por la edad, pero que aún conserva evidencias de antiguos rasgos etéreos. Las fotografías en marcos de plata a las que Janice limpia el polvo cada semana atestiguan esa belleza más joven e imponente. Janice ignora por completo qué edad tiene Carrie-Louise pero supone que debe de estar en los ochenta y muchos. No muy lejos de la edad de..., pero no le apetece pensar en ella.

Vuelve a oírse a Carrie-Louise, alargando sus carcajadas y su forma de hablar lenta y aristocrática.

—Querida, vas a tener que... perdonarme... si hoy estoy un poco pesada. Un poco como una tortuga vieja. Anoche... me emborraché mucho..., de verdad, debería haberme ido con los vagabundos... de debajo del puente. —Asiente y levanta una ceja mirando a Janice—. Y hoy viene Mavis.

Mavis es la amiga más antigua de Carrie-Louise. Se conocieron en su primer día en el internado y décadas después terminaron estableciéndose en barrios contiguos a las afueras de Cambridge, tiempo más que suficiente para ser cada una experta en las manías de la otra. Y aunque se mueven con mucha más lentitud que cuando atravesaban volando el campo de lacrosse, siguen siendo rápidas a la hora de localizar algún punto débil en la otra. En la actualidad, a Mavis le gusta presumir de una mayor movilidad cuando está delante de Carrie-Louise: «Madeira en mayo, solo unos días paseando entre los jardines, será como un verdadero tónico. Qué pena que ahora sea demasiado para ti. Lo pasábamos muy bien los cuatro cuando tu Ernest seguía con nosotros, ¿verdad? Siempre nos acordamos de vosotros dos cuando estamos allí rodeados de flores». Mavis no piensa ir tan lejos como para alardear de su robusto marido, George. Si lo hiciera, Janice cree que Carrie-Louise se echaría a reír. De hecho, a Janice le sorprende que Carrie-Louise no incluya a George en la mezcla de respuestas verbales. O puede que algunas cosas estén fuera de lugar. Y quizá recordar a tu amiga que lleva más de cincuenta años casada con el hombre más aburrido del mundo sea una de ellas.

Para esta visita, Carrie-Louise recurre a uno de sus favoritos. Coge su libro de recetas. Mavis es una cocinera inepta y las dos lo saben.

—Querida..., ¿hacemos... unas ricas... magdalenas? —Gorjeos de risa esta vez. Mavis nunca ha sido capaz de dominar esos delicados bizcochos franceses.

—Ah, yo creo que sí. —Con media cabeza dentro del armario de la entrada, Janice no puede evitar sonreír mientras coge la aspiradora—. Deje que antes acabe con la sala de estar y después puedo empezar a hacerlas y echarles un ojo mientras limpio la cocina. —Tienen el acuerdo tácito de que Mavis no debe saber que últimamente Janice se encarga de hacer la repostería más elaborada. Janice sabe que Carrie-Louise no tiene por qué preocuparse. Mavis la ve como una mujer que compraría pasteles de la marca Mr Kipling. Este pensamiento le obliga a añadir—: ¿Y quiere que haga dos variedades de magdalenas?

La risa de Carrie-Louise suena alegre.

—Ah, sí..., ¿quieres...? —Se asoma por el quicio de la puerta de la sala de estar, donde Janice se encuentra ahora enchufando la aspiradora—. Eso... la dejaría de piedra.

Carrie-Louise vuelve a la cocina y Janice puede oírla abriendo y cerrando armarios mientras habla alegremente consigo misma, hasta que la aspiradora ahoga cualquier otro sonido. Después, cuando está ahuecando cada uno de los cojines de tapicería azul y blanca del sofá, la oye cantar y se pregunta si toda la amplitud y profundidad de Carrie-Louise se puede meter, en realidad, en solo una historia. Mientras coloca el último cojín en su sitio, deja ese pensamiento en el sofá. El orden importa. (A veces, piensa que es lo único que mantiene a raya el pánico). Las normas importan. Retoca el borde de uno de los cojines. Su norma es una persona, una historia. Y mejor tener una historia que ninguna.

La historia de Carrie-Louise es de las más antiguas de la colección de Janice. La descubrió casi al principio de su relación, mucho antes de convertirse en una coleccionista seria (ella estaba blanqueando la lechada y Carrie-Louise estaba sentada en el borde de la bañera). Es una buena historia y la saca cuando quiere confirmar que, para algunas personas, el amor puede durar toda la vida.

Siendo mucho más joven, Carrie-Louise iba por el distrito de los teatros de Londres y vio que a un hombre le estaba atacando una pandilla con bates de béisbol. Aparte de la horripilante imagen que tenía ante ella, la calle estaba completamente desierta. Carrie-Louise metió la mano en su bolso y cogió lo primero que encontró, que resultó ser su tarjeta de cliente de Harvey Nichols. Levantó en el aire aquel fino trozo de plástico y gritó: «¡Policía!». Los hombres huyeron de ella pero no sin que antes le golpeara en el lateral de la cabeza un bate que se agitaba en el aire. El impacto la dejó fuera de combate y cayó al suelo allí mismo. Cuando volvió en sí, tenía delante la cara de un joven médico que se había unido a la gente que estaba saliendo del teatro y que ahora se había reunido en torno a las dos personas que estaban en el suelo.

Janice recordaba la profunda satisfacción en la voz de Carrie-Louise mientras golpeteaba encantada sus tacones contra el lateral de la bañera y decía: «Querida, yo pensé que me había muerto y que estaba en el cielo. Era un joven de lo más delicioso y me estaba sujetando la mano y me decía que no me preocupara, que no me iba a dejar». La risa de Carrie-Louise había inundado el pequeño cuarto de baño. «Bueno, en eso tenía razón. Yo pensé: "No voy a dejar que te vayas", así que me agarré con fuerza. Y seguía sujetándome a su mano cincuenta años después». Había soltado un suspiro y, con una voz completamente desprovista de risa, añadió: «Me agarré de su mano hasta el final, ¿sabes?».

«Aun así —continuó, y Janice notó cómo la sonrisa volvía a su voz—, apareció mi maldito papá. Se puso de lo más espantoso. Ernest no era más que un modesto médico residente. No era para nada lo que mi maldito papá tenía en mente para mí. Pero yo seguí agarrándome con fuerza a su mano y, al final, nadie pudo decir que no fuese un éxito. Incluso mi maldito papá tuvo que admitir que Ernest era un hombre muy especial a la hora de cuidar de mí».

Janice sabía que estaba haciendo una referencia indirecta a las muchas visitas al hospital a lo largo de los años. («Hablar de eso es demasiado aburrido, querida»). Ahora se da cuenta de que es el daño prolongado de la lesión primera lo que los neurólogos creen que le está provocando el deterioro irreversible del habla y de la capacidad motora.

Cuando repasa en su mente la historia de Carrie-Louise, a veces cambia algunos de los detalles menos importantes, añadiendo a menudo a un segundo médico que cuida del hombre al que estaban atacando. Pero hay una cosa que nunca cambia. Es la frase: «Me agarré de su mano hasta el final, ¿sabes?». Janice no recuerda cuándo fue la última vez que alguien la agarró de la mano.

El temporizador del horno interrumpe sus pensamientos. Mientras mira cómo han subido las magdalenas, se le ocurre que quizá la historia de Carrie-Louise no va sobre un suceso, sino sobre el coraje que ha demostrado durante toda su vida. Un tipo de coraje especial que ha hecho que corra hacia el peligro y que la ha mantenido firme mientras se enfrenta a las consecuencias físicas de sus actos. ¿No debería ella buscar algo de inspiración en Carrie-Louise? Mientras ha quitado el polvo y pulido sus pertenencias a lo largo de los años, Janice ha esperado que parte del coraje de esa mujer más mayor se le haya pegado.

Con el ceño fruncido, dispone las dos variedades de magdalenas en perfecta simetría sobre la mejor bandeja. Bizcochos preciosos en perfecto orden. Después, se coloca un delantal blanco y limpio y se obliga a sonreír. Una sonrisa que, mientras se ata los cordones del delantal, se relaja de una forma más natural en sus labios. Lo único que existe es este lugar y este momento y, ante el coraje de Carrie-Louise, siente que lo menos que puede hacer es seguir adelante con la partida. Y parte del juego cuando Mavis aparece es que Janice represente el papel de sirvienta leal, una «criada» de alguna película de los años cincuenta. Piensa que interpreta el papel bastante bien. Aunque Carrie-Louise no le deja que incline la cabeza con una reverencia, porque en una ocasión le hizo reír. Le había salido muy bien y Mavis se había llenado de migas, lo cual hizo que, por supuesto, Carrie-Louise se riera aún con más fuerza. Mientras se coloca bien el delantal y se alisa el pelo, Janice piensa que, sea lo que sea lo que le pueda deparar el futuro, no le cabe duda de que Carrie-Louise siempre podrá decir que ha sido la heroína de su propia historia. Ay, ojalá pudiera decir eso de sí misma.

Cuando abre la puerta de la sala de estar y oye la voz amortiguada y desinflada de Mavis contando su reciente viaje a las islas del Canal, levanta el mentón y toma una decisión.

10

Cada hombre debería dejar una historia mejor de como la ha encontrado

Janice lamenta llevar puestos los grandes auriculares de color verde lima cuando monta en el autobús. Sabe que es una tontería, pero cuando ve que el profesor de geografía va conduciendo siente el deseo de no llevar el pelo pegado a la cabeza, aplastado por los auriculares verdes que sospecha que le hacen parecer una rana. Él le dedica un agradable saludo con la cabeza pero no dice nada. ¿Por qué iba a hacerlo? Está claro que ella no puede oírle. Pero tampoco da ninguna muestra de que ella sea una mujer con la que le gustaría hablar, y la idea de que él tal vez suspire en el momento en que las puertas del autobús lo hacen resulta francamente ridícula. Las manos le empiezan a sudar por la vergüenza y lo único que se le ocurre es repetirse en silencio: «Nadie lo sabe. No pasa nada, nadie lo sabe. Él no tiene ni idea». Lo que empeora las cosas es que él luce un aspecto más agradable de lo que ella recordaba. Sí que parece un profesor de geografía, posiblemente a punto de jubilarse, un hombre en cuyo despacho cuelgan fotografías suyas con sus sonrientes alumnos a mitad de ascenso del monte Snowdon o el Ben Nevis. Avanza por el autobús. No tiene sentido seguir mirándole;

lo único que va a conseguir es sentirse abochornada y vulnerable y eso es lo último que necesita esta mañana.

Sube la música e intenta concentrarse en ella. Los auriculares son una nueva adquisición, parte del vale de las tiendas John Lewis que le regaló su hijo, y sabe que va a necesitarlos para lo que le espera por delante. No son para nada tan caros como los auriculares que compró Mike. Sospecha que estaban en oferta porque son demasiado verdes, pero desempeñan su función a la perfección. Espera que la ayuden a cumplir la promesa que se hizo en el piso de Carrie-Louise. Ha seleccionado con cuidado su lista de reproducción de Spotify. Una mezcla de baile que empieza con Sam Cooke (un agradable y suave comienzo con una melodía estupenda) y Stealers Wheel (que hace mover los pies, irresistible), para pasar a George Ezra (vivaz, alegre), luego una mezcla rápida con Walk the Moon, T. Rex, Paolo Nutini y otros. Cuando llega a The Commitments y «Mustang Sally» espera que nada la pueda detener y se siente preparada para enfrentarse a la madre de Tiberius. Porque hay una cosa que le quiere decir. Bueno, en realidad son cuatro cosas.

Ha intentado hablarlo con Mike, pero él tiene otras cosas en la cabeza. Él solo piensa en lo que puede hacer ahora. Ella no sabe, en realidad, qué es lo que puede suponer. Mike habla de «concluir unas negociaciones», «tenerlo todo bien atado» y que «la tendrá al corriente». Nada de eso hace que se sienta confiada, pero se esfuerza por mantenerse positiva y animada y no deja que el cinismo se le note. Lo único que sí pareció registrar de su situación fue el nombre del padre de Tiberius. Se ve que había sido un hombre importante, no solo en la universidad, sino en todo el país, y que había recibido muchos honores durante su vida.

—¿Sabes que fue jefe del Servicio de Inteligencia Secreto o algo así?

Ella no lo sabía, pero, al recordar los libros en ruso, no se sorprendió. Esto la había llevado a pensar de nuevo en su mujer. ¿Había sido también una espía? Sinceramente, de esa mujer no le extrañaría nada.

Durante los últimos días había pensado mucho en ella: el quimono púrpura, su astucia, el desorden, la preciosa habitación llena de libros y, odia admitirlo, la intrigante historia de Becky. También ha pensado en su mirada afilada y en aquella pregunta: «¿Cuál es tu historia?». Eso preocupa a Janice mucho más que su increíble grosería. Pero, al fin y al cabo, es una mujer de noventa y dos años. ¿Tan siniestra puede ser, en realidad? Siempre tiene la opción de levantarse e irse. No es que esa mujer pueda salir corriendo detrás de ella. Pero Janice está inquieta, insegura. ¿Debería aceptar el trabajo? La señora SíSíSí le ha dejado un mensaje diciéndole que su suegra la acepta. No le devolvió la llamada y, por suerte, la señora SíSíSí estaba fuera cuando ha ido a limpiar o a pasear al perro.

En el campo, con Decius, ha tratado de dejarle claros todos los pros y los contras de aceptar el trabajo pero, por una vez, no ha sabido interpretar su expresión. A veces, parece que está pensando: «Dale una oportunidad; no es más que un trabajo. ¿Por qué preocuparte cuando hay cosas mucho más importantes en la vida, como yo?». En otras ocasiones es un claro: «Que se vaya a la mierda esa vieja trucha». Quizá él tampoco sepa decidirse.

Al final, se acuerda de la promesa que se había hecho a sí misma en casa de Carrie-Louise de tratar de encontrar el valor para tener más control y quizá, solo quizá, poder así ser la heroína de su propia vida. Con esto en mente, toma una decisión. Va a aceptar el trabajo solo con la condición de que esa vieja trucha responda correctamente a sus cuatro preguntas.

Llega a la puerta de la casa con David Bowie a todo volumen en sus auriculares. Cree de verdad que puede hacerlo. La mujer que abre la puerta es sorprendentemente distinta a la figura enfadada y vestida con un quimono púrpura y un gorro rojo de unos días atrás. Los pantalones viejos siguen ahí, enrollados sobre sus tobillos, y parece haberse puesto un jersey de pico de hombre, pero lleva su pelo corto y blanco peinado y las uñas impolutas. Vaya, sí que es una tramposa. Así que todo aquello formaba parte también de la representación. Antes de perder el valor, empieza a hablar:

—Gracias por ofrecerme el trabajo, pero antes de aceptar me gustaría hacerle cuatro preguntas.

La madre de Tiberius la mira con la cabeza ligeramente inclinada hacia un lado.

—Adelante.

—¿Me va a contar la historia de Becky?

—Sí.

Hasta ahora, bien.

—¿La historia de Becky es real? —Esta es una pregunta importante, porque Janice solo colecciona historias reales. Ha pensado mucho en esto. Cree que las historias tienen que estar basadas en la vida real porque la convencen de que pueden suceder cosas inesperadas, que existe una fuerza y una bondad extraordinarias dentro de las personas normales y corrientes y, gracias a esto, siempre hay esperanza.

—Sí, es una historia real. Pero, como cualquier otra historia que se cuenta una y otra vez, siempre hay alguna que otra exageración.

Janice acepta la explicación. Al fin y al cabo, es una mujer a la que le encanta engullir exageraciones. Conoce el arte y las reglas de la narración. Asiente.

La anciana continúa:

—Cuando se vuelven a contar, puede añadirse algún detalle adicional a la mezcla, para darle color, por así decir. Yo coincido con el punto de vista de la novelista y sufragista Mary Augusta Ward de que «Cada hombre debería dejar una historia mejor de como la ha encontrado», pero creo que los datos esenciales de la historia deben respetarse, sí. —Remueve su cuerpo apoyada en sus bastones al hablar y Janice está segura de que se está sintiendo incómoda. Le gustaría decir: «Siéntese, podemos seguir dentro», pero sabe que, si para ahora, jamás terminará—. ¿Pregunta número tres?

—¿Me va a dejar que la ayude a ordenar sus libros?

—Sí.

Ahora a por la más difícil. Al principio, había pensado pedir una cantidad desorbitada de dinero por la limpieza como cuarta pregunta, pero eso le hacía sentir incómoda. Pensaba que siempre podría, más adelante, ponerse a la defensiva y quiere tener los dos pies plantados con firmeza en el suelo. No quiere perder el equilibrio teniendo cerca a esta mujer.

Así que termina diciendo:

—Aceptaré el trabajo si me llama Janice. Y yo la llamaré señora B.

—Eso no es una pregunta —espeta la mujer a Janice. Su rostro es inexpresivo, pero Janice cree que el tic a la izquierda de su boca podría ser una sonrisa contenida.

—Sé que no es una pregunta, en realidad. Pero ¿le importa?

—¿Cambiaría algo si dijera que sí?

Alentada por Paulo, David, John, Paul, Ringo y George, Janice contesta:

—No, no cambiaría nada.

—Entonces, llámame señora B. —Y, dicho eso, inclina ligeramente la cabeza y cierra una vez más la puerta en las narices de Janice.

La pregunta número cuatro o, más bien, la afirmación número cuatro, era importante para Janice por tres motivos. En primer lugar, es por los años que la señora SíSíSí lleva llamándola «señora P». Sabe que la señora SíSíSí se va a enfadar cuando su suegra le mencione que Janice la llama señora B. Y está completamente segura de que la señora B se lo va a contar. Es lo que haría cualquier alborotador. El segundo motivo es que Mike ya le está hablando a todo el pub de su última clienta, lady B, esposa del antiguo jefe del Servicio de Inteligencia, y que pronto será su íntima amiga. La degradación que Janice le hace con su apodo va a sacar de sus casillas a su marido. El último motivo para lo de «señora B» es una sencilla revancha por el comentario de «¿Qué otra cosa podrías ser aparte de una asistenta?». Por una vez, Janice quiere que la asistenta sea la última en reír.

Se aleja de la puerta con piernas temblorosas. No sabe cómo lo ha hecho. Pero tiene que admitir que se siente bien. Se coloca los auriculares en las orejas y sube el volumen.

El conductor del autobús, que nunca ha sido profesor de geografía pero sí ha subido el Snowdon y el Ben Nevis, mira desde el otro lado de la calle cómo la mujer de los auriculares verdes, con unos bonitos ojos y un culo estupendo, da un diminuto salto sobre la acera antes de seguir caminando. Le encantaría saber qué es lo que está escuchando. Vuelve a dirigir su atención a la carretera, cierra las puertas del autobús y, a la vez que ellas, suelta un suave suspiro.

11

Elegir tu propia historia

Decius está arriba, en el dormitorio de Adam, y Janice está abajo tomando café con Fiona.

—Gracias por la tarta de cumpleaños. Hizo que me acordara de *Los duendes y el zapatero* cuando la vi. ¿Leíste ese cuento de niña?

No lo había leído. En aquel entonces hubo unas historias muy distintas.

—Me alegra que te gustara. Espero que no te haya importado que entrara para dejarla en la casa de muñecas.

—Ah, para nada —la tranquiliza Fiona—. Y eso hizo que Adam pudiera conocer a... ¿cómo decías que se llama? ¿Decius? —Levanta hacia el techo unos ojos de angustia, como si quisiera ver a través de él para comprobar cómo está Adam en su habitación—. ¿Es griego o algo así?

—No, se llama así por un emperador romano. —No añade que «se lo puso un hombre que se llama Tiberius». En lugar de ello, quiere consultar algo con Fiona—. Le mencioné a Adam que podría venir conmigo a pasear a Decius alguna vez. ¿Te parecería bien?

—Por supuesto. —Fiona se inclina hacia delante para servir

más café, pero cuando las tazas están llenas no vuelve a apoyar la espalda, sino que se queda mirando las superficies lisas y oscuras. Janice desearía estar quitando el polvo de las persianas venecianas o la mesa; sabe que a Fiona le resultaría más fácil contarle sus secretos si ella pareciera fijar la atención en otro sitio. Así era como habitualmente funcionaba la recopilación de historias. No era una norma como tal, más bien una guía sobre buenas prácticas. Como está claro que esa ya no es una opción, se queda sentada en silencio y sin moverse.

—Lo está pasando muy mal sin John. Yo hago lo que puedo, pero la verdad es que él no quiere hablar de ello. Conseguí que aceptara ir a terapia pero se negó a volver después de la primera sesión. Dijo que el terapeuta era «un estúpido que se creía toda la mierda que le contaba». —Fiona levanta la vista y trata de sonreír—. Yo creo que John..., perdona, que Adam... —Se detiene en seco—. Dios mío, perdona. Siempre me pasa. Le llamo John. Supongo que eso no ayuda mucho. —Se encoge de hombros, todavía intentando sonreír.

Esto está destrozando a Janice.

—En fin, dijo que le había contado al terapeuta lo que quería oír y que era un imbécil por creerle. Dijo que a su padre le habría parecido un gilipollas. —Niega con la cabeza. Ya no sonríe—. Pero cuando tú viniste con Decius estaba animadísimo. Me contó cuáles eran los indicativos de un buen fox terrier. Quería que te llamara para que lo trajeras.

Janice se siente avergonzada. Ha pasado más de una semana desde que le presentó a Decius a Adam.

—Llámame cuando quieras. Puedo pasarme sin problema y recoger a Decius. La verdad es que soy la única que lo pasea. Adam puede venir conmigo siempre que le apetezca. —Se pregunta si serviría de algo si Adam ganase algo de dinero con esto; podría darle parte de lo que la señora SíSíSí le paga por sacar a Decius. Entonces, decide que no es una cuestión de dinero, sino de amor. Y eso no se puede comprar.

Fiona vuelve a fijar la atención en las tazas llenas de café.

Janice no se atreve a coger la suya, a pesar de que lo haría encantada.

—La cuestión es que no quiero que esto lo defina. No quiero que pase toda su vida siendo el chico cuyo padre se suicidó.

Y ahí está, sobre la mesa, con las tazas de café azul turquesa, de un ceramista local, y la bandeja de galletas de mantequilla de avellana de Waitrose.

—Siempre se lo estoy diciendo. Que esto no debe ser lo que le defina —repite Fiona.

—¿Qué dice Adam?

—Dice que no funciona así. Dice que uno no puede elegir su propia historia.

¿Qué puede responder Janice? ¿Que teme que Adam quizá tenga razón?

—¿Y tú? —pregunta Janice con suavidad.

—Ah, yo. —Fiona suspira—. ¿Sabes? Creo que he empezado este trabajo como una forma de castigarme, de obligarme a hacer algo muy doloroso, como si así compensara haberles fallado a John y a Adam.

Janice hace una señal de negación, como para contradecirla, pero Fiona no le hace caso y continúa.

—La cuestión es que resulta raro, pero trabajar con los dolientes me ayuda de verdad. Y he celebrado funerales de otras personas que se han suicidado. Mi madre no entiende cómo puedo soportarlo, pero es como si formara parte de mi vida. Me hace sentir que John no está oculto en las sombras. Puedo hablar de él y la gente sabe que entiendo su dolor.

Janice percibe que Fiona está a kilómetros de distancia. Se resigna a beberse el café frío. No le importa en absoluto.

—Creo que quizá —prosigue Fiona— me resulta más fácil porque vi mucho más de lo que John estaba sufriendo. Conocía la depresión, la medicación, los días de dudas y desesperación. A Adam se lo ocultamos todo lo que pudimos. Para mí, aunque fue un impacto terrible lo que hizo, en cierto modo fue como si lo llevara esperando desde hacía años. —Levanta los ojos hacia

Janice—. No me malinterpretes. Pensar en ello no es lo mismo que vivirlo de verdad. Lo cierto es que no puedes estar preparada para lo que vas a sentir, pero aun así cuentas con algo de contexto. No creo que Adam lo tenga. Para él, John era el mejor padre del mundo y decidió abandonarlo. ¿Cómo narices se supone que lo va a entender?

Janice no tiene respuestas, aunque en algún lugar de su cabeza se pregunta si Adam ignoraba de verdad lo que estaba pasando su padre. Como ella misma sabe, los niños se dan cuenta de muchas más cosas de las que creen los adultos.

Como no es capaz de encontrar una explicación para sí misma, y mucho menos para Fiona, piensa en dos cosas que sí están a su alcance.

—Si te parece bien, puedo traer a Decius mañana después del colegio para dar un paseo largo. —Y después, siempre tan práctica—: Y luego ¿quieres que descongele el congelador? He visto que ya casi ni se puede cerrar la puerta.

De camino a casa en el autobús esa noche (sin rastro del profesor de geografía; quizá solo trabaje por las mañanas) piensa en Fiona. Puede entender que encontrar un estímulo en el trabajo la esté ayudando. Recuerda la historia de una joven, una amiga de John, el hijo de Geordie, que, tras varios abortos, al final había dejado de intentar tener hijos. Ella y su marido, un zoólogo, se habían mudado a Botsuana y ahora ella se dedica a enfadar a los elefantes. Es todo un arte, porque puede hacer que se sientan ligeramente molestos, un poco enfadados, cabreados de verdad o, como diría Decius, jodidamente furiosos. Evidentemente, todo eso sin que la aplasten. Su marido está estudiando cómo se comunican los elefantes mediante sus orejas y, al parecer, la rabia es una de las emociones más fáciles de examinar. La última vez que Geordie le habló de ellos, le contó que tienen ahora un bebé de nueve meses.

Janice intenta tener una perspectiva analítica y científica

con respecto a su recopilación de historias, como el equipo que forman el marido y la mujer que estudian las orejas de los elefantes, pero lo cierto es que siente debilidad por los finales felices. Solo que no está segura de cómo va a conseguir Fiona que Adam tenga uno.

12

Cada historia tiene un principio

En su segunda visita a la casa de la señora B, Janice ya ha quitado todo el desorden del pasillo. Ha sido una tarea relativamente fácil. Estaba en lo cierto: la facultad tiene un espacio de almacenamiento que la señora B podría aprovechar. Hablando con los celadores y las limpiadoras de la universidad (una mujer bajita de mediana edad supone una confidente fácil e inofensiva), ha sabido que en la facultad esperan que este sea el primer paso para que la señora B cambie de planes y posiblemente, con suerte, crucemos los dedos, «porque la verdad es que es una verdadera tocapelotas», se mude. No les sacó de su error y contestó con vaguedades, aparte de permitirse una mirada silenciosa y de comprensión al oír lo de «tocapelotas». Desde luego, no sugirió que muchos generales romanos, como ha estado leyendo en los libros de la señora B, solían provocar distracciones cuando, en realidad, estaban fortaleciendo sus posiciones y preparándose para la batalla. Aun así, había encontrado el espacio de almacenamiento y Janice había convencido a la señora B de que aflojara algunos billetes arrugados de veinte libras y pagara a un par de estudiantes para que movieran sus cosas.

La cocina le está costando un poco más y Janice sigue intentando raspar los últimos trozos de comida solidificada de la encimera cuando la señora B empieza a dar vueltas. Se mueve de una silla a otra, acercándose cada vez más. Para empezar, calienta motores con lo que Janice supone que es un parloteo inusualmente cortés viniendo de ella.

—Janice, ¿vienes desde lejos?

—No, vivimos en un pueblo justo a las afueras de Cambridge. Vengo en autobús.

—¿De dónde eres?

—Me crie en Northampton, principalmente.

—Ah, famoso por sus zapatos, según creo.

Janice no dice nada, pero la mira con una ceja levantada.

Todo esto no es más que un calentamiento para la prueba reina. Janice no le ha pedido a la señora B que le cuente la historia de Becky, pero está deseando escucharla. Tampoco la señora B ha sacado el tema, a pesar de que Janice está bastante segura de que quiere contársela. Se ha convertido en el juego de la gallina. La señora B es la primera en ceder, cosa que sorprende a Janice. Pero con noventa y dos años, quizá piense que no tiene tiempo para andarse con tanta tontería.

—Entonces ¿quieres oír la historia de Becky o no?

Janice no puede evitar mirarla con una sonrisa.

—Ya sabe que sí. —Y añade a modo de agradecimiento—: ¿Quiere que le prepare un chocolate caliente? —Ha descubierto que a la señora B le gusta el chocolate negro con setenta por ciento de cacao en todas sus formas. Esto es demasiado para la señora B y parece que, como ya ha cedido, quiere compensar la balanza.

—No, no quiero. ¿Crees que quiero terminar con un culo como el tuyo? —Fulmina con la mirada a Janice, desafiándola a protestar por su grosería.

Janice continúa raspando y responde con tono alegre:

—Cuánta razón tiene, señora B.

Cree oír un pequeño bufido de la mujer del rector vitalicio, pero no está segura si es por rabia o risa.

Janice se compadece de ella y cede.

—Entonces ¿sobre qué mentía Becky?

—Ah, sobre casi todo. Pero sí que se crio en París...

—¿Cuándo fue eso? —la interrumpe Janice.

—En la década de 1890. ¿Vas a escuchar la historia o no? —La señora B la mira con furia.

Janice se queda callada y ve cómo la señora B se acomoda en su silla.

—No hay ninguna familia feliz. Al menos, no para Becky. Yo creo que era una chica que se sentía como una extraña en su propia familia. París era una ciudad preciosa en aquella época, justo antes de la llegada del nuevo siglo, una ciudad llena de parques y bulevares, inundada por la luz del sol y las fragancias. Pero claro, como la mayoría de las cosas de la vida, todo dependía de en qué lado de la calle habías nacido. Y no había duda de que Becky había nacido en el lado más mugriento, maloliente y decrépito de la calle. La madre de Becky no era sombrerera ni regentaba una elegante tienda donde vendía exquisitas creaciones y su padre no era ningún valioso miembro de ningún prestigioso bufete de abogados. Su madre era limpiadora. —La señora B no puede evitar añadir—: Parecida a ti.

Janice había pensado poner la leche a calentar para prepararle a la señora B el chocolate caliente a pesar de sus protestas, pero cambia de idea.

—Su padre —continúa la señora B tras una pausa— conducía un taxi negro normal y corriente. No había ningún gallardo hermano mayor que terminara siendo soldado. Según creo, más tarde, Becky hacía que a muchos se les saltaran las lágrimas cuando contaba la muerte de sus dos hermanos en la Primera Guerra Mundial. Sí que había una hermana menor de la que se sentía exageradamente celosa, sospecho que ella sí que encajaba. Y un bebé de pelo rubio que era tan mofletudo como alegre. ¿Tú tienes hermanos, Janice? —pregunta, de repente.

—Tengo una hermana. —Janice se descubre respondiendo antes de poder evitarlo. Continúa más despacio y con más cautela—: Ahora vive en Canadá. Es cinco años menor que yo y trabaja como enfermera de pediatría. Su marido es médico.

—¿Y la ves mucho?

—La verdad es que no. Vienen a Inglaterra cada dos años y, claro, yo me aseguro de verla cuando viene, normalmente en Londres. —No añade que su hermana tiene poco tiempo para Mike, lo cual es mejor—. Fui a verla tres semanas hace un par de años y fue… —No puede terminar la frase y nota un cambio en la señora B. De repente, la anciana está alerta y le recuerda a una gata que está acechando a su presa. Y no es ninguna gatita común. A pesar de su apariencia huesuda y frágil, Janice sabe que se está enfrentando a una gata grande. Quizá no una leona, pero sí una depredadora sigilosa y peligrosa, como un jaguar.

—¿Qué decías? —pregunta la señora B con inusual cortesía.

—Decía que el viaje fue muy agradable —concluye Janice y se aleja para limpiar el baño.

Cuando está a punto de marcharse, la señora B retoma su historia como si no hubiesen interrumpido su conversación. Ahora está sentada en su sillón habitual junto a la estufa eléctrica.

—El bebé hermano de Becky era el orgullo y la alegría de sus padres. Por muy cansados que estuvieran después de su jornada de trabajo, él siempre conseguía levantarles el ánimo. Algunos bebés son así. Su felicidad parece venir de una fuente externa que no tiene nada que ver con la familia ni con las circunstancias físicas. Y esos niños desprenden alegría como una luz que se encendiera en un rincón oscuro. Cuando sus padres estaban trabajando, Becky, como hija mayor, tenía la obligación de cuidar de su hermano. Le tenía más cariño que a ningún otro miembro de la familia pero, cuando él cumplió los cuatro años, el cariño empezó a decaer. Ella era una chica que quería explorar la ciudad y crear en su mente mundos alternativos y más emocionantes. Lo cual fue el motivo por el que estaba mirando por una ventana de arriba, soñando con ricas vestiduras y carruajes en lugar de estar pendiente de él, cuando una gran camioneta de reparto entró en su estrecho callejón y atropelló a su hermano, lanzándolo a la cuneta.

Janice tenía ya un brazo dentro de su chaqueta.

—¿Qué le pasó?

No hay respuesta de la señora B y ella cree que no la ha oído.

—Señora B, ¿murió? —Sigue sin haber respuesta, aparte de un suave ronquido desde el sillón. Janice no sabe si la señora B lo está fingiendo pero, aun así, cierra con cuidado la puerta de la calle al salir.

En el autobús de vuelta a casa, por una vez, no tiene tiempo para recopilar historias. ¿Qué le había pasado al hermano de Becky? Supone que nada bueno pero, aun así, le gustaría estar segura. ¿Sus padres culparon a Becky? ¿Qué edad tenía ella? Recuerda que eso no importa en realidad cuando se es niño, pues ni siquiera te consideras joven. Eres tú sin más y aceptarás la culpa y la responsabilidad sin ser consciente de que son demasiado para ti y que, en realidad, son cosas que debería soportar un adulto.

Pero ella no era como Becky, ¿no? Había protegido a su hermana, ¿no? No deja de volver a ese pensamiento y a algo más. Es un incidente que ocurrió al final de su estancia en Canadá y piensa que sí que había sido una estancia agradable. La última noche, su hermana había sacado una vieja estilográfica del escritorio y había escrito en una hoja limpia para que Janice pudiera leerlo con claridad:

> Recuerdo lo que hiciste.

A continuación, había guardado la pluma y se había levantado de la mesa para preparar la cena para las dos.

13

Toda historia termina con una muerte

—¿Y qué le pasó al hermano de Becky, señora B?

Janice se está quitando el abrigo en el pasillo después de detenerse a recoger el correo de la señora B en la conserjería. También viene con una información que cree que va a interesar a la señora B, pero eso puede esperar. Primero, quiere saber lo del niño. No espera ninguna buena noticia.

La señora B no dice nada y continúa mirando el *Times* de ayer que tiene abierto sobre la mesa delante de ella. Janice no ha empezado todavía con los muchos montones de libros que hay por la habitación, pero ha dejado libre la gran mesa de roble junto a la ventana para que la señora B tenga ahora un sitio donde sentarse a comer... y leer el periódico.

Aún nada de parte de la señora B, solo silencio.

Janice espera.

Al recordar su última visita, está cada vez menos convencida de que la señora B estuviera de verdad dormida y está bastante segura de que había oído su pregunta previa sobre el hermano de Becky. Desde luego, no cree que la señora B sea dura de oído ni que le falte capacidad de discernimiento.

Todavía nada.

Janice se empieza a irritar; un trato es un trato.

—Señora B, me lo prometió. Me prometió que me contaría la historia de Becky.

—No te lo prometí. Y, por favor, no me hables como si tuvieras seis años. No estamos en un patio de juegos —espeta, y Janice se acuerda una vez más de la mujer vestida de púrpura—. Sin embargo —continúa con tono más moderado—, sí te dije que te contaría la historia de Becky y lo voy a hacer.

Y añade, como si le sacaran las palabras a la fuerza:

—He pasado una noche regular y con dolor de espalda y en las piernas. Así que te la contaré más tarde, cuando los analgésicos empiecen a hacer efecto. —Vuelve a dirigir la mirada al periódico—. Además, he tenido cagalera, así que quizá sea mejor que cambies las sábanas. —Pasa otra página del periódico, pero a Janice no la engaña. La señora B está ruborizada.

—Le voy a traer una bolsa de agua caliente. —Janice había visto una en el armario de la caldera—. Después iré a ocuparme de la cama y poner una lavadora.

La señora B le responde con un «bah» sin mirarla.

Janice ordena rápidamente el dormitorio del altillo, donde parece como si la señora B hubiera intentado limpiar, aunque está claro que quitar las sábanas era superior a ella. Huele muy mal pero se ha enfrentado a cosas peores. En una ocasión estuvo cuidando de Geordie cuando estuvo mal del estómago. La señora B apenas come lo suficiente como para mantener a un gorrión con vida, mientras que Geordie...

Después de meter las sábanas en la lavadora, Janice vuelve con la señora B, que está ahora sentada en su sillón de siempre, y se ofrece a prepararle una taza de manzanilla. La señora B acepta con un sutil «Gracias, Janice».

Janice empieza a preocuparse. No está segura de si la señora B está de verdad enferma y debería llamar a un médico o si simplemente está avergonzada. Cuando le trae la infusión, decide probar un experimento.

—He estado en la conserjería charlando con Stan y me ha

contado que su hijo ha presentado unos planos al departamento de urbanismo del ayuntamiento para convertir su casa en un espacio interactivo multimedia de realidad virtual. Creo que eso es lo que ha dicho —comenta mientras observa con atención a la frágil anciana—. Por lo que he entendido, es para «crear una simbiosis entre aprendizaje antiguo y nuevo, conservando la estructura externa pero aportando luz al interior». Stan me ha dejado echar un vistazo a la copia de la administración.

Es como si la señora B se conectara a la corriente.

—¿Que ha hecho qué? ¡Debí haberle ahogado cuando nació!

El evidente impacto de Janice parece notarlo la anciana, que ahora está sentada muy erguida en su sillón.

—Es una forma de hablar, Janice. Jamás metería a mi hijo en un saco con un montón de ladrillos para lanzarlo al río Cam.

Por la forma en que dice esto, Janice no puede evitar sentir que le produce una considerable satisfacción pensar en esa posibilidad.

—No sé qué me ofende más. El hecho de que esté actuando a mis espaldas o que use un lenguaje tan espantoso. Bueno, ahí van los cientos de miles de libras que malgastamos en su educación. ¿Cómo puede ser tan desalmado ese muchacho? Cuando pienso en su padre... —La señora B se queda en silencio unos momentos—. Tendré que valorarlo bien. Gracias por hacérmelo saber. Ahora supongo que querrás escuchar lo del hermano de Becky.

Janice se dispone a limpiar un armario justo al lado del sillón de la señora B. Con los años, parece que ha sido el depósito de tornillos perdidos, linternas, llaves, viejas postales y todo tipo de trastos. Janice tiene un cajón en su cocina que contiene las cosas que «podrían servir algún día». La señora B tiene todo un armario lleno de ellas.

—Murió, por supuesto —anuncia la señora B con toda naturalidad.

Janice levanta los ojos de su labor.

—Eso pensaba.

—Sí, toda historia termina con una muerte. Y me temo que su historia fue muy corta.

—¿Qué pasó con Becky?

La señora B se relaja de nuevo en su sillón y mueve la bolsa de agua caliente de tal forma que la abraza sobre su vientre.

—Creo que la pregunta es qué pasó con sus padres. Su padre, su madre... La pérdida de un hijo es algo terrible y perderlo de esa forma... Bueno, me cuesta imaginarlo. ¿No estás de acuerdo, Janice?

Janice se gira, sorprendida por que le esté preguntando su opinión. Después, se le ocurre que la señora B quiere verle la cara, que está comprobando si sus palabras sobre la pérdida de un hijo le tocan la fibra sensible. Qué astuta la vieja. Janice vuelve a girarse. Sabe que la señora B no va a ver nada. Pero le ha servido de aviso.

—Sí, estoy de acuerdo —se limita a contestar.

La señora B aspira aire por la nariz y continúa.

—Los padres de Becky eran unos parisinos pobres y con poca educación, pero eso no era obstáculo para su amor. No querían a su hijo menos porque sus vidas fuesen duras y ya habían visto a la muerte y la indigencia pasar por delante de su puerta. Le querían porque, por un breve momento, había iluminado sus vidas con un resplandor especial. Les había proporcionado un atisbo de una vida dorada y buena y había lanzado el resto de su desdichada existencia a las sombras. Sin su amado hijo, todo quedaba desnudo bajo la devastadora e implacable luz de la realidad. Y allá donde miraban, ahí estaba Becky. Llena de vida.

—¿Y qué hicieron?

—Cuando ya no pudieron soportar seguir viéndola, la enviaron con las monjas. ¿Tienes experiencia con las Hermanas de la Misericordia, Janice?

Esta vez, Janice no se da la vuelta para responder.

—La suficiente —es lo único que dice.

—Exacto. Sería difícil encontrar un mayor montón de viejas brujas pías e hipócritas.

Esto sí hace que Janice se gire. Siente que le debe a la hermana Bernadette replicar algo.

—No todas son malas.

La señora B se queda mirándole la cara un rato.

—Tienes razón, y es intelectualmente desacertado ceder a las generalizaciones. Pero creo que, para nuestra historia, podemos dar por hecho que las monjas a las que confiaron el cuidado de Becky eran un puñado de viejas zorras.

La señora B se ríe entre dientes.

—Unos años después, pasó junto al edificio que había albergado el convento al que la habían enviado. Ahora era un taller. Sintió una gran satisfacción al entrar y pedir si podía probar su automóvil más grande y caro de color rojo.

—¿Cuánto tiempo estuvo en el convento?

—Ah, muchos años. Y durante aquella época las monjas hicieron todo lo posible por convertir la vida de Becky en una tortura. Cada vez que podían recordaban a esa niña que tenía las manos manchadas con la sangre de su hermano y que no era digna de estar en este mundo. Era una criatura que no podía tener redención. Solo podía esperar el infierno. También hay que decir que Becky hizo lo posible durante esos años por llenar también de miseria la vida de esas monjas. Al fin y al cabo, no debemos olvidar que es de Becky de quien estamos hablando.

»Cuando llegó su quince cumpleaños, le ordenaron que hiciera las maletas. Como podrás imaginar, la idea de que Becky se quedara y tomara los votos no entraba seriamente en el pensamiento de nadie. Si las monjas hubiesen sido mujeres con sentido del humor, se habrían dado una palmada en la pierna y habrían soltado una carcajada solo de pensarlo. Pero lo que ocurrió fue que dejaron a Becky en la calle y cerraron la pesada puerta de madera cuando salió; después, se metieron en la capilla, se arrodillaron y rezaron una oración de agradecimiento.

Me gusta pensar que fue en ese mismo sitio donde el automóvil rojo estaría más adelante colocado con toda su vulgar magnificencia. Pero sospecho que aquí estoy tirando de fantasía. Sin embargo, sí creo que desde sus puestos en la capilla, con las cabezas inclinadas en actitud de oración, oirían las risas de Becky desde el otro lado de la puerta.

—Y, entonces, ¿qué fue de ella?

—Entró en la casa de una familia rica y aristocrática. Y ahora viene un maravilloso ejemplo de las historias que Becky fue capaz de tejer. Me pregunto qué llegó a creer de sí misma al final. ¿Fue un valioso miembro de la familia, querida por todos, especialmente por el hijo más joven, pues en las historias de Becky solía haber un hijo menor enamorado? ¿O era la criada encargada de vaciar los apestosos orinales de la familia? Lo que quiera que fuese, no duró mucho y, al poco tiempo, nuestra Becky, ahora con dieciséis años, estaba llamando a la puerta de sus padres.

—¿Seguían viviendo en la misma casa?

—Sí, y, cuando llamó a la puerta, su madre bajó a abrir...

—¿Y? —Janice ha terminado ya de ordenar pero no quiere moverse. Cree que deben parecer una pareja extraña: una anciana diminuta engullida por un maltrecho sillón de piel y una mujer rechoncha con un delantal descolorido en la cintura sentada con expresión expectante a sus pies.

—Su madre se quedó mirándola un largo rato, le rezó a la Virgen y se persignó.

—¿Después de todo ese tiempo? ¿No había conseguido perdonarla?

—Lo que no sabes es lo que de inmediato fue evidente ante los ojos de la madre de Becky: que su hija mayor estaba muy embarazada.

—Ah.

—Su madre agarró a su hija de la mano y la llevó de nuevo con las Hermanas de la Misericordia, pero no le abrieron la puerta. Yo creo que ahogaron el sonido de la puerta con un entusiasta coro de «Sileat omnis caro mortalis» que, por si tienes el latín algo oxidado, Janice, se traduce como «Que toda carne mortal guarde silencio».

—¿Quién era el padre?

—No creo que lleguemos a saberlo. Yo no doy crédito a la sugerencia de Becky de que había sido un hijo menor aristocrático. Pero sí creo que no debemos olvidar, teniendo en cuenta las fantásticas historias que Becky podía contar, que estamos hablando de una muchacha que era casi una niña. Alguien a quien su familia había abandonado, a quien las monjas habían maltratado y a la que habían dejado tirada en la calle y sola. Lo que creo es que a Becky la habían violado. Al fin y al cabo, no contaba con nadie que la protegiera. En realidad, sospecho que si hubiésemos oído a la joven Becky contar sus rimbombantes historias, no habríamos sentido muchas ganas de reír.

—¿Y qué hizo después su madre?

—¿Qué haría cualquier otra madre en esas circunstancias? ¿Qué habría hecho tu madre si hubieses aparecido en tu casa embarazada?

Janice se pregunta si su madre, al menos, se habría dado cuenta. Por supuesto, no se lo dice a la señora B. No tiene ganas de hablar con ella sobre su madre. Se pone de pie y decide que ha llegado el momento de hacer un giro inesperado.

—¿Cómo se conocieron usted y su marido?

La señora B la mira con sorpresa, pero Janice sabe que la tiene atrapada. Es como ver a un gato con un ovillo de hilo; la señora B no se puede resistir.

—Jamás olvidaré la primera vez que vi a Augustus…

Augustus. Tiberius. Decius… Janice puede ver que va apareciendo un patrón.

—Yo acababa de llegar a Moscú y tenía que reunirme con mi contacto en un salón de té cerca del río. Jamás había sentido un frío como aquel y, durante un rato, cuando entré en el café solo fui consciente del calor húmedo sobre mi cara. No podía ver nada a través del vapor de los samovares, salvo el destello de sus superficies esmaltadas rojas y doradas reflejándose en el espejo dorado que había tras la barra. Y, entonces, lo vi. Y en ese momento lo supe.

—¿Directamente? —Janice se desvía por un momento del hecho de que esa mujer fuese, en realidad, una espía.

—Sí. ¿Por qué? ¿No crees en el amor a primera vista, Janice?

Puede ser. Es posible. Pero no para ella. ¿Qué puede decir?

—Imagino que sí... —Está a punto de añadir que suele aparecer en las historias que colecciona, pero se contiene a tiempo—. ¿Qué estaba haciendo usted en Moscú?

—¿Qué crees tú, Janice? Eres una mujer inteligente, a pesar de tus esfuerzos por aparentar lo contrario.

Un poco cruel, piensa Janice. Pero, al menos, la señora B no cree que sea una tonta.

—Imagino que sabes que mi marido llegó a ser jefe del Servicio de Inteligencia. Nos conocimos cuando era mi agente de contacto en Rusia. Yo había estudiado francés y ruso en Cambridge después de la guerra y me reclutaron para desempeñar una labor de poca importancia en nuestra operación de Moscú. Las mujeres, tanto entonces como ahora, suelen ser subestimadas. Pero me gusta pensar que, en cierto sentido, yo fui diferente.

A continuación, echa a perder este discurso solemne pero ampuloso añadiendo, con tono alegre:

—Y fue tremendamente emocionante. Nunca me había sentido tan viva.

—¿Cuánto tiempo estuvo en Moscú?

—Cinco años en total. Después, Augustus y yo nos casamos. Y ese fue el final: ya no me permitieron trabajar, no como a mí me habría gustado. A medida que él fue ascendiendo en su trabajo, nos enviaron a muchos países de todo el mundo y a mí me asignaron ciertas labores relacionadas con aquello. Pero, en realidad, a mí no me agradaban. Aun así, nunca me arrepentí de casarme con él ni un solo momento. Y Augustus decía que para él fue igual cuando me vio aparecer entre el vapor de aquel salón de té —añade la señora B, con bastante timidez—. Yo era una mujer muy distinta en aquel entonces, Janice. Nunca fui lo que se podría considerar una belleza, pero Augustus siempre decía que tenía una gran presencia.

—Bueno, en eso no ha cambiado —responde Janice mirándola.

La señora B levanta la vista, sorprendida.

—Gracias, querida —dice en voz baja.

Janice se gira para ocultar sus sentimientos. Se siente sorprendida y conmovida y ha vuelto a confirmar una vez más que es en las historias de la gente donde de verdad se las llega a conocer. Pero ¿cuál es la historia de la señora B? ¿Es una historia de espías? ¿Una historia de una mujer que fue una espía frustrada durante toda su vida salvo cinco años? ¿O es el relato de la señora B una sencilla historia de amor? Sospecha que es esto último. Se pregunta si, en medio de la intensidad de ese amor, quedaba mucho espacio para Tiberius.

La conversación sobre el marido y el espionaje trae otra cosa a la mente de Janice: por un momento, se ha olvidado por completo de Becky.

—Señora B, usted y su marido debían de tener una impresionante red de contactos. ¿Le están asesorando bien con respecto a los planes de la facultad?

—No soy tonta —le espeta la señora B, claramente arrepentida de su anterior momento de dulzura—. Por supuesto que he buscado asesoramiento legal, pero siempre es «por un lado esto y por el otro, lo otro». La cuestión es que, cuando llegas a mi edad, la mayoría de los amigos a los que podrías preguntar están muertos. —Empieza a golpetear los dedos contra el brazo del sillón—. Claro, que siempre está Mycroft.

—¿Quién es Mycroft?

La señora B suelta una carcajada.

—Así es como le llamaba Augustus. Su verdadero nombre es Fred Spink pero Augustus siempre decía que era el hombre más inteligente que conocía. Un hombre bajito y de lo más corriente, pero trabajó muchos años como asesor legal en el Servicio de Seguridad británico. Lleva años jubilado, por supuesto, pero creo que sigue entre nosotros. Habría visto su necrológica en *The Times* si hubiese muerto. Sí, es posible que llame a Mycroft. —La señora B sonríe—. Me gusta pensar que siempre tuvo debilidad por mí. —Entonces, parece como si deseara no haber dicho eso y a Janice no le sorprende cuando continúa con tono de fastidio—: ¿Vas a quedarte ahí de pie o crees que podrías limpiar un poco de verdad?

Ya no hay más conversación sobre espionaje ni Becky mientras Janice se dedica a pulir el suelo de madera. Cuando está a punto de marcharse, la aborda la señora B.

—Lo he estado pensando un poco y es muy útil que el celador..., ¿cómo decías que se llama? ¿Stan? Bueno, pues que Stan tenga confianza contigo.

Janice se pregunta qué será lo siguiente y cómo ha podido vivir en esa casa tanto tiempo la señora B sin saber el nombre de Stan, pues lleva trabajando ahí desde pequeño.

—Se me ocurre que estás en una posición única para conseguir información...

—Tal y como ya he estado haciendo. —Janice no puede evitar dejarlo claro.

—Sí, querida, tal y como ya has estado haciendo.

Janice no se deja engañar. Ese ha sido un «querida» muy pensado, no el «querida» dulce e impulsivo de antes. Esa vieja quiere algo.

—Se me ocurre que, como limpias en casa de Tiberius, podrías oír o tropezarte, mientras quitas el polvo o cosas así, con información que podría resultar útil.

—¡No! —Como ladrido muy bien podría ser digno de la señora B—. Tengo reglas muy estrictas sobre mi trabajo de asistenta y no pienso espiar a su hijo. —Está a punto de añadir: «¡Debería avergonzarse!», pero ve que no es necesario; la señora B se está ruborizando casi tanto como cuando se ha cagado en la cama.

14

Un momento perfecto

—Ah, eres tú.

Las palabras ya están fuera y no puede volver a metérselas en la boca. Se imagina las tres palabras flotando sobre la cabeza del conductor del autobús, como si fuesen la colada tendida. Piensa en Geordie y desea, como él, poder arrancarlas y tender en su lugar otra cosa vieja y gastada. Lo que sea. «Un billete para Riverside» serviría. Al fin y al cabo, ahí es donde quiere ir a recoger a Decius y encontrarse con Adam. Simplemente, no se había esperado ver al profesor de geografía, pues estaba pensando en otra cosa completamente distinta: una Becky embarazada. Por algún motivo, parece como si fuera culpa de la señora B. No es justo. No estaba pensando en él. No es su ruta habitual y es por la tarde.

—¿Deseas algo? —Él le sonríe y a ella le parece desconcertante. ¿Cuánto tiempo lleva ahí parada? Oye un: «Vamos, muévase» detrás de ella y el hechizo se rompe. Coloca su tarjeta sobre la máquina expendedora y toma asiento todo lo lejos que puede en el autobús. El corazón le late como un motor de pistones.

Tras la segunda parada, se mueve hacia delante. Él no la puede ver, de eso está bastante segura, pero ahora ella sí puede verle el hombro izquierdo. En la siguiente parada, se cambia una fila más adelante. Todavía fuera de su campo de visión, pero desde aquí puede verle casi toda la espalda.

Mira a su alrededor por el autobús, consciente súbitamente de que la gente puede estar mirándola. Nadie la mira. Piensa en la señora B apareciendo entre el vapor de un salón de té de Moscú. Una espía reuniéndose con un espía. Eso sí es una historia impregnada de romanticismo. Pero ¿esto? ¿Qué le pasa? Es una fría y anodina tarde de jueves, ha subido a un autobús municipal y ha hecho el tonto.

De repente, recuerda una de sus historias que siempre la deja dudando. Le gusta, pues al fin y al cabo tiene un final feliz, pero no hay vez que no quede un interrogante al final. Algo que amenaza con alterar su sistema.

Arthur Leader es un hombre de ochenta y tantos años. Ella va de vez en cuando a limpiar para él cuando su asistenta habitual, Angela, está de vacaciones. Es un hombre al que le gusta el orden y la rutina: no le culpa; a ella también. Un día, mientras estaba planchándole las camisas, él le contó la historia de cómo conoció a su mujer.

La futura señora Leader había ido al cine con un novio y, cuando volvían al coche, se dieron cuenta de que se lo habían abierto y que al novio le habían robado la gabardina. Pensaron si debían ir a la policía y, al final, se decidieron por acercarse a la comisaría local. El joven policía de la recepción era un tal agente Leader. Miró a la mujer que tenía delante sin apenas fijarse en el hombre, y le gustó lo que vio: una atractiva morena con un vestido blanco inmaculado con rayas azul pastel. Empezó a tomar nota de los detalles y explicó al novio que se quedarían con su coche para que el equipo de criminalística lo pudiera examinar. Mientras Janice movía el hombro de la camisa de Arthur sobre la tabla de planchar, no pudo evitar sonreír. Cuánto habían cambiado las cosas. Arthur le contó después a Janice cómo había cogido la mano de la morena entre las suyas y la había ayudado mientras le tomaba las huellas, para descartar. Mientras apretaba los dedos de ella llenos de tinta sobre una tarjeta, se dio cuenta. Ahí fue. Un trato cerrado en lo concerniente a su corazón. Cuando terminó de tomar debida nota de las declaraciones, pues el agente Leader era muy riguroso y, aunque entonces no lo sabía, iba a subir de rango hasta convertirse en jefe de policía, pidió un coche para llevar a la morena a su casa, junto con su corazón. Se aseguró de que el agente que conducía el coche de policía tomara buena nota de dónde vivía ella. Después de aquello, siempre decía que había recuperado la gabardina pero que había robado a la chica. En el funeral de su esposa, muchos años después, la hermana de ella le contó que había vuelto esa noche y le había dicho que no podía emigrar a Australia con ella como tenían planeado porque acababa de conocer al hombre con el que se iba a casar.

Y la duda que esta historia provoca en Janice es esta: puede que, a veces, la vida no consista en tener una historia; puede que simplemente consista en buscar un momento perfecto. Ese momento en una comisaría de Bournemouth. Esa tarde gélida en un salón de té ruso. Se imagina sus palabras flotando en el aire, «Ah, eres tú», y después la sonrisa. Él le ha sonreído. No se engaña pensando en que ha sido un momento perfecto. Pero, aun así, ha sido un momento. Hasta que está subiendo por el sendero para recoger a Decius no se da cuenta de que no debe olvidar que es una mujer casada.

Cuando llega a la puerta, está entreabierta y lo primero que piensa es que Decius ha podido salir a la calle. Entra rápidamente y mira a su alrededor y, después, se deja caer sobre sus rodillas, aliviada al oír el golpeteo de sus patas sobre el suelo de madera; a continuación, lo ve salir de la cocina. Corre hacia ella, sacudiendo sus patitas con sus andares de ganso y estilo de bailarina que siempre le saca una sonrisa. La mira a ella y, después, a la puerta abierta que tiene detrás, como diciendo: «¿Qué? ¿Crees que soy idiota?».

Mientras ella le acaricia la cabeza llena de rizos y le tranquiliza, oye voces que salen de la sala de estar diáfana.

—Pues no sé por qué me culpas a mí.

Está claro que es la señora SíSíSí.

—No es cuestión de culpar a nadie... —responde un Tiberius enfadado. Janice desearía poder seguir pensando en él como el señor NoNoAhoraNo, pero eso es cosa del pasado—. Es que lo hace más complicado.

—Pero dijiste que le buscara una asistenta para la casa —replica la señora SíSíSí con tono malhumorado.

—Sé que te lo dije, pero no pensé que nadie terminaría aceptando el trabajo, sobre todo la señora P. O sea, es tan..., en fin, una blandengue. Y ya sabes cómo es ella. Creía que mami iba a comérsela a bocados y escupirla después.

Janice se tambalea. ¡Cómo se atreve! ¿Y llama «mami» a su madre?

—Pero, Tibs, ¿quieres que tenga asistenta o no?

¡¿Tibs?!

—Lo que quiero es sacarla de esa casa. No está segura allí sola. Ya sabes que apenas puede andar. Esas escaleras son un accidente en potencia.

—Supongo que podríamos poner un elevador de escaleras.

—¡No seas ridícula! —espeta Tiberius, y a Janice no le queda duda de quién es su madre—. Es un edificio protegido.

—Bueno, yo solo pensaba...

—Pues ojalá que no lo hicieras. Se me tiene que ocurrir una forma de salir de esta. Ese espacio debería usarse para fines académicos; es lo que papi habría querido. Y no es por el dinero. De eso no tiene que preocuparse.

A Janice ya no le sorprende lo de «papi»; sigue aún demasiado enfadada por lo de «una blandengue». ¿Y qué es eso del dinero? No puede asimilarlo todo.

Tiberius está ya lanzando.

—Tiene ese espacio increíble y la facultad no puede hacer nada con él. Y ella está sola y dando vueltas ahí dentro. No me sorprendería que una noche se metiera algo en esa estufa eléctrica suya y se incendiara todo el maldito edificio. Sé que es mi madre pero es una puta pesadilla.

Quizá es de ahí de donde ha aprendido Decius.

—Será mejor que me vaya ya —añade Tiberius con un tono más tranquilo—. No quiero perder el tren.

Con un rápido movimiento, Janice se pone de pie y vuelve a salir por la puerta. Cierra sin hacer ruido mientras Decius la mira con expresión de «Qué cojones haces» y llama al timbre. La mano le tiembla.

Paseando después por el campo con Adam, ella está inusualmente callada. No es que crea que Adam se vaya a dar cuenta. Está demasiado ocupado corriendo con Decius y poniéndole obstáculos para que salte como si fuese a participar en la yincana de los fox terrier. Se anima al escuchar sus comentarios; sigue siendo un niño. Y, al menos durante esta media hora, Janice cree de verdad que Adam se ha quitado de encima su terrible carga. Le ve dar golpes entre los matorrales, tirando troncos, animando a gritos a Decius para que complete el recorrido sin fallos. En cierto sentido e inesperadamente, se trata de un momento perfecto.

Sigue mirando al niño y al perro jugar mientras repasa la conversación que acaba de oír. No puede engañarse. Definitivamente, ha estado escuchando a escondidas. Se alegra de que Adam esté tan ocupado, porque ella necesita tiempo para pensar. ¿Tenía razón Tiberius? ¿Es seguro que la señora B viva allí sola? ¿Y no debería ser, en realidad, ese espacio para los estudiantes y no para una anciana estrafalaria? Odia tener que admitirlo, pero es posible que su hijo esté en lo cierto. ¿Qué habría pensado su marido? Solo cuenta con la versión de la señora B al respecto. ¿Y qué ha querido decir él con lo del dinero? ¿Qué dinero? Y si hay dinero ¿no debería ella poder permitirse algo agradable y más adecuado? Las imágenes de la señora B siendo expulsada de su casa por su hijo para entrar en una residencia maloliente comienzan a desvanecerse rápidamente.

Su mente empieza a divagar hacia otro lugar. Esa sonrisa en

el autobús. No puede evitar regresar a ella. Era una bonita sonrisa, una sonrisa simpática. Puede que se haya sentido una tonta pero no cree que el conductor de autobús que parece un profesor de geografía se estuviese riendo de ella. Era más como si estuviese compartiendo algo con ella. Solo que no tiene ni idea de qué es.

15

La historia más vieja del mundo

Mike ha salido inesperadamente temprano, moviendo en el aire un puñado de carpetas delante de sus narices al pasar junto a ella en el rellano.

—Voy a un sitio a ver a unos.

Janice sonríe mecánicamente al oír la repetida gracieta. Sigue sin tener ni idea de en qué anda metido, pero supone que debe de estar haciendo alguna entrevista, como poco, porque no deja de desaparecer para ir a reuniones. Se alegra de que se haya ido porque quiere el dormitorio para ella sola y así poder elegir tranquilamente qué ponerse.

Su tarea es complicada. Necesita un atuendo que sea adecuado para llevarlo cuando meta la cabeza en los inodoros de otras personas, pero que también, en el caso improbable de que se encuentre con el conductor de autobús que parece un profesor de geografía, diga: «Soy una mujer simpática; nunca voy a ser guapa pero, con suerte, tampoco es que esté echada a perder; soy del tipo de mujer al que le gusta pasear y que podría hasta subir el Snowdon si no vas demasiado rápido; y, desde luego, no soy una mujer que diga las cosas sin antes pensarlas». Y todo esto sin ir vestida como una adolescente o como si se hubiese esforzado demasiado.

Carrie-Louise la recibe con un: «A ver..., dime, querida..., veo que te has hecho... algo. ¿Es el pelo? Bueno, lo que sea..., ¡lo apruebo!». A Janice le dan ganas de darle un abrazo. El autobús lo conducía esta mañana el Ángel del Infierno —«Buenos días, guapa»— y ella no sabía si sentirse decepcionada o aliviada. Pero, ahora mismo, tiene otras cosas en las que pensar: Mavis va a venir a tomar café y tiene que hacer unos pasteles.

Janice baja el martillo para tachuelas y alisa la tela sobre el taburete que le está arreglando a Carrie-Louise. Se encuentra en el comedor y, aunque las puertas que dan a la sala de estar permanecen cerradas, puede oír la conversación de Carrie-Louise y Mavis con bastante claridad. La ha estado disfrutando a lo grande pero, si es sincera, cree que Mavis podría estar ganando por puntos. A pesar de las galletas florentinas en la mejor bandeja, Mavis ha conseguido presumir de un próximo viaje en el Orient Express, una excursión a Glyndebourne y su clase de danza y movilidad delante de Carrie-Louise. Ella ha contraatacado con un: «Dios santo..., cinco días en un tren con George... No, no..., será maravilloso..., querida». Pero, luego, Mavis ha jugado su mejor carta y ha sacado su teléfono inteligente del bolso. Carrie-Louise le tiene miedo a la mayoría de los aparatos y Mavis ha empezado rápidamente a hablarle de aplicaciones y de las maravillas de los audiolibros. «Te vendrían muy bien ahora que no puedes salir tanto».

El teléfono de Mavis acaba de sonar con el «Ring my bell» de Anita Ward.

—Ay, Josh es muy gracioso; siempre me está cambiando el tono de llamada. —Por lo que a Mavis respecta, esto es pan comido. Sus nietos viven en Worthing mientras que los de Carrie-Louise están a quince mil kilómetros, en Melbourne. Mavis pasa un rato charlando al teléfono con su hija. A Janice le parece de cierta mala educación mientras se pregunta si debe ponerse su delantal blanco y entrar con más café. Incluso podría hacerle una pequeña reverencia a Carrie-Louise para animarla.

No tiene por qué preocuparse. Mavis pone fin a su llamada y Carrie-Louise se dispone a hablar.

—Querida..., sonabas... muy... distinto.

—¿A qué te refieres?

—Ahora mismo..., al... teléfono.

—¿De verdad? —pregunta Mavis, insegura.

—Sí..., muy, muy... diferente.

—¿Qué quieres decir?

—Ya sabes..., diferente..., cuando hablabas con tu hija.

—Bueno, pero ¿diferente en qué?

—Ah, no sé..., querida..., solo diferente —contesta Carrie-Louise, esta vez más distraída.

—Sí, pero ¿qué quieres decir con diferente? —insiste Mavis, poniéndose un poco irascible.

—Bueno..., parecías...

—¿Sí? —Mavis se va impacientando.

—Bueno..., parecías... muy, pero que muy... cariñosa.

Janice empieza a dar martillazos otra vez para ocultar su risa. No le cabe ninguna duda; Carrie-Louise la ha noqueado.

Janice llega pronto a casa de la señora B, lo que le da la oportunidad de pasar por la conserjería para ver a Stan. Le ha traído unas galletas florentinas de Carrie-Louise. Primero, hablan de banalidades durante el café: cómo le fue anoche al Arsenal contra el Liverpool, si van a tener un poco de nieve y quién va a ser el bailarín principal en *Las Sílfides* cuando Stan vaya a Covent Garden este fin de semana. Él y su mujer, Gallina, son muy aficionados al ballet. Janice saca entonces el tema del señor B.

—Debiste de conocerlo cuando fue rector aquí.

—Claro que sí. Estuvo aquí bastantes años. Un hombre agradable. Reservado, eso sí. Pero supongo que le venía por el trabajo que hacía. Tuvimos todo tipo de medidas de seguridad adicionales cuando él estuvo en la facultad.

—Pero ¿él vivía aquí, donde está ahora ella? —Señala con la cabeza en dirección a la casa de la señora B. No se atreve a llamarla «lady» pero cree que parecería poco respetuoso llamarla «señora B» delante de Stan.

Stan asiente.

—Así es, los dos. Es curioso. Ella no era tan mala en aquel entonces. Quizá un poco arrogante, pero eran una de esas parejas..., ya sabes...

Janice espera.

—No creo que sintieran la necesidad de relacionarse con otras personas.

Janice sigue callada. Cree que hay algo más.

—Siempre me preocupó un poco su hijo. Es decir, es un auténtico gilipollas pero, a veces, creo que apenas eran conscientes de que estaba ahí.

—¿Sabes algo sobre el acuerdo con respecto a la casa, sobre cómo quedó cuando él murió?

—Ah, en eso no te puedo ayudar, cariño. Creo que fue bastante complicado, algo relacionado con un testamento o una cláusula. Pero la verdad es que no sé más.

Hay una última cosa de la que Janice quiere enterarse.

—Cuando yo no estoy, o sea, el resto de la semana, ¿viene alguien más a verla?

—La verdad es que no. Su hijo viene cada dos semanas. Su mujer venía antes pero su señoría se las hacía pasar canutas y dejó de venir.

—Y, si pasara algo, ¿hay alarmas de incendios y... ya sabes...?

Stan asiente.

—Dios mío, sí, hay unas normas muy estrictas en cuanto a la higiene y seguridad de estos edificios tan antiguos. Es igual que con la mayoría de las facultades. —Tose y se remueve en su asiento—. Ella no tiene ni idea de que lo hago, pero siempre voy a verla durante mis rondas. Solo un vistazo rápido por la ventana para asegurarme de que no se ha caído ni nada parecido. Así que no te preocupes demasiado. —Janice tiene la sensación de que él va a extender la mano para acariciarle la suya, pero termina restregándose sus propias manos con fuerza—. Pero sí te digo una cosa, parece que está un poco más espabilada desde que tú has empezado a venir. Quizá esa vieja muchacha se sintiera sola.

Janice se pregunta qué habrá hecho la señora B para merecer tanta bondad de un hombre cuyo nombre no se molesta en recordar. Cuando se levanta para marcharse, Janice toma una decisión.

—Gracias por el café, Stan. Me temo que me vas a seguir viendo. He decidido dividir mis horas para venir dos o tres veces a la semana en lugar de una. Me vendrá mejor así.

Stan la mira de soslayo pero no dice nada.

Mientras Janice va limpiando el polvo por los estantes de la galería de arriba, repasa en su mente la conversación que ha escuchado a escondidas entre Tiberius y su mujer. La señora B está hoy especialmente gruñona y está leyendo en su sillón habitual de abajo. Janice se pregunta si habrá pasado otra vez una mala noche. ¿Puede ser que esta casa le venga grande? Quizá su hijo tenga razón. Pero ¿cómo va a hablarle de ello cuando ha dejado perfectamente claro que no piensa informarle de nada que haya oído en casa de su hijo? La señora B sabría entonces que algo ha cambiado y podría incluso pensar que ha hablado con su hijo sobre ella a sus espaldas.

Cuando baja a la planta inferior y empieza a limpiar el polvo de ahí puede notar la mirada de la señora B clavada sobre ella. Un rato después dice:

—Estás distinta.

Janice sigue limpiando el polvo sin decir nada.

Cuando se acerca a su sillón, la señora B le habla con tono pícaro.

—¿Y te has vestido elegante para verte después con tu marido? Supongo que irás al bingo y, después, al pub para disfrutar de la «noche de la parrilla».

Janice sabe que está tratando de provocarla. No va a darle esa satisfacción.

—Creo que los jueves es la noche del dos por uno.

Janice se limita a seguir limpiando. Pero algo en su expresión, en su comportamiento, ha debido de alertar a la señora B. Esa depredadora.

—Ah, así que no es tu marido. Es eso, ¿no?

Desaparece toda la alegría de ese día. Se queda sintiéndose una mujer despreciable y ordinaria, una mujer ridícula vestida con un jersey rojo y unos vaqueros y un plumero en la mano.

—Voy a limpiar el baño —es lo único que dice.

Cuando vuelve a la habitación principal para empezar a organizar los montones de libros, la señora B le ha preparado un chocolate caliente. Se le ha derramado casi todo al llevarlo a la mesa. Janice no se atreve a tocarlo.

—Así que Becky estaba a punto de ser madre —empieza la señora B. Janice sabe que la está observando, pero ella no va a mirar a la anciana que acaba de robarle uno de los pocos momentos de felicidad que le pertenecía en exclusiva a ella.

La voz de la señora B mantiene un tono inusualmente bajo cuando empieza a hablar.

—Me cuesta imaginar que el parto fuera una experiencia placentera..., si es que alguna vez lo es... Becky dio a luz en uno de los peores hospitales de París. Imagino que si Charles Dickens hubiese visto a una Becky de dieciséis años entrando con dificultad por la puerta, se habría frotado las manos antes de coger su pluma. Pero, por supuesto, era el año 1907 y Charles ya llevaba casi cuarenta años muerto.

Janice no puede evitar darse cuenta de que la señora B habla de Charles Dickens como si fuese un amigo personal. Se mueve por la habitación para seguir trabajando; no quiere dejarse llevar más.

La voz de la señora B se oye con más fuerza.

—Sí que me pregunto si su padre la llevó al hospital en su taxi negro. ¿Quién puede saber lo que pasaría por su mente? Sin embargo, la cuestión es que Becky dio a luz a una niña sana. Me gustaría saber si, de haber sido un niño, las cosas habrían sido distintas. Sí, un nieto de pelo dorado y rizado habría encontrado un lugar en esa casa. Pero Becky dio a luz a una niña y podemos imaginar lo que sus padres pensaron al tener a otra Becky en miniatura en su casa. Así que no pasó mucho tiempo hasta que la bebé y la deshonra de Becky fueron ocultadas, apartadas de la vista, en una granja en el campo muy lejos de París. A Becky la dejaron en la calle.

La señora B se inclina y enciende su estufa eléctrica.

—Creo que llegados a este momento cuesta no sentir lástima por Becky. Pero, como se suele decir, lo que no te mata te hace más fuerte. Becky se inició en la única profesión que tenía a su disposición, la más antigua del mundo: empezó a trabajar en las calles de París. Abrirse camino entre las demás putas, armarse de valor para cruzar ese umbral, aceptar a su primer cliente..., y creo que podemos pensar que no dejó que las demás putas la vieran llorar... En fin, eso debió de requerir mucha fuerza. Puede que, al final, las monjas hubiesen colaborado con algo útil en su educación. Como ya he dicho, lo que no te mata te hace más fuerte.

»Poco tiempo después, Becky llegó a entender que existía una jerarquía muy definida dentro del mundo en el que se había introducido y, tal y como era ella, se mostró dispuesta a ascender por esa escalera. Y quiso la suerte que siempre hubiera mujeres..., madamas, por así decir, que rastreaban el inframundo en busca de muchachas con iniciativa como Becky. Eran las chicas que pasaban de ser *la prostituée professionnelle* a *la fille d'occasion*, hasta que finalmente terminaban siendo la *crème de la crème*; *la courtisane*.

Janice quiere preguntar cuál es la diferencia entre las tres, pero no lo hace.

La señora B se detiene expectante antes de continuar.

—Una vez reclutada por la madama, empezó de inmediato la educación de Becky. En un establecimiento elegante y discreto del distrito dieciséis, Becky comenzó sus clases. Y no, no se trataba de educarla en las prácticas sexuales que te estás imaginando, Janice, aunque no cabe duda de que también estaban incluidas.

Janice suelta con un golpe un libro sobre el montón que está organizando.

—Su principal educación consistía en clases de elocución, cómo vestir, clases de baile, y cómo peinarse para sacarse el mayor partido. Aprendió qué zapatos de tacón y enjoyados atraían las miradas al tobillo y qué fragancias exóticas eran las más adecuadas para las distintas ocasiones... y en qué lugar del cuerpo ponérselas. Becky disfrutó de este nuevo y desconocido rol; por primera vez en su vida era la alumna más dotada y valorada de la clase. Enseguida avanzó en sus estudios descubriendo los misterios de su nueva profesión: la perfecta sincronización de una bajada de pestañas, cómo extender lánguidamente una mano para mostrar el destello de la parte inferior de una muñeca blanca como la nieve, cuándo inclinar el mentón de tal forma que exprese una mirada risueña y cómplice. Ah, a Becky le encantaba aprender todo aquello. Lo único que su nueva madama no tuvo que enseñarle fue a cantar; de eso las monjas sí que se habían ocupado y Becky tenía una voz preciosa.

»Ahora bien, de una chica como Becky que trabajaba como *fille d'occasion* se esperaba que «entretuviera» a los clientes de la casa, pero ese no era el límite de su mundo. Podía elegir honrar a Les Folies Bergère con su presencia. El encargado siempre animaba a las chicas como Becky a que se mezclaran con los clientes. Y debemos recordar que las Beckys de ese mundo parisino no se escondían en un rincón deshonroso. Los hombres con los que se relacionaban querían presumir de ellas ante el resto del mundo. Y eso a Becky le parecía más que bien. Para ella, un día cualquiera podía empezar montando a caballo en el Bois de Boulogne, pues Becky era tremendamente aficionada a los caballos, después un almuerzo en el Café de Paris, antes de dirigirse hacia las carreras. Becky no se había divertido tanto en toda su vida. A última hora de la tarde, Becky estaría preparada para «trabajar» en la discreta casa del distrito dieciséis; al fin y al cabo, era *une cinq à sept*.

La señora B deja de hablar. Janice deja de pasar el polvo. Janice quiere saber qué significa esto. Sabe que la señora B quiere decírselo. Están otra vez con el juego de la gallina. Pero Janice no está dispuesta a ceder.

—¿Preferirías ser prostituta o asistenta? —pregunta, de repente, la señora B.

Ella se pregunta si, a veces, existe mucha diferencia. No, está siendo ridícula y autocomplaciente. Limpiar para otras personas no es lo mismo que vender tu cuerpo. No quiere dejar paso al siguiente pensamiento, pero aparece de todos modos. ¿Es peor vender tu cuerpo que dejar que lo tome y lo deje un hombre que busca algo que le venga bien para aliviarse? No soporta seguir pensando eso, recordar el rápido forcejeo de anoche a oscuras. Sabe que la señora B la está mirando pero, al igual que Becky, no va a permitir que nadie la vea llorar, y menos esta mujer. Aparta la mirada de ella, todavía sin responder a su pregunta.

—Debes saber, Janice, que eres una mujer excepcional.

Eso hace que la vuelva a mirar, esta vez con sorpresa.

—No te conozco, así que hacer fáciles suposiciones sobre tu vida ha estado mal por mi parte y te pido disculpas. Sin embargo, lo que sí puedo hacer es hablar de datos reales. Y la realidad es que eres una asistenta excepcional. Creo que también eres una mujer excepcional. Pero, por ahora, vamos a ceñirnos a las pruebas objetivas. —Y añade con sequedad—: Creo que te subestimas, pero no estoy segura de que quieras escuchar mi opinión. Al fin y al cabo, yo he demostrado ser una vieja grosera y desconsiderada, así que, como te decía, me voy a ceñir a las pruebas objetivas en lugar de darte mi opinión. Y estos son los datos reales: eres una asistenta excelente que también hace pasteles de muy buena calidad; sabes utilizar un soldador, una herramienta multiusos y, según creo, incluso han mencionado una sierra mecánica. Tienes nociones de tapicería y te preparas tu propio equipo de limpieza, aunque se me escapa por qué estás limpiando una casa de muñecas. Incluso mi nuera está impresionada por tu capacidad para desmontar y limpiar todas las partes de su estrafalaria cafetera, cosa que resulta imposible para ella y para Tiberius. Una de tus jefas ha mencionado tu capacidad para hacer que todo tipo de personas se sientan cómodas y ha hecho referencias específicas a tu capacidad para poner fin a discusiones. No voy a avergonzarte repitiendo las muchas cosas que también se han dicho sobre tu extraordinaria sensibilidad y bondad.

—Pero ¿de dónde sale todo eso? —exclama Janice.

—Mi marido fue jefe del Servicio de Inteligencia. Yo misma durante un tiempo estuve trabajando en operaciones secretas. ¿No se te ha ocurrido que yo iba a buscar referencias y a investigar a una relativa desconocida a la que iba a meter en mi propia casa?

Janice no puede evitarlo; no quiere, pero sonríe a la señora B.

—En serio, Janice, puedo calificarte como asistenta pero, a veces, no sé qué pensar sobre tu inteligencia... —No obstante, el músculo revelador del lateral de la cara de la señora B se mueve con un tic mientras dice esto.

—¿Quiere un chocolate caliente? —Es lo único que a Janice se le ocurre decir; desde luego, no se siente capaz de asimilar todas las cosas que sus clientas han comentado de ella.

—Sí que quiero y, por favor, prepárate otro para ti. He intentado hacerte uno antes, pero parece que se me ha caído casi todo al suelo.

Una vez que Janice se ha sentado en la mesa a dar sorbos a su chocolate caliente, pregunta:

—Bueno, vale, ¿qué es *une cinq à sept*?

—Es una de las formas como se podría haber descrito a Becky. Es porque entre esas horas, entre las cinco y las siete, esos hombres llegaban a la casa discreta del distrito dieciséis y decidían con qué chica les gustaría pasar la primera parte de la velada. Según creo, existían álbumes de fotografías donde se mostraba a las distintas muchachas y, por su postura en la fotografía, el cliente podía apreciar, por así decir, sus preferencias. Después, se enviaba un mensaje a la chica que había elegido y aparecía para que distrajera a su cliente.

—Un poco como hacer un pedido en Argos. —Janice no puede evitar interrumpirla.

—¿Argos? Ah, ¿esa tienda que vende cosas por catálogo? Sí, igual que Argos. Creo que las imágenes de Becky de este catálogo en particular indicaban cierta predilección por el lesbianismo y las cuerdas, aunque no sé si quien terminaba atado era el cliente o ella.

La señora B se detiene, de repente, y parece pensativa.

—O puede que sí lo sepa —dice despacio—. Creo que a ella le gustaba dominar a los demás. —Mira a Janice y añade con tono enigmático—: Recuerda esto, Janice. Aparecerá más adelante en nuestra historia.

La señora B da un sorbo a su chocolate caliente.

—Ahora llegamos a la transición de Becky de *la fille d'occasion* a *la courtisane*. Como *la fille d'occasion*, estaba vinculada a una casa pero el objetivo era hacerse independiente: *la courtisane*. Sin embargo, rara vez había un cambio claro de roles. Se trataba de un proceso gradual. Un hombre podía sentir algo más que un interés pasajero por una chica como Becky. Querría que le vieran con ella, a menudo después de las horas de *cinq à sept*. La llevaba a cenar, quizá a la ópera. Podría ser que la viera con mayor frecuencia, que la llevara a almorzar, a las carreras y que incluso la instalara en un apartamento. Se convertiría en un «hombre importante» para ella. Pero estas relaciones en raras ocasiones eran exclusivas y, aun cuando una mujer fuera una cortesana completamente independiente, sin estar vinculada a ningún hombre ni a una madama, podría aparecer en su antigua «casa» de vez en cuando y hacer un poco de lo que podríamos llamar «horas extra».

—¿Y Becky conoció a un «hombre importante»?

—Ah, a muchos de esos. Pocas veces estuvo en exclusiva pero, en ocasiones, algunos eran más importantes que otros. Te puedo poner un ejemplo de uno de esos hombres con los que se veía al comienzo de su transición a *courtisane*. Tenía cuarenta años, era casado, evidentemente muy rico. Su familia había amasado su dinero como comerciantes de vino y tengo entendido que eran los proveedores de vino para el Vaticano. Estoy segura de que eso le hacía gracia a Becky y que esas monjas se habrían atragantado con el sagrado sacramento si se hubiesen enterado. Este hombre la instaló en una de sus lujosas villas en la que tenía un espléndido establo de caballos. Recuerdo haberte contado que Becky era muy aficionada a montar. La llevaba de viaje a Marruecos y Venecia. Creo que también te he dicho antes que los hombres adquirían un importante prestigio cuando se les veía con una esplendorosa cortesana. Becky tenía un lustroso cabello castaño, un rubor sensual y las madres de ellos se santiguaban. No era una belleza como tal, pero...

—Tenía una magnífica presencia. —Janice no puede evitar participar.

La señora B la mira dos veces.

—Como estaba diciendo, era una mujer extraordinariamente atractiva. Pero antes de pintar un modelo de mujer que cualquier hombre desearía, debemos recordar que estamos hablando de Becky. Tenía un humor de perros y se dejaba llevar por una sola obsesión: por ella misma.

—¿Qué ocurrió con el hombre de los vinos?

—La suya fue una relación tempestuosa. Se sabía que se daban bofetadas en público y, en una ocasión, se enfadó tanto con ella que la encerró en la villa. Pero Becky fue la última en reír. Sacó a todos los caballos de los establos y dejó que recorrieran la casa. Me la puedo imaginar con un precioso vestido de seda, riéndose mientras los perseguía por las habitaciones. Me pregunto si llegaría a montar a alguno por el interior de la villa. Me gusta pensar que saltó por encima de un chifonier de Luis XV como si fuese una valla. Al final, su temperamento resultó excesivo para él y se separaron. Tengo entendido que le pagó una generosa pensión.

—¿Aunque se hubiese hartado de ella?

—Sí, y esto, como lo de la dominación, aparecerá más adelante en nuestra historia. Es importante tener en cuenta que existían normas muy estrictas con respecto a este tipo de relaciones.

Janice no puede evitar pensar que es un poco como con lo de ser asistenta.

—Se esperaba que un caballero, si había forjado una relación importante con una mujer como Becky, se comportara generosamente con ella cuando se separaran.

Entonces, no es como lo de ser asistenta.

—Pero, por ahora, debemos dejar a Becky como la comidilla de París. Mejor dejarla en la ignorancia porque, sin que ella lo sepa, se acercan nubes de tormenta. Se acerca una guerra. Y también ha pasado ya el momento en que debías marcharte. O te vas o perderás el autobús.

Janice mira su reloj. No puede creer la hora que es.

—No esperarás que te pague por esta última hora —vuelve a espetar la señora B.

—Ah, no. Jamás esperaría eso, señora B.

Puede ver que el delator músculo empieza a moverse con su tic.

—¿Seguro que no te puedo llamar señora P? A mí me suena muy bien. Creo que te quedaría bien.

Janice no le da el gusto de responder.

—He conseguido hablar por teléfono con Mycroft y va a

venir a verme dentro de dos semanas —anuncia la señora B cuando ella va a coger su abrigo—. Creo que te gustará conocerle.

Ah, entonces, se supone que ella tiene que estar presente. Aquí también se aproxima una contienda y la señora B quiere que ella forme parte de su comité de guerra.

Janice se pone el abrigo y coge el dinero. Cuando cierra la puerta al salir, piensa en Tiberius y en su probablemente legítima preocupación por que su madre esté sola en esta casa y en la mujer que hoy la había humillado y también la había conmovido hasta lo más profundo. Se pregunta de qué lado se pondrá cuando estalle el conflicto.

16

Puede que surjan problemas

El correo ha llegado pronto y hay varias cartas en el felpudo: la habitual colección de recibos, que deja a Janice con una sensación de desazón en algún punto por debajo de sus costillas; un catálogo que muestra a una señora mayor montada en un elevador de escaleras y que le hace sonreír mientras no puede evitar pensar en Becky; y una postal de su hermana. Aparta el resto de las cartas y se sienta en el escalón de abajo con la postal. La envía desde Antigua y su hermana y su marido parecen estar pasándolo de maravilla. Sus ojos siguen los habituales giros y trazos de la letra de su hermana y, en lugar de en las líneas que le hablan de una excursión de buceo y de ponches de ron, lo único en lo que ella piensa es en las palabras «recuerdo lo que hiciste»

Sigue ahí sentada, con el ceño fruncido, cuando Mike baja las escaleras.

—¿Tomamos un café juntos antes de irnos?

Ella traduce esto como: «Yo tomo el mío con leche y dos de azúcar y, cuando lo prepares, pon un par de galletas al lado». Lo que no puede interpretar es lo que hay detrás de su sugerencia de que tomen un café juntos. No recuerda cuándo fue la última vez que tuvieron una conversación con un café o una copa. ¿Quizá un trabajo nuevo? Mira las facturas que están todavía en la mesita junto a la puerta y espera fervientemente que sea así. Y también que sus nuevos jefes no adopten el planteamiento de la señora B cuando pidan referencias.

La que viene después es una de las conversaciones más extrañas que ha tenido nunca con su marido. Aunque, en vista de que ella no tiene mucho que decir, cree que sería más correcto hablar de un monólogo.

Mike:

—Ya sabes que siempre he admirado cómo te enfrentas a tu carrera como asistenta.

«¿Carrera? ¿Desde cuándo es una carrera? ¿Y que me has admirado? La mayoría de las veces te ha avergonzado que sea asistenta y en raras ocasiones te acompaño al pub porque después de unas cuantas cervezas lo dejas bastante claro haciendo bromas no muy divertidas a mi costa».

Mike:

—Eres muy profesional y creo que eso es muy importante en el terreno doméstico.

«¿A qué te refieres con lo del "terreno doméstico"?».

Mike:

—En cierto sentido eres como la marca perfecta: siempre de fiar, siempre la misma.

«¿Has estado bebiendo?».

En ese momento, ella consigue decir:

—Mike, ¿en qué andas?

Mike:

—Seré claro.

Janice:

—¿Cuándo?

Mike:

—Quizá te hayas preguntado qué eran las reuniones a las que he estado asistiendo.

Janice:

—Bueno, esperaba que fueran por un trabajo. («Pero ahora me inclino a pensar que eran de Alcohólicos Anónimos»).

Mike, cogiendo su café con dos galletas y dirigiéndose hacia la puerta de la cocina:

—Sé paciente, aún me quedan unas cuantas reuniones más. Puede que vuelva tarde un par de noches a la semana.

Ella le quiere preguntar si está teniendo una aventura, pero no sabe cómo decirlo sin emplear un tono de esperanza.

Mike, ahora en el pasillo pero girándose para asomarse por la puerta de la cocina:

—Me alegra que hayamos tenido esta conversación. Siempre has sido de mucho apoyo, soy consciente, y me gusta pensar que formamos un buen equipo.

Ella no sabe siquiera por dónde empezar a responder a esto. Suena como si lo dijera un orador motivacional muy malo. ¿Quizá son de eso las reuniones? Ay, Dios, por favor, que no sea eso. Que Mike no se convierta en orador motivacional. Es una de las pocas facetas que aún no ha probado. ¿El hombre de los mil trabajos? Da miedo solo pensarlo. Se imagina su cara en carteles pegados en las farolas y en escaparates vacíos invitando a la gente a escucharle en salones de actos y bibliotecas. Después, se imagina a sí misma siguiendo la misma ruta con Decius, intentando quitarlos todos.

Se dirige a la parada de autobús preguntándose si podría llegar a convencerle de que no lo haga si de verdad es eso lo que tiene en mente. ¿La escucharía siquiera? Desde luego, no lo ha hecho en el pasado.

—Ah, eres tú.

Estaba tan concentrada en sus pensamientos que no se ha dado cuenta de que es el profesor de geografía el que conduce hasta que él le habla.

—Ah, eres tú —repite él sonriéndole de una forma que hace que el estómago se le hunda por debajo del suelo del autobús.

—Sí, a propósito de eso... —empieza a decir.

Y entonces, por detrás de ella, se oye el inevitable: «¡Vamos!».

—¡A la orden! —es lo único que consigue decir antes de adentrarse en el autobús y sentarse. ¿En qué estaba pensando? ¿A la orden? Nadie dice «¡A la orden!» a menos que sea el capitán Hastings en alguna película de televisión de Agatha Christie. Desearía poder tener a Decius a su lado para que levante los ojos hacia ella con expresión de «¿En qué coño estabas pensando, mujer?».

¿Y qué va a hacer ahora? ¿Debería intentar decir algo cuando baje? Pero eso implicaría tener que ir hasta la puerta delantera del autobús en lugar de a la lateral, por donde normalmente se baja la gente. ¿Debería limitarse a saludarle con la mano desde la puerta lateral y esperar que él se gire y la vea? Pero ¿sabe él en qué parada se baja? Intenta pensar qué consejo le daría Decius y, aunque está a kilómetros de distancia, logra imaginarse la expresión de su cara. Y claramente le está diciendo: «*Carpe Diem*», cosa que resulta bastante profunda para él. Pero, al fin y al cabo, lleva el nombre de un emperador romano.

Se levanta en el último momento antes de su parada; va a ser rápida y se ha decidido por un agradable: «Que tengas un buen día». Cuando llega a la puerta delantera del autobús, él levanta la vista y sonríe. Antes de poder pronunciar las palabras, se da cuenta de que está mirando horrorizada un panel de imágenes de videovigilancia que muestra al conductor el interior del autobús. Las señala y lo único que logra decir es:

—Pero puedes ver.

—Sí —asiente él.

—Me viste la última vez.

—Sí.

—Avanzando por el autobús y mirándote.

—Sí.

Janice se gira para marcharse, despojada de toda dignidad.

—Fue lo mejor de la semana —dice él en voz baja.

Ella vuelve a mirarle, sin saber si le ha oído bien.

—Lo cierto es que fue lo mejor del año —añade él con más firmeza. Ella nota un ligero acento. ¿Escocés? Y se fija en que sus ojos, que parecen estar compartiendo algún tipo de broma con ella, son verdes grisáceos. Se pregunta si, además de tratarse de un hombre al que le gusta subir al monte Snowdon, le gustará también bailar. Y entonces él le roba su frase, lo cual hace que se pregunte si es que él también había estado pensando qué decir.

—Que tengas un buen día.

No recuerda el paseo hasta ir a recoger a Decius ni tampoco su conversación con la señora SíSíSí. Sabe que no le habría respondido de verdad «lo que usted diga» a la cara, pero sí está bastante segura de que lo estaba pensando. Cuando llega a casa de Fiona y Adam se siente más recompuesta. Se da cuenta de que Decius está especialmente saltarín hoy y, mientras esperan a que aparezca Adam, parece un perro con un muelle. Cada vez que cae al suelo la mira y parece sonreír. Si hay un fox terrier que sepa reír, cree que debe de ser este. Sabe cómo se siente. Ella también tiene ganas de reír.

Tanto Fiona como Adam aparecen en la puerta y, mientras Adam y Decius corren el uno tras el otro, Fiona da un toque a Janice en el brazo.

—¿Te importa si Adam va a dar una vuelta solo con Decius alrededor de la manzana? No va a ir muy lejos. Me gustaría tomar un café.

Janice se pregunta qué querrá decirle Fiona. Sabe que pasa algo, pero también sabe que no puede ser tan incómodo como la conversación con Mike de esta mañana.

—Está bien —contesta, y añade—: pero creo que debe llevar la correa. —No quiere tener que explicar a Tiberius que su perro con pedigrí se ha perdido. Sabe que puede confiar en Adam, pero le dice—: No es que no me fíe de ti, Adam. Es solo que no es mi perro y no puedo permitir que le pase nada. —Para tratar de quitarle hierro, añade con una carcajada—: Es que no podría soportarlo.

Él la mira y ella sospecha que es la misma mirada que le brindó al «gilipollas» de su terapeuta. «¿Y crees que yo sí?». Se aleja con la correa de Decius bien envuelta alrededor de su mano.

Fiona tiene el café ya preparado en una cafetera y unas galletas dispuestas en una bandeja. Janice piensa que ya lo tenía planeado y se pregunta qué va a pasar a continuación.

Fiona juguetea con sus gafas en el regazo durante un rato.

—Iba a empezar con esto poco a poco... —Levanta los ojos con una sonrisa torcida—. Ya sabes, hablar del tiempo. Pero lo que quiero saber es... —Mira por la ventana, en la dirección por donde han desaparecido Adam y Decius—. ¿Crees que está bien? —Se apresura a continuar, sin ser consciente del hecho de que no ha servido café para ninguna de las dos—. Es que parece muy contento cuando Decius viene a casa y, durante un rato, vuelve a ser el Adam de siempre. Y me preguntaba si alguna vez ha dicho algo. Y sé que no debería preguntártelo. Él me odiaría por ello. Pero estoy muy preocupada por él. Es decir, le va bien en el colegio y han sido muy buenos. Tiene un par de amigos del fútbol pero no creo que sean muy íntimos. Le he dicho que debería invitarlos a venir a casa y lo único que me ha contestado ha sido: «¿A qué? ¿A jugar?», y se ha metido en su habitación. —Fiona está llorando ahora. No son sollozos fuertes y ruidosos, sino lágrimas que le bajan por la cara como si ya conocieran el camino—. Y la única persona con la que podía hablar, la única que le quería como yo, le ha abandonado, joder. Y no sé qué hacer.

Janice se pone de rodillas delante de la silla con las dos manos de Fiona entre las suyas.

—Te tiene a ti —es lo único que se le ocurre decir—. Tiene una madre que le quiere y que siempre está a su lado. —Vuelve a sentarse, pero todavía agarrándole las manos a Fiona—. Yo tampoco sé qué deberías hacer. —Y de manera instintiva, añade—: Solo soy una asistenta. —Y ve que no se equivocaba. Fiona responde con media carcajada—. Gracias por las referencias, por cierto.

—De nada. Ha sido un poco arpía por teléfono. ¿Estás segura de que quieres trabajar para ella?

Janice no lo está, pero contesta a modo de explicación:

—Fue espía.

—Ah. —Fiona asiente como si eso tuviese lógica, cosa que Janice sabe que no es verdad. Se reclina en su silla y sirve café para las dos. Fiona coge uno de los pañuelos que ya tiene preparados en una caja para los dolientes—. Resulta práctico —señala mientras saca uno.

Janice no tiene ni idea de qué decir, así que, en lugar de pensar en ello, habla sin más.

—Cuando vamos a pasear, creo que Adam tiene momentos en los que no es más que un niño de doce años que está jugando con un perro. Dijiste que no querías que la muerte de John fuese lo que le definiera. No sé la respuesta para tu pregunta sobre si podemos elegir nuestra propia historia o no. Pero sí puedo decirte que en el campo, mientras juega con Decius...

—Qué nombre tan estúpido para un perro —la interrumpe Fiona.

—Su dueño se llama Tiberius.

—¡Madre mía! No sé quién me da más pena.

Janice sí, pero guarda silencio.

—Lo que te iba a decir es que hay momentos en los que Adam está jugando y puedo ver que no está definido por el suicidio de su padre. —Lo expone directamente porque sabe que no es el momento de hablar de «fallecimiento» ni de «ya no está con nosotros»—. No lo ha olvidado, claro; probablemente lo lleve en la sangre que recorre sus venas, pero encuentra cierta paz para vivir con ello... si es que eso tiene sentido.

Fiona asiente.

—Yo no tengo ninguna respuesta. Dudo que nadie la tenga.

Pero, cuando veo a ese niño, sé de verdad que va a estar bien. Habrá cada vez más momentos así en su vida. —Y añade—: Deberías salir con nosotros en alguna ocasión.

Fiona suspira, como si, de repente, estuviera muy cansada.

—Eso me gustaría.

Janice quiere decir algo más.

—Cuando yo tenía la edad de Adam, mi madre no estaba muy presente y yo habría hecho lo que fuera por tener una madre como tú.

—Ah, gracias —contesta Fiona. Pero Janice se da cuenta de que no tiene ni idea de qué está hablando, del mismo modo que la propia Janice no podrá saber nunca de verdad lo que es haber estado casada con un hombre que se suicidó.

Cuando lleva de vuelta a Decius a su casa, la señora SíSíSí la está esperando nada más entrar por la puerta de atrás. Janice está completamente agotada pero se pone en guardia de inmediato. Intenta aparentar que es una «blandengue». Nota que es mejor ser subestimada para lo que sea que venga a continuación.

Por una vez, desearía que Decius no se sentara a su lado. Tiene el trasero apoyado sobre su pie izquierdo.

—Se ha encariñado mucho con usted —dice la señora SíSíSí con voz de perplejidad.

—Ah, yo creo que es porque le doy de comer —contesta Janice e inmediatamente después se arrepiente.

—Pero sigue una dieta vegana especial. Espero que no esté dándole chucherías —responde la señora SíSíSí, recelosa.

—No, me refiero a los días que usted está fuera. —Janice trata de aparentar ser todo lo lenta y blandengue que le es posible. Levanta también su pie para que Decius capte la idea y se vaya a su cama de la cocina.

Él apoya el trasero un poco más alto en su bota.

—Es estupendo por su parte que se esté encargando de mi suegra como lo hace. Sé que no es una mujer fácil... —La señora SíSíSí hace una pausa para alentarla a hablar.

Por alguna razón, en la cabeza de Janice suena un fuerte anuncio de «Cuidado con el hueco».

—No pasa nada. Será mejor que me vaya ya —dice con el tono más animado que puede.

La señora SíSíSí le bloquea la salida dando un paso hacia la puerta de atrás.

—Ahora mismo están ocurriendo muchas cosas con mi suegra y la facultad; es complicado. No queremos que ella se preocupe, así que, si alguna vez se entera de algo que pueda molestarla... Es decir, ya sabe cómo son las personas mayores. Pueden malinterpretar las cosas. Sería bueno que avisara a mi marido. Él es quien en realidad se está haciendo cargo de todo, ya sabe, con un poder notarial, sus asuntos legales, organizando todas sus cosas, porque ella no puede con todo...

Janice se esfuerza por no mirarla con gesto de incredulidad y se concentra en fijar una mirada lo más inexpresiva posible sobre su oreja izquierda.

La señora SíSíSí juega con una de las muchas cremalleras de color orín de su casaca, hoy de color verde esmeralda y con estampado de faisanes muertos.

—Sí, señora P, es con él con quien hay que hablar. —Y añade con especial lentitud—: Sé que le estará muy agradecido.

Janice no sabe adónde mirar. Solo sabe que no puede seguir mirando a esa espantosa mujer. Baja los ojos hacia Decius y ve escrito claramente en su cara lo que piensa de la señora SíSíSí: «La muy pu...».

—¡No! —exclama Janice sin poder evitarlo. No soporta esa palabra.

La señora SíSíSí da un paso atrás como si le hubiese propinado una bofetada.

En medio del silencio de estupefacción que le sigue, las dos mujeres se quedan mirándose. Tarde, Janice cae de rodillas y empieza a mover una mano por la boca de Decius. «Sígueme la corriente», le suplica en silencio. Con la otra mano, saca a escondidas un pañuelo del bolsillo de su abrigo y, después, se pone de pie con una floritura como si fuese una muy mala ilusionista.

—Lo siento mucho, me había parecido ver que tenía algo en la boca.

Decius estornuda con aparente desagrado y se aleja. Janice no le culpa.

—No quería que se atragantara —dice sin convicción.

Más tarde, en la calle, Janice llama a un taxi. No le importa lo que cueste, solo sabe que tiene que volver a casa rápidamente. Reza por que Mike haya salido a una de sus «reuniones motivacionales» y poder tener la casa para ella sola. Mientras espera a que llegue el coche, empieza a nevar. Levanta la vista y deja que la visión se le nuble mientras observa los copos de aguanieve bajo el resplandor de la farola. Desearía poder hacer lo mismo con sus emociones. Hoy parece haber pasado por todos los extremos y se ha quedado completamente agotada. Mientras trata de dejar la mente en blanco, hay un pensamiento que no cesa de abrirse paso. Está bastante segura de que la señora SíSíSí le va a contar esta noche a «Tibs» que quizá la señora P no es al final tan «blandengue». Ojalá este pensamiento no la inquietara tanto.

17

Las historias se tienen que contar o mueren

—¿No tienes otro jersey?

Incluso su marido se ha dado cuenta de que ha estado poniéndose su jersey rojo favorito todos los días desde hace más de una semana. Lo lava cada dos noches y lo cuelga en el radiador toallero del baño para que esté seco por la mañana. Si sigue húmedo, se lo pone de todos modos (en realidad, el toallero nunca ha funcionado a pesar de haberle sustituido la válvula de purga). No ha habido rastro del profesor de geografía, pero esta mañana el Ángel del Infierno ha dicho con tono misterioso: «Brecon Beacons, guapa».

Había tomado asiento en la parte de atrás del autobús, con la cara enrojecida. ¿Sabía todo el mundo lo que había estado pensando? ¿Que quizá el profesor de geografía estaba de vacaciones? ¿Estaba, como diría la hermana Bernadette, «dando el espectáculo»? ¿O es que el Ángel del Infierno era amigo del profesor de geografía y le había pedido que le dijera algo?

Sigue pensando en esto mientras coloca otro montón de libros en la mesa. Está en casa de la señora B y va por la mitad en la organización de su biblioteca. Durante las últimas visitas parecen haber establecido una coexistencia amistosa que jamás le habría parecido posible cuando aquella mujer vestida de púrpura le abrió la puerta por primera vez. La señora B le ha pedido que elabore un catálogo de los libros de ella y de su marido. La señora B no tiene ordenador ni intención de aprender a usarlo, así que Janice está redactando un índice de tarjetas a la vieja usanza. Esto implica tener que sentarse a la gran mesa de roble sobre lo que resulta ser una silla Chippendale original y examinar los libros de uno en uno. La señora B la anima a que sea meticulosa. «¿Cómo va a ser posible catalogarlos bien si no tienes ni idea de su contenido?».

Así que, después de hacer un poco de limpieza necesaria para mantenerlo todo bajo control, Janice prepara un café o un chocolate caliente para las dos, según les apetezca, y empieza a leer. La señora B, por su parte, se sienta en su sillón favorito a leer *The Times*, soltando de vez en cuando un fuerte bufido o algún taco si el artículo que está leyendo lo requiere. A Janice no solo le encanta examinar las palabras e ilustraciones que hay en la biblioteca, sino también la sensación que le produce cada libro en sus manos. Todos son diferentes: el ADN del libro contado a través del peso, el tacto y el olor del papel; el color y textura de las guardas; la lisura del lomo al tocarlo o su redondez como la de una navaja de mar; lo distinto que nota el repujado o la letra bajo las yemas de los dedos; y cómo cada libro se abre de una forma distinta, revelando el secreto de una historia, un artista o una receta favoritos. Desde su silla puede ver el patio de hierba al otro lado y a los estudiantes que vienen y van. Stan la saluda con la mano al pasar durante sus rondas y, cuando ella le responde, se da cuenta de que, sin duda, estas horas son las más felices de su semana. Rápidamente se corrige al imaginarse la cara de Decius («¡Muy bonito!»): sus otras horas más felices.

Hoy la luz se filtra a través de la cristalera y el sol crea dibujos sobre su jersey a la vez que seca y calienta la lana que tiene pegada a su piel. Acaba de encontrar una historia que quiere compartir con la señora B. Esto también ha empezado a formar parte de su rutina: ella lee en voz alta algún fragmento en particular; tienen que ser historias que estén basadas en la realidad. (De acuerdo con lo que Janice considera que se debe esperar de una coleccionista de historias).

—Creo que esta le va a gustar, señora B. El personaje principal me recuerda a usted.

—¿Qué estás parloteando? —espeta la señora B y Janice piensa que hay cosas que nunca cambian.

—Está aquí, en un libro de historia de Perthshire. ¿Su marido era escocés? Parece que hay muchos libros sobre Escocia...

—No era más escocés que tú. Era de los condados de Londres. —Y añade a regañadientes—: Pero su familia sí que tenía un pabellón de caza en las Highlands.

—Ah, ya entiendo.

—Vamos, sigue con lo que decías. No quiero perder el tiempo. Quizá no te has dado cuenta, pero ya no soy una jovencita.

Janice sonríe y empieza:

—La historia trata de un conde que se casó con una corista. Era lo que se habría llamado en aquella época «una muchacha llamativa». Hacía tiempo que no estaba en la flor de la vida, pero él la amaba. Y ella a él.

Janice ha descubierto una nueva guía de buenas prácticas para los coleccionistas de historias, ahora que está preparada para compartir algunas de las suyas. Tienen que ser contadas de un modo específico. Casi como si las estuviese leyendo en voz alta en un gigantesco libro de cuentos.

—Y, dime, ¿yo soy el conde o la meretriz de este cuento tan encantador?

—Ah, sin duda la meretriz. No era ninguna belleza, pero creo que tenía una gran presencia.

Janice piensa por un momento que la señora B se va a atragantar con el chocolate caliente.

—La gente del pueblo no le tenía cariño a su nueva condesa y, por desgracia, no la recibieron de buenas maneras. El aspecto de ella les parecía francamente bochornoso. Ella no hizo ningún intento por vestir como la condesa viuda ni como las hermanas del conde, sino que prefería llevar sus ropas de estilo teatral que, ahora que tenía más dinero para gastos, podían ser más llamativas y alegres que antes. La familia de su marido y la gente bien del pueblo la miraban con desprecio y los aldeanos se reían a sus espaldas y, a menudo, también en su cara. Cuanto más se reían, más le gustaba a ella escandalizarlos. Había hecho pintar su carruaje de un rosa chillón y, en lugar de llevarlo con los alazanes castaños que su marido le había regalado por su boda, convenció a un amigo que dirigía un circo ambulante para que le prestara sus cebras. Y así iba a la iglesia, con el conde felizmente sentado a su lado. Cuando el párroco pronunció un sermón moralizante sobre los peligros de la ostentación vulgar, ella volvió a acudir a su amigo del circo y le pidió que le prestara un tigre; una noche, a última hora, lo ató a las puertas de la iglesia de modo que el pobre hombre no pudiera entrar en ella.

—No sé por qué le llamas «pobre hombre». No cabe duda de que se lo merecía.

—Me había parecido que a usted le iba a gustar ella. —Janice sonríe a la señora B—. Su momento de gloria llegó cuando el párroco y la parroquia se dieron cuenta de que el ventanal principal de la iglesia necesitaba una restauración muy cara. Había que sustituir una de las vidrieras que representaba a la Virgen María. Como la diócesis local no podía costearlo, acudieron, como es lógico, al conde, que siempre había tenido un gran sentido del deber cívico. Él dijo que financiaría el ventanal a condición de que su mujer estuviera en el comité. El párroco no podía negarse y aceptó el ofrecimiento del dinero. Además, para concluir, el conde mencionó que el rol de su mujer en el comité debía ser el de supervisora del diseño creativo. Esta fue la razón de que, tres meses después, cuando los habitantes del condado fueron a la presentación de la ventana, se encontraran mirando una vidriera con la imagen de la voluptuosa y coloreada condesa, no de la Virgen María.

La señora B suelta una carcajada.

—Esa sí que es una buena historia para tu colección.

Janice no recuerda haberle contado nunca a la señora B que colecciona historias, pero parece que no es necesario.

Más tarde, mientras Janice está preparando una sopa, la señora B se acerca renqueando y se coloca en un taburete a su lado.

—¿Estamos listas para los años de guerra de Becky?

—Ah, yo creo que sí —responde Janice a la vez que coge las cebollas y la tabla de cortar.

—Creo que hoy nos vamos a concentrar en los primeros años de la guerra, porque fue en la última parte de la guerra cuando aparece el príncipe en escena.

—Me había olvidado de él. —A continuación, Janice añade—: ¿Y estamos hablando del príncipe de verdad? Creo que usted dijo que había dos.

—Sí, un príncipe de verdad que iba a convertirse en rey.

Mientras empieza a cortar las cebollas, a Janice se le ocurre que esto está empezando a parecerse cada vez más a un cuento de hadas.

—¿Es una historia real? —pregunta dubitativa.

—Claro.

—¿Y la guerra? ¿Estamos hablando de la Primera Guerra Mundial?

—Las monjas deberían estar muy orgullosas al saber que su educación no fue en vano —contesta la señora B cargada de ironía.

—Yo nunca he dicho que me educaran unas monjas.

—¿No? —replica la señora B, distraídamente. Y Janice recuerda, una vez más, que es tramposa y que hay que vigilarla.

—¿Y dónde estaba Becky cuando estalló la guerra? —pregunta Janice.

—Todavía está pasándolo de maravilla en París. Para los que tenían dinero e influencia, la vida en tiempos de guerra podía resultar sorprendentemente placentera. Aunque sí creo que hubo un tiempo durante la guerra que prohibieron el tango.

—Menuda desgracia para ellos —responde Janice imitando la ironía de la señora B.

—Muy pronto, Becky decidió participar en la campaña bélica ayudando a una baronesa que estaba organizando el transporte de médicos para llevarlos y traerlos de los hospitales. Creo que a Becky debió de gustarle trabajar con una mujer que, en circunstancias normales, la habría calado. Para entonces, nuestra Becky tenía un elegante Renault nuevo. Me pregunto si lo compró en el taller que abrió donde antes estaba el convento. Espero que sí. En cualquier caso, ofreció sus servicios y se dedicó valerosamente a llevar a los médicos.

—¿Estaba cerca de la contienda?

—Lo dudo mucho. Recuerda la primera regla de Becky: cuidar de una misma. Sé que se llevó con ella a su cocinero personal y a su criada vietnamita. Así que podemos suponer que no pasó demasiadas penurias.

La señora B interrumpe su relato con una mirada pensativa.

—No sé si en eso se diferenciaba nuestra Becky de Becky Sharp. No recuerdo si Becky Sharp mostró alguna vez interés por sus sirvientes. ¿Y tú?

Janice niega con la cabeza y empieza a cortar zanahorias.

—Es extraño, pero los sirvientes de Becky rara vez dijeron nada malo de ella y, a menudo, fue más bien lo contrario. Para ellos, al menos, parecía haberse portado bien. Eso me resulta interesante.

—¿Qué? ¿Que alguien se porte bien con sus empleados? —Janice no puede resistirse a preguntar.

—¿Sabes? Cada día te vas pareciendo más a Becky Sharp y menos a Amelia.

Janice se queda en silencio y las dos saben que la señora B ha ganado esta partida.

La señora B parece ir animándose mientras continúa.

—Me temo que el papel de ángel de la guarda fue perdiendo fuerza y, cuando el tiempo se volvió más frío, Becky buscó una excusa para dejar atrás a la baronesa y sus buenas obras. Tengo el fuerte presentimiento de que se inventó una enfermedad como excusa porque, de repente, nos encontramos con un joven médico que le dice que por el bien de su salud debe huir del frío y mudarse a la elegante ciudad de El Cairo, que da la casualidad de que era exactamente el sitio adonde ella quería ir.

—Me pregunto cómo le convenció.

—Te lo puedes imaginar. Una vez en El Cairo, Becky se juntó con otro «hombre importante». Casado, por supuesto, esta vez con una integrante de la familia real egipcia. No estoy segura de si tenía un establo para caballos, pero su amigo el egipcio sí que tenía un establo de Rolls Royces que, en cierto sentido, habría compensado la decepción de Becky de no poder continuar con su labor bélica. —Las palabras de la señora B rezuman sarcasmo. Continúa—: Y aquí llegamos a otro acontecimiento que resulta interesante con respecto a Becky y lo que vendría después.

La señora B se detiene y, de repente, cambia de conversación.

—¿De verdad vas a preparar esa sopa sin caldo?

—Sí, confíe en mí. Soy asistenta. —Janice sonríe—. ¿Y cuál fue ese acontecimiento?

—Tuvo lugar en un zoco de El Cairo. Ella había salido con su amigo egipcio y hubo un intento de asesinato contra él; uno entre muchos, según creo. Mientras el potencial asesino se abalanzaba sobre su amigo, Becky se lanzó con todo su peso de tal manera que le salvó la vida.

—Debía de estar enamorada de él —comenta Janice.

—Bueno, esa es la cuestión. Me da la sensación de que Becky, y esta es solo mi opinión, mantuvo con algunos hombres mejores relaciones de amistad que como amantes. Creo que este fue un acto de amistad más que de amor. Hubo varios hombres en su vida de los que se podría decir lo mismo.

—¿Qué? ¿Más amigos que amantes?

—Sí. Pero considero que este suceso es importante porque

está claro que tenía a su amigo egipcio en alta estima y, de nuevo, te sugiero que recuerdes esto a medida que avance nuestra historia.

—Señora B, habla usted como si estuviese en *Las mil y una noches* —señala Janice con una carcajada.

Es un comentario sin importancia, pero la reacción de la señora B resulta extraordinaria. Se gira en su taburete y lanza a Janice una mirada penetrante.

—¿Qué quieres decir?

La señora B habla con mucho recelo y Janice no consigue entender por qué. Lo deja pasar cuando otro pensamiento surge en su mente.

—Por supuesto, Becky podría haber sido lesbiana y el sexo con los hombres solo una opción profesional más que una preferencia personal.

La señora B parece tranquilizarse.

—Eso es verdad. No debemos olvidarnos del catálogo. Y hubo después más álbumes y catálogos en los que, según creo, añadieron la sodomía además del lesbianismo y la posibilidad de actuar como dominatriz.

—¿Eso fue en El Cairo?

—No, cuando llegó el verano insoportablemente caluroso de Egipto, Becky regresó a París.

—Por su salud, supongo —dice Janice, sonriendo.

—Claro. Una vez de vuelta en París, Becky rompió con su anterior madama e inició una relación con otra, una mujer que dirigía un establecimiento de mucho postín, quizá el más elegante de París. Becky abrió también su propio apartamento y salón. Como ya te dije, el paso de empleada a empresaria resultaba, a menudo, un viaje difícil. Fue en ese momento cuando Becky pudo empezar a juntarse con hombres de la nobleza así como con otros muy acaudalados. Y, a veces, tuvo la suerte de encontrar hombres que reunían las dos cualidades. —La señora B mira su reloj—. Y, como se está haciendo tarde, es ahí donde lo vamos a dejar.

—Señora B, siempre me quedo con las ganas de preguntarle por la hija de Becky. ¿Qué pasó con ella?

—Seguía viviendo en la granja.

—¿Iba Becky a verla con frecuencia?

—Nunca.

Janice remueve despacio la sopa.

—¿Qué estás pensando? —pregunta la señora B.

—Entonces ¿en todo ese tiempo no fue a verla? Y era rica, ¿no?

—Sin duda, estaba amasando una considerable cantidad de dinero y posesiones —asiente la señora B sin apartar los ojos de Janice—. ¿Por qué te preocupa eso tanto?

¿Qué puede decir? ¿Lo cambia eso todo? Siente como si hubiese estado viendo una película, observando la vida de Becky como un puro entretenimiento y ahora esto la pillara por sorpresa. Incluso se había reído de que prohibieran el tango, cuando apenas a pocos kilómetros de distancia estaban masacrando a miles de hombres.

Y, durante todo el tiempo que Becky ha estado viviendo su vida, hay una hija, una niña que vive y respira, que quiere estar con su madre. ¿Cómo puede alguien abandonar a una niña? Es una pregunta que se ha hecho muchas veces con anterioridad. Nota la mirada de la señora B clavada en ella. Lo único que se le ocurre decir es:

—Creo que se me había olvidado que esto era una historia real y que Becky tenía un lado más oscuro.

—¿Qué te esperabas? Querías una historia real. Las personas son complejas. Nunca es tan sencillo como que todo es blanco o negro. ¿Qué pretendes? —La señora B parece impaciente.

Janice siente como si hubiese algo que deseara decir pero que no consigue saber qué es. No es sobre su propia madre; sabe que eso tiene que mantenerlo enterrado donde está. Pero hay algo más cercano al presente que le corroe por dentro. Vuelve a intentarlo.

—En mis historias, y sí que las colecciono... —tiene una sensación de alivio al decirlo en voz alta—, me encanta que las personas normales hagan cosas inesperadas, que sean valientes, divertidas, bondadosas..., generosas. Sé que estas personas tienen defectos. Por supuesto, así es la vida. —Empieza a dar vueltas por la cocina, tratando de encontrar las palabras, de expresar lo que está intentando decir—. Pero sientes consuelo cuando ves la bondad y la alegría en sus historias. Personas normales y corrientes, personas que solo están procurando seguir adelante lo mejor que pueden. De lo que usted habla es de coger a alguien que está siendo absolutamente egoísta, que debería ser la mala de la historia, y decir: «Pero, oye, también son capaces de hacer todas estas cosas buenas». —Janice aprieta los puños mientras da vueltas.

—Pueden ser las dos cosas, Janice. No seas tan ingenua. Las personas malas, o como quieras llamarlas, nunca son malas del todo. —La señora B parece enfadada—. Explícame qué es lo que quieres decir —repite entonces con más seriedad.

Janice la mira con una expresión semejante al horror. Se siente angustiada e inquieta, como si algo se estuviese moviendo bajo su piel. Y, entonces, las palabras salen de su boca de repente.

—Sé que lo que usted dice me debería hacer doblemente feliz: «Ah, mira, las personas malas también pueden ser buenas». Pero, en cierto sentido, no quiero oírlo. Cuando lo veo en un libro lo puedo soportar, disfrutar de que Becky Sharp sea peleona y desagradable, con ciertos rasgos que la redimen. —Una vez que ha empezado Janice ve que es incapaz de parar—. Pero, cuando se trata de una historia real, siento como si no pudiera soportar que alguien diga: «Sin embargo, no son malos del todo». Porque en la vida real, sí, eso es, en mi vida, tengo que vivir con lo malo día sí y día también.

El corazón se le acelera y puede oír sus latidos en sus oídos, instándola a seguir.

—Y he pasado muchos años diciéndome a mí misma: «Ah,

mira, no es blanco ni negro. Que está perdido, que hace daño a los demás, que es un egoísta, que decepciona a la gente, que es un mal padre, que miente, que exagera, que malgasta el dinero que yo gano fregando suelos y, después, me mira por encima del hombro por lo que hago». Y he pasado todo este tiempo diciéndome a mí misma: «Ah, pero no es malo del todo», buscando lo que haya de bueno en él. «Siempre está encontrando trabajos nuevos, no pasa mucho tiempo sin trabajar, no me pega, no va detrás de otras mujeres, hemos pasado unos días fuera, es bastante alegre, parece caer bien a sus amigos del pub, saca la basura cuando se lo pido». ¿Y sabe una cosa?

Janice es consciente de que ya está gritando mientras dice esto.

—Que no es suficiente. No es suficiente, joder. Así que, cuando usted dice: «Es cuestión de equilibrio» y «Oye, esa persona que pensabas que era una mierda tiene, en realidad, algunas cosas buenas», no lo puedo soportar porque he pasado años tratando de ser razonable, haciendo lo que usted me pide ahora que haga. «Ah, no todo es blanco o negro, Janice». Pero, a veces, cuando has dedicado todas tus energías a tratar de ver los dos malditos lados, intentando encontrar lo que tiene de bueno tu situación de mierda, no quieres que una vieja que no te conoce te diga que lo mires todo en su justa proporción. A veces, quieres subirte al tejado y gritar que es horrible, joder, y que ya no lo soportas más.

No puede dejar de temblar y, por un momento, cree que va a vomitar en el fregadero. Entonces, da una vuelta en círculo, como si fuese un animal atrapado, y se pone en cuclillas. No cree que esté llorando pero nota la cara húmeda y tiene mocos por encima del labio superior. Se pasa una mano por la cara y piensa en Fiona, pero no deja que ese pensamiento penetre. Si lo hace, sabe que va a sentirse invadida por la culpa, pues las cosas son mucho peores para ella; en comparación ¿por qué tiene ella que llorar? Y tampoco puede hacer eso, no puede seguir diciéndose: «Bueno, otras personas están peor».

Se da cuenta de que le gustaría acurrucarse y hacerse un ovillo junto al fregadero, apoyar la cabeza sobre el suelo frío, y eso mismo es lo que hace.

Siente una mano huesuda sobre el hombro y oye una voz que es tan poco parecida a la de la señora B que cree que se trata de otra persona. Le está diciendo: «Ven a sentarte en el sillón junto a la estufa. Te traeré un brandi». Se pregunta por un momento de dónde ha sacado esta persona esa gran manta azul y se da cuenta de que sí es la señora B y que debe de haber subido la escalera de caracol y que ha bajado de nuevo. Cuando mira a la señora B, su cara está blanca y llena de dolor. «Vamos a preparar unos dobles y las dos nos los vamos a beber», declara la señora B.

Janice no está segura de quién está ayudando a quién, pero se acercan a la estufa y la señora B la empuja al viejo sillón de su marido y la envuelve con la manta. A continuación, ella se deja caer en su sillón y se acerca una bolsa del supermercado de la que saca dos tazas y una botella de brandi.

—Espero que no te importe beber en taza. He pensado que los vasos se me podrían romper si los metía ahí dentro con la botella.

—Me lo podría beber directamente de la botella —responde Janice con toda sinceridad. Ha dejado de temblar pero siente como si la hubiesen sacado a rastras de un coche destrozado.

La señora B le da una taza llena de brandi.

—Bueno, eso sí que ha sido una sorpresa —dice.

Y Janice empieza a reírse y la señora B también pero, en realidad, no sabe bien si están riendo o llorando.

18

El hogar está donde se encuentre el corazón

Se despierta mirando un techo de color crema que no conoce. Se oye un extraño gorgoteo de las tuberías de agua caliente y ella gira la cabeza hacia ese sonido. Mira su teléfono y ve que son las 7.14 de la mañana. Está en una de las habitaciones de invitados de la facultad, una habitación doble con muebles que recuerdan a una tienda de segunda mano de la Fundación Británica del Corazón. Pasados de moda, pero todavía les queda algo de vida. La cama en la que está tumbada es dura y estrecha, pero no hay otro lugar donde preferiría estar.

La señora B organizó anoche su alojamiento. Llamó a Stan (se acordó de su nombre) y le exigió el uso de una de las habitaciones de invitados, por la que dijo que pagaría. Janice había visto que Stan la miraba con preocupación cuando ella estaba acurrucada en el sillón del señor B envuelta en una manta azul.

«Janice ha sufrido un pequeño susto», había explicado la señora B.

Janice había intentado no reírse entre dientes al oír aquello. Le había sonado muy extraño y el brandi estaba haciendo su inevitable efecto.

Stan había querido llamar a una ambulancia o a un médico,

pero la señora B le había dicho en voz baja, aunque Janice la oyó: «Está con el mes».

La reacción de Stan le había dado ganas de reír también. Salió de la habitación rápidamente. Después de que Stan saliera corriendo, la señora B le dijo a Janice que ese había sido un ardid infalible durante su corta carrera como espía.

«Y es sorprendente lo que se puede esconder en una compresa. Por supuesto, en aquel entonces eran mucho más grandes», añadió con evidente añoranza.

Eso había provocado las risas de las dos y la señora B había servido otro par de copas de brandi.

La señora B no había hecho a Janice ninguna pregunta sobre su marido ni sobre su arrebato, pero sí había insistido en ser ella la que llamara a Mike para informarle del paradero de su mujer. Janice se había envuelto en la manta con más fuerza mientras la señora B le cogía el teléfono. Si hubiera podido ponerse los dedos en los oídos sin sentirse aún más estúpida de lo que se sentía ya, lo habría hecho.

Había visto cómo la frágil mujer con los pantalones enrollados daba sus instrucciones. Movía sus diminutos pies a un lado y a otro mientras hablaba y Janice supo que estaba disfrutando. La actuación de la señora B habría sido digna de una gran duquesa, y cada palabra que pronunció podría haber cortado el cristal. No había admitido ningún argumento ni permitió que Mike abriera apenas la boca.

Su mujer había sufrido un pequeño mareo, nada de lo que preocuparse, quizá ya se le había pasado. Se iba a quedar en la residencia como invitada suya para ahorrarle a Janice el camino a casa en autobús. No, no había necesidad de que él fuera en el coche a recogerla; no quería causarle molestias.

Janice sabía que su marido se había quedado impresionado tras su conversación con la señora B y, para cuando Mike estuviese en el pub esa noche, se habría convertido en «una larga charla con la señora». No le sorprendería oír después que iban a pasar las Navidades con ella este año.

Solo cuando Janice se levantó para irse a la cama fue cuando la señora B le hizo una pregunta.

—Janice, ¿te importa que te pregunte por qué no dejas a tu marido? Si te parece una impertinencia, por favor, dímelo.

¿Qué podía decir? ¿Por pena? ¿Como expiación por haber colaborado en que enviaran a Simon a estudiar fuera? No estaba segura de que ninguna de esas respuestas tuviera mucho sentido. Así que se limitó a responder:

—No me importa que me lo pregunte. Y, si lo supiera, se lo diría. —En la puerta, se giró y dijo—: Gracias, lady B.

—Vuelve a llamarme así y te llamaré yo señora P —le había espetado la señora B.

Tumbada en su cama de la universidad, mirando al techo, Janice no puede precisar la razón por la que no deja a Mike. Porque si hay algo que sí quedó claro tras su arrebato de anoche es su clara convicción de que es eso lo que quiere hacer. En lugar de subirse a horcajadas sobre un enorme balancín tratando de mantener en equilibrio su vida, ha saltado y se ha golpeado de costado contra el suelo con un ruido metálico que le ha destrozado el oído. Hay en eso cierto alivio.

No cree que siga con él por pena. Ese pozo ya se ha secado. Simon es un hombre adulto, no un niño. Si va a hacer algo a modo de expiación, debería tenderle una mano, no quedarse donde está, mirando a Mike. Está el tema económico, claro. Mike había rehipotecado la casa sin decírselo, así que todavía quedaban unos años de eso, pero tenían ciertos ahorros. No mucho, porque, una vez más, Mike había encontrado la forma de echar mano de ellos, aunque ella ha conseguido amontonar unos cuantos miles de libras. Pero ¿adónde va a ir? No tiene suficiente dinero para una hipoteca y un alquiler. Las pocas amistades que conserva no pueden permitirse ayudarla. Y ella no se lo pediría. Podría buscar un trabajo de asistenta interna pero ¿de verdad es eso lo que quiere? ¿Estar a la entera disposición de alguien como la señora SíSíSí veinticuatro horas al día? ¿Y cómo iba a dejar a Decius? Solo de pensarlo se pone nerviosa. Y luego, están Fiona y Adam. ¿No quiere seguir en contacto también con ellos? Sin olvidar a la señora B y a otras personas como Carrie-Louise y Geordie.

Una hora después, la cabeza le duele por culpa de problemas que solo parecen dar vueltas en infinitos círculos sin que consiga siquiera acercarse a ninguna respuesta. No cree que el brandi de ayer la ayude tampoco. Recuerda la conversación con la señora B que lo inició todo. ¿Sabía la señora B que había algo que necesitaba decir? ¿Había clavado a propósito su huesudo dedo contra uno de los ladrillos sueltos que sostenían el poco sólido mundo de Janice? No le extrañaría.

¿Y qué pasa con el mundo de la señora B? ¿No tenía ella también su propio dilema? ¿Era Tiberius un hombre con cualidades ocultas? Aún no podía plantearse siquiera hablarle a la señora B de la conversación que había oído a hurtadillas. A pesar de la arrogancia del señor NoNoAhoraNo, quizá sí que le importara lo que su padre deseaba y quisiera crear un legado docente en su nombre. Quizá se queda despierto por las noches preocupado por que su madre se pueda a caer y matarse. ¿Está siendo la señora B una egoísta por no considerar otra opción? De nuevo, la mente de Janice no deja de dar vueltas sin ninguna solución imaginable a la vista.

Cuando sale de la habitación, Mike la está esperando con Stan en la conserjería. Están hablando de fútbol y ella puede imaginarse que, la próxima vez que vuelva, Stan le dirá que su marido es un buen tipo. Se sorprende deseando que Stan tenga un amigo en la facultad en la que Mike trabajó brevemente como conserje. Esto le ahorraría una conversación en la que tenga que mostrarse entusiasta y positiva al hablar de su marido, cuando en realidad lo que le gustaría responder es: «Lo siento, Stan, pero no tienes ni idea de lo que estás diciendo».

—Venga, Jan, vamos a llevarte de vuelta a casa. —Mike se muestra muy preocupado y la acompaña al coche cogiéndole el bolso. Ella sabe que en este momento él está siendo sincero y, sin siquiera darse cuenta, vuelve a estar montada en ese balancín. No es tan malo; algunos hombres dejarían que volviera por su cuenta en autobús. Tiene que hacer el esfuerzo de recordarse que es su dinero el que paga el coche y la gasolina. Pero, en realidad, eso no sirve de nada porque, después, se dice a sí misma que está siendo una egoísta; no debería anotarse tantos, porque se supone que los matrimonios consisten en trabajar en equipo.

Se monta en el coche y se apoya contra el cristal frío de la ventanilla. La cabeza le va a estallar y se siente completamente agotada. Cierra los ojos y deja que el parloteo de Mike la inunde. Él acerca una mano y le toca el hombro.

—Eso es, duerme un poco. —Después, enciende la radio y pone la crónica del críquet. A todo volumen.

Cuando llegan a casa, ella dice que va a salir. No siente que nada vaya a ayudarla a atravesar la puerta de la calle, ni siquiera un empujón en la espalda para hacerla entrar.

—He pensado que podría ir a tomar un poco el aire y pasear a ese perro.

Con Mike, llama a Decius «ese perro». Lo hace para que Mike no se ría de su nombre y Decius no se convierta en el blanco de un chiste recurrente en el pub. Espera que Decius la perdone.

—¿Ni siquiera vamos a tomar un café?

«No, Mike. Prepárate tú el maldito café». No lo dice en voz alta y se pregunta por qué ya no puede verbalizar su rabia. Se le está escapando poco a poco. Lo único que quiere es tumbarse en medio del sendero y que la dejen en paz. Pero le coge las llaves, sube al coche y se va.

Lo que a Janice le encanta de los perros, bueno, de Decius en realidad, es que son un impresionante barómetro del ánimo. Hoy no da saltos ni sale corriendo en busca de algún olor tentador. Camina a su lado, como si esas otras cosas no le importaran. De vez en cuando, levanta la vista para ver cómo está y Janice sabe por su boca torcida y la inclinación de su cabeza que está tratando de hacerla reír. «Quédate conmigo, pequeña, y te haré entrar en el mundo del cine». Al ver que esto no funciona y que ella se sienta, agotada, en un banco que da al río, él se sube a su regazo, sin intentar siquiera registrar su bolsillo en busca de una chuchería, y permite que ella entierre la cara entre su pelaje.

Cuando vuelve a dejar a Decius en casa, reza por que la señora SíSíSí no esté. Y no está, pero Tiberius sí está en la cocina tomando un café y leyendo en su tableta. «¿Un buen paseo?», pregunta él levantando los ojos hacia ella antes de volver a la pantalla. Es la primera vez que le ha hablado en cuatro años. Siente como si él hubiese adelantado el pie para hacerla tropezar y ella solo refunfuña un «Sí, gracias» mientras se va. Antes pensaba que sería agradable que, a veces, él intercambiara algún comentario con ella, ahora desearía seguir siendo invisible.

De camino a casa, se detiene en un área de descanso y pasa ahí no sabe cuánto tiempo, mirando por el parabrisas, sin ver nada aparte de las gotas de lluvia que se van formando. No quiere volver a casa, pero sabe que no tiene otro lugar al que ir. Así que se queda ahí sentada, observando las gotas sobre el cristal hasta que pasa por su lado un autobús que salpica agua contra el lateral del coche. Piensa por un momento en el profesor de geografía, pero solo siente la desalentadora decepción de un niño al que le han contado demasiado pronto que los cuentos de hadas no son más que una invención infantil.

Al final, se detiene en su camino de entrada y Mike la está esperando. Puede ver en su cara que está preocupado y ella vuelve a sentirse culpable. Cuando sale del coche, se da cuenta de que esta ha sido la principal obsesión de su vida: la culpa.

Mike la observa mientras ella se acerca a la puerta. No le pregunta por qué ha tardado tanto y ella está segura de que eso le pone nervioso. Ni siquiera pregunta: «¿Qué hay para cenar?».

Mientras cuelga el abrigo, dice:

—Me voy arriba, no me encuentro muy bien.

—No te preocupes por la cena —contesta él, como si esa fuera su principal preocupación—. Iré a por comida para llevar.

Llena la bañera y se mete en el agua caliente. Durante un minuto sumerge todo el cuerpo y la cabeza en el calor y encuentra cierto consuelo en la forma en que el agua amortigua todos los demás sonidos. Oye que Mike cierra la puerta de la casa y pone en marcha el coche como si estuviese a varias calles de distancia. Saca la cabeza del agua y la echa hacia atrás. Está buscando una historia que la ayude. Por fin, escoge una. Quiere una historia que la lleve lejos de esta casa. Relaja los hombros para que queden por debajo del agua y se imagina contándosela a la señora B.

Es la historia de un hombre que construía aviones. Él sabía que no era a eso a lo que de verdad se dedicaba, pero sí era lo que sus hijos contaban cuando iban al colegio y a la clase le pedían que se turnaran para hablar sobre sus padres. Y luego fue lo que sus nietos contaban cuando les preguntaban si eran parientes de él. «Sí, es el abu, y construye aviones». Tenía un nombre poco habitual y ahora era un magnate de los negocios que salía en las noticias, así que era una pregunta a la que estaban acostumbrados a contestar.

El hombre que no construía aviones fabricaba una parte muy pequeña que sí iba en la mayoría de los aviones. Hacía que los aviones se mantuvieran en el cielo durante más tiempo usando menos combustible y, como consecuencia de esto, vendió una enorme cantidad de ellas y se hizo muy rico. Lo que la mayoría de la gente no sabía, y él no lo contaba, era que le daba miedo volar. Esta era la razón por la que había inventado ese componente, para hacer los aviones más seguros. Si viajaba, le gustaba ir en barco y mucha gente creía que lo hacía porque quería cuidar del planeta. Era verdad, y estaba orgulloso de que su invento sirviera para reducir las emisiones, pero esa no era la razón principal de su amor por los barcos.

Muchos periodistas que escribían sobre este hombre creían que los aviones y el ahorro de energía eran las dos historias de su vida. Como era un hombre tan rico y de tanto éxito, parecía que se le debía permitir tener dos historias.

Sin embargo, su historia real era que se trataba de un hombre al que le encantaba el canto de los pájaros. Eso era lo que le hacía más feliz y deseaba escuchar tantos pájaros como le fuera posible. Por tanto, no gastaba su dinero en enormes mansiones ni en coches veloces y, desde luego, tampoco en aviones privados. Utilizaba su dinero para comprar todas las grabaciones de cantos de aves que podía y, cuando se puso en subasta un viejo y enorme archivo de cantos de pájaros británicos, canceló dos reuniones de la junta directiva y un almuerzo con el ministro de Transportes para ir allí a comprarlo.

Tras hacerse con las excepcionales grabaciones, sin que nadie más tuviese posibilidad de hacerlo, gastó casi la misma cantidad de dinero en asegurarse de que las remasterizaban para que ofrecieran el mejor sonido. Después de eso, se compró un gran barco de recreo y lo equipó con altavoces. Después, invitó a quien quisiera ir con él a pasar los domingos navegando por el lago que había cerca de su casa mientras escuchaban los sonidos de los pájaros.

Janice se queda dormida en la bañera imaginándose el sonido de las aves y el murmullo del agua contra el lateral de un barco.

Se despierta cuando la puerta del baño se abre de pronto y Mike asoma la cabeza.

—¿Cómo vas? —pregunta con tono alegre; ella puede oler desde aquí el olor a cerveza—. ¿Te encuentras mejor? —No espera a que responda y entra en el baño y coloca una taza de café en el borde de la bañera—. Se me ha ocurrido que te gustaría esto.

Aguarda con expectación.

—Gracias —dice ella dándole un sorbo.

Leche y dos de azúcar, justo como le gusta a Mike.

19

Nunca cuentes una historia a un hombre sordo

Los días siguientes pasan en un ciclo repetitivo: levantarse temprano, salir de casa temprano para no ver a Mike y caminar hasta coger el autobús, donde ya no busca al profesor de geografía; café temprano en una cafetería y, después, tantos trabajos como puede hacer; un paseo con Decius, cuya perspectiva le hace aguantar la jornada; luego, volver a la casa... tarde. Acostarse en la habitación de invitados... temprano. Repetir. Todavía no tiene que volver a casa de la señora B, pero piensa en ella a menudo. Mike entra y sale, y, cuando está en la casa con ella, se muestra cordial o taciturno. Ella no sabe bien qué le deprime más. Es consciente de que debería sentir pena por él, incluso hablar con él, pero no deja de pensar en una frase que se encontró mientras organizaba los libros de la señora B: «Nunca cuentes tu historia a un hombre sordo». Ella nunca ha podido contarle a Mike su historia.

Ha llegado el jueves otra vez. Como siempre, se abren las puertas del autobús con un suspiro, como si exhalara, y se cierran con una sacudida cuando ella baja. Hoy lo conducía una joven asiática con dos trenzas atadas con lazos naranjas. Cuando el autobús se aleja, Janice se queda mirando el bloque de pisos bien cuidados y de art déco del otro lado de la calle. Un *déjà vu*. Aunque se recuerda a sí misma que ya lo ha visto muchas veces antes.

Pero esto no lo ha visto antes. De pie y delante de las puertas que dan al vestíbulo está el profesor de geografía. Las luces del edificio le iluminan como si estuviese en un escenario. Lleva unos pantalones oscuros y unas zapatillas marrones como de deporte. Su chaqueta, que parece que podría servir para subir al Snowdon, es azul marino y, en la mano, tiene un casco de bicicleta. Agarra la tira de sujeción entre el pulgar y el índice. Levanta un poco la otra mano hacia ella antes de dejarla caer. Incluso desde esta distancia, ella puede ver que está tratando de sonreír, pero la verdad es que no le está funcionando. Una repentina ráfaga de viento le mueve el casco de la bicicleta de modo que se balancea delante de él, pero no le mueve el pelo gris que lleva muy corto, tal y como lo llevaría un profesor de geografía.

Janice ve todo esto en pocos segundos, pero siente como si llevara horas de pie al otro lado de la calle. Va a tener que cruzar. Intenta concentrarse. Así es como pasan los accidentes. La gente se distrae, sale a la carretera y... ¡pum! Tiene la cómica imagen de un autobús que la lanza por el aire y que la mata antes siquiera de poder hablarle al conductor del autobús y no puede evitar reírse ahora. Él debe de haberla visto, pues está algo más erguido y le sonríe. Ella mira con cuidado a la derecha, luego a la izquierda y cruza la calle. El largo camino hasta la puerta se convierte en una pasarela, pero es la pasarela que aparece en sus sueños, donde la empujan a salir en medio de un desfile de moda y no tiene más remedio que caminar por ella con su fregona y su cubo en la mano. En sus sueños siempre lleva su peor ropa y nunca su jersey rojo.

Con estos pensamientos llega hasta la puerta y, como no se le ocurre otra cosa que decir, y como espera que eso le haga sonreír, pues parece de nuevo preocupado, y como a ella le parece una broma de los dos, le dice:

—Ah, eres tú.

Él sí que le sonríe y contesta vacilante y sí, con un ligero acento escocés:

—Espero que no te importe.

—Pero ¿cómo sabías que estaría aquí?

—Soy conductor de autobús.

—Ya sé que eres conductor de autobús. —Quiere preguntarle si antes fue profesor de geografía, pero ahora no es el momento—. Pero ¿cómo sabías que vendría hoy aquí?

—Es jueves —responde, como si eso lo explicara todo.

Ella le mira sin comprender.

Él vuelve a parecer preocupado.

—No soy un acosador ni ninguna de esas cosas raras. Solo se me dan bien los horarios. Supongo que son gajes del oficio. —Vacila y, después, añade—: Y te he estado llevando durante los últimos siete meses.

—¿Sí? —Le mira con auténtica sorpresa.

Él se ríe.

—No creía que te hubieras fijado en mí.

Lo que ella está pensando es: «¿Siete meses? ¿Cómo no fijarse en este hombre tan encantador?». Pero, en lugar de eso, contesta:

—Yo soy asistenta. —Y luego se pregunta por qué ha dicho eso. Sabe que si Decius estuviera aquí la estaría mirando con su expresión de: «¡Joder, tranquilízate, mujer!».

—Lo sé —responde sin más el profesor de geografía.

—¿Cómo lo sabes?

—Soy conductor de autobús.

Es de verdad muy encantador, pero esto se está poniendo incómodo.

Él se ríe al ver su expresión.

—Se oyen todo tipo de cosas cuando se conduce un autobús. Es una de las razones por las que me gusta. La gente siempre te sorprende. Supongo que es como conducir un taxi, solo que más grande, y no tienes que contarle a la gente lo que piensas de todo. He oído, al menos, a dos personas decir que eres la mejor asistenta de Cambridge. —De repente, parece avergonzado—. Vi tu nombre en tu abono del autobús. Pero no he buscado tu dirección ni he pasado con el autobús por delante de tu casa ni nada de eso.

Ella sabe que él está diciendo esto con tono de broma, pero la devuelve a la realidad como la lluvia de febrero. Es jueves, se está congelando aquí de pie, el viento le está azotando en la cara con el pelo y está casada con el hombre de los mil trabajos. Y no ve ninguna salida. A pesar de su arrebato con la señora B, a pesar de cómo se estaba sintiendo hace dos segundos, sabe que una parte de ella sigue ahí metida, en el universo alternativo de Mike. En ese mundo suyo, ella debería estarle agradecida y debería disfrutar de ser el blanco de sus chistes. «Te lo estás tomando demasiado en serio, Jan, vamos, anímate. ¿Dónde está tu sentido del humor?». Se pregunta si tendría alguna posibilidad de escapar si no estuviese también encadenada a un recuerdo que dice, mucho más alto de lo que jamás podría decirlo Mike, que no se merece nada mejor. Y eso hace que le den ganas de llorar, porque le gusta mirar a este hombre, pero lo cierto es que no es más que un cuento de hadas.

—Me estaba preguntando si podríamos tomar alguna vez una taza de té juntos —dice él como si esperara que ella se negara.

Y quizá sea eso, quizá es la angustia en los ojos de él, pero se oye a sí misma decir:

—Sí, me gustaría.

Él parece realmente sorprendido.

—Genial. En fin... ¡Genial!

Ella ha dicho que sí y lo ha dicho de verdad, pero siente que tiene que matizar.

—Es complicado..., estoy casada. —Ya lo ha dicho. No tiene el valor de agregar ningún tópico, como «Pero dormimos en habitaciones separadas» o «Mi marido no me comprende». Así que se descubre repitiendo—: Es complicado. —Y añade—: Lo siento.

—Vale —responde él despacio mientras mira el casco en su mano—. Oye, podemos ser simplemente unos amigos que quedan a tomar el té. —Y añade—: Y no pasará nada, no debes preocuparte. La verdad es que no soy mujeriego.

Ah, es gay. Desde luego, eso no se lo esperaba.

Él ve su expresión.

—No, no. No soy gay. —Casi se ríe—. Es solo que tengo bastantes amigas..., bueno, como has dicho, es complicado. —Sonríe—: Te lo puedo contar tomando un té. —Y continúa—: Solo quiero que sepas que no soy un bicho raro y asqueroso.

—Solo un conductor de autobús —responde ella.

Asiente.

—Al que le gustaría tomar un té con una asistenta.

Hasta que está abriendo la puerta del piso de Carrie-Louise no cae en la cuenta de que no sabe cómo se llama el profesor de geografía.

20

Cuando las cosas encajan

Adam le está hablando de una serie de cómics que está coleccionando. A ella le conmueve que le hable como si de verdad tuviera idea de lo que le cuenta y espera que sus respuestas no la delaten. Cree que lo está haciendo bastante bien hasta que él le responde con impaciencia: «No, sale en *Descender*. Estás pensando en *Mass effect*». En realidad, en lo que estaba pensando era en dónde podría sugerir el profesor de geografía que tomaran el té y en qué ropa se va a poner. Intenta aparentar un adecuado arrepentimiento y le hace más preguntas sobre *Descender*.

De repente, Adam se ríe y niega con la cabeza.

—Eres como mi madre. Apuesto a que también ves *Los asesinatos de Midsomer* como ella. —No lo dice con rabia, solo con la perplejidad de los jóvenes al ver que a la gente mayor le puede gustar ese tipo de cosas. Echa a correr en busca de un palo para Decius, que la está mirando con su expresión de «Estás en la flor de la vida» y sale disparado detrás de él. Janice se alegra de que Decius modere su lenguaje delante de Adam.

Mientras Adam corre por delante, ella piensa en Simon. Con él había sido *La guerra de las galaxias*. Le sorprende cómo los niños se pueden ver envueltos por las pequeñeces de los mundos con los que eligen obsesionarse, lo cual se da cuenta de que resulta un poco irónico viniendo de una mujer que colecciona historias y tiene en su cabeza una vasta biblioteca de ellas. De manera impulsiva, saca el teléfono y llama al número de su hijo.

—Hola, mamá.

No sabe cómo interpretar su tono. ¿Se alegra de oírla? Esto la lleva a su lugar de base, la culpa, pues han pasado algunas semanas desde la última vez que le llamó.

—¿Qué tal va todo? Justo estaba pensando en *La guerra de las galaxias* por algún motivo y me he acordado de ti.

Se alegra al notar una sonrisa en su voz cuando contesta:

—¿Y qué es lo que ha hecho que pienses en eso? *«¿Vosa creéin que vostro pueblo va morir?»*.

Ella no tiene ni idea de qué le está diciendo. Siempre le pasaba lo mismo cuando él empezaba a citar frases de las películas, pero casi como pasa cuando habla con Adam, no parece que importe mucho lo que diga; solo con que hablen es suficiente. Le sorprende que, al parecer, haya pasado esto por alto.

—Oye, siento no haberte llamado... —empieza a decir.

—No te preocupes por eso, mamá. Tampoco yo he hecho mucho por mantener el contacto. Mira, la verdad es que ahora no puedo hablar. Tengo que ir a una reunión.

Janice no puede evitar sentirse incómoda y decepcionada.

—Claro, estás en el trabajo. Debería haberte enviado un mensaje.

—No, no pasa nada. ¿Estarás ahí el fin de semana? Podría llamarte y ponernos al día.

Siente que el ánimo se le dispara.

—Sí, eso sería estupendo. Cuando tú quieras.

De repente, al recordar el ambiente que hay en casa, añade:

—Llámame al móvil.

Cuando cuelga y sigue caminando, mira a Adam, que está ahora peleándose con Decius por una rama grande. Siente una enorme oleada de cariño por él. Ha sido necesario que un niño de doce años le recuerde que no hay que dejar de hablar con los hijos.

Desde su conversación tomando café, Fiona ha salido con ellos a dar algunos paseos y Janice está encantada de ver cómo cambia cuando mira a Adam. Al principio, Fiona bombardeó a su hijo con muchas preguntas. Parecía sentir la necesidad de mantener un flujo constante en la conversación. Janice se da cuenta de que es un poco como lo que ella ha estado haciendo con Adam. Después, con el tiempo, se ha ido estableciendo un orden más natural. Fiona y ella charlan y se quedan rezagadas y Adam y Decius corren por delante. Poco a poco, ha visto cómo los hombros de Fiona se relajan y nota que ha dejado de vigilar cada movimiento de Adam. Cree que Fiona ha visto lo que ella ve: un niño de doce años que está jugando feliz con un perro. Por supuesto, eso no es una descripción completa del estado de Adam, pero cree que le da esperanzas a su madre.

Lo único que estropea su recuerdo de estos paseos es algo que sabe que es del todo culpa suya. Y es algo que no puede explicarle a Fiona ni a Adam. Decius, el perro circense, había estado guardando el equilibrio sobre las rodillas de Adam y, después, (brevemente) sobre sus dos pies mientras Adam estaba tumbado boca arriba en la hierba encima de su abrigo. Fiona y Janice hacían de público sentadas en un banco cerca y aplaudían cuando había que hacerlo, mientras charlaban sobre nuevos añadidos al desván de la casa de muñecas. Janice había visto que Adam sacaba un paquete de su bolsillo y, de él, un regalo para Decius. No recuerda haber saltado desde el banco pero, de repente, estaba delante de Adam, quitándole el paquete de la mano y gritándole: «Sácaselo de la boca, ¿se ha comido alguno?». Había apartado a Decius de Adam para examinar frenéticamente la boca del perro.

Después, Fiona había aparecido a su lado y le había puesto una mano en el hombro.

«No pasa nada, Janice. Son chucherías para perros. Yo le di permiso a Adam para que las comprara. ¿Es Decius alérgico a algo que no sepamos?».

Janice había mirado la cara pálida de Adam y la expresión calmada de Fiona mientras no dejaba de decir: «Los perros no pueden comer chocolate. No deben, de verdad que no pueden».

Fiona había mantenido la mano sobre el hombro de Janice y le había dicho, como si tranquilizara a un niño: «No pasa nada, Janice. No es chocolate. No pasa nada».

Más tarde, se disculpó con los dos, pero no explicó por qué se había alterado tanto. ¿Cómo iba a hacerlo? El siguiente paseo había sido un poco más forzado e incómodo que los anteriores. Pero enseguida, con su mutua admiración por Decius, el perro prodigio, la tensión se había relajado y no se había vuelto a hablar de ello.

Tras dejar a Decius de nuevo en casa, Janice decide ir al centro de Cambridge. Todavía le queda una cantidad considerable de dinero en el vale de la tienda de John Lewis que Simon le envió por Navidad y quiere buscar algo nuevo que ponerse para cuando el profesor de geografía la llame para tomar un té. Sí que consiguió recordar darle su número de móvil aunque olvidó preguntarle su nombre.

Lleva todo el día pensando en eso y ha decidido que le gustaría llevar una falda. Rara vez se las pone y no quiere aparecer vestida con algo que le recuerde que se gana la vida limpiando inodoros. Tiene un par de faldas en su armario que le sientan bastante bien y no son demasiado formales. Su chaqueta de cuero debería quedar bien con alguna de ellas. Incluso podría ponerse su jersey rojo. Pero no está del todo segura en cuanto a los zapatos que tiene. Cree que su vale de John Lewis podría dar para un par de botas negras si elige con cuidado.

La mujer que viene en su ayuda es de treinta y pocos años y rápidamente le señala unas botas altas que podrían servirle y que no la dejarán arruinada. Cuando vuelve con un montón de cajas, la dependienta se ve abordada por una mujer bajita de unos cuarenta años que lleva una bota de muestra, parecida a la que Janice ha elegido. La mujer es muy delgada y va vestida toda de negro. Esto pone nerviosa a Janice de inmediato. Ya ha tenido antes problemas para que le encajen en las pantorrillas. En una ocasión, un dependiente joven había llegado a tumbarse para tratar de subirle una cremallera que nunca iba a cerrar el diminuto trozo de cuero que estaba tratando de encajar. Pareció tomárselo como un desafío personal. Y perdió. No se dio cuenta del tremendo bochorno que Janice estaba sintiendo ahí de pie en medio de la tienda como una de las hermanas feas de Cenicienta. Dios mío, ¿otra vez va a pasar lo mismo? Si las botas le quedan bien a esa mujer tan delgada y de aspecto tan pijo, nunca van a entrar por las piernas de Janice.

La otra clienta le recuerda a la señora SíSíSí. Ya ha tratado de quitarle a la dependienta que la está ayudando, como si Janice no existiera siquiera.

Vuelve a intentarlo.

—¡Oye! Puedes venir. —No es una pregunta.

Janice está a punto de dar un abrazo a la dependienta cuando le contesta que no de una forma cortés.

—Estaré con usted en un momento, señora. Estoy atendiendo a esta clienta.

Incapaz de atraer su presencia física, eso no impide que la mujer le grite desde el otro extremo de la tienda.

—Pero tienes que decirme si se caen. ¿Estas botas se caen? He comprado otras de piel italiana y tengo las piernas tan delgadas que no se sujetan.

Janice sonríe a la joven dependienta que la está ayudando a ponerse unas botas de piel y gamuza negra bastante bonitas.

—No puedo decir que yo haya tenido nunca ese problema.

—Yo tampoco —confiesa la chica, sonriendo.

Janice puede sentir su vínculo compartido mientras la mujer delgada grita desde el otro lado de la tienda.

—¿Crees que mis piernas son muy finas? ¿Es ese el problema? Porque no quiero que las botas se me caigan.

—Estaré con usted en un momento, señora —repite la dependienta y guiña un ojo a Janice.

Janice cree que ama a esa chica. Ya le ha encontrado un par de botas estupendas que están rebajadas y no se la ha arrebatado esa clienta más exigente y, según sospecha, mucho más rica. Cuando consiguen subir la cremallera de la bota que Janice se está probando —ajustada, pero le vale— le cuenta su historia del joven que se tumbó a sus pies.

De repente, la joven dependienta se pone de pie y esto parece despertar de nuevo a la otra clienta.

—Oye, dime. ¡Oye! ¿Son estas de piel italiana?

La dependienta se gira hacia la mujer, pero sigue manteniendo su atención en Janice.

—Yo tengo el mismo problema que usted con las botas. —Y, dicho eso, se abalanza sobre ella. Janice se echa hacia atrás, sorprendida.

»Antes jugaba mucho al squash —le explica poniendo otra pose. Ahora parece una jugadora que recoge un golpe difícil. Vuelve a erguirse—. Te pones muy en forma, pero se te quedan unas piernas enormes. Es por tantas embestidas.

Janice se ríe.

—Lo entiendo perfectamente. Pero ¿cuál es mi excusa?

La chica le sonríe.

—Yo creo que esas botas le quedan genial. —Y añade en voz baja—: Yo jugaba al squash por Inglaterra.

»Bueno, señora —dice alejándose de Janice—: ¿En qué puedo ayudarla?

Cuando Janice sale de la tienda con sus botas y una historia, todavía puede oír la voz chillona de la otra clienta: «Pero ¿estás segura de que no se caen?».

21

La hora de la verdad

Janice entra por la puerta a una velocidad que no ha empleado desde hace años. Quiere esconder la caja que contiene sus botas nuevas. Mientras sube corriendo las escaleras, sin rastro de Mike, piensa en la joven de la sección de zapatería de John Lewis. Quizá la vida no consista en tener una historia. Quizá consista en hacer algo que puedas recordar con orgullo. Algo que sientas que te define. Piensa en su vecino, el señor Mukherjee. Regenta una tintorería pero también jugaba al críquet en India cuando tenía dieciséis años. ¿La joven sonríe al recordar que jugaba al squash mientras piensa: «Sí, yo hice eso»? Espera que ese pensamiento la animara cuando hubo de enfrentarse a doña botas caídas.

Oye que Mike sale de la sala de estar y ella se mete rápidamente en el cuarto de invitados. Se queda a solo unos centímetros tras la puerta. Hay grandes cajas de cartón por todas partes. Están amontonadas sobre la cama, sobre la cómoda y en el suelo. Puede ver sus libros, sus auriculares y sus jerséis hechos un montón junto a la cama.

—Hola, cariño. Jan, baja aquí. Tengo que decirte una cosa. No te preocupes por lo de las cajas. Te lo puedo explicar.

Coge sus cosas y las deja bien colocadas sobre su caja de botas y, después, deposita todo sobre una de las cajas grandes. Sabe que esa sencilla tarea de ordenar le está dando tiempo a su mente a pensar. Puede que Mike tenga un trabajo de vendedor y esta sea la mercancía. A lo mejor eran sobre eso las reuniones y todas esas charlas motivacionales fueran discursos para vender. Se viene abajo. Él ya ha probado antes a ser vendedor. Pero lo que sea que esté pasando, estas cajas no se van a quedar aquí. Esta es su habitación. Quizá no sea capaz de dejarle, pero nunca va a volver al dormitorio de los dos ni a esa cama.

—Vamos, Jan. Es una noticia estupenda. El nuevo comienzo que necesitamos. Una nueva aventura.

Quizá quiere que emigren. Podría irse solo. Ella podría quedarse aquí. Sabe que eso es esperar mucho, pero ahora necesita saberlo.

Mike tiene una caja a su lado en la sala de estar, pero ella no puede ver lo que hay dentro. Se sienta en el sofá. ¿Puede ser que él ya haya empezado a hacer las maletas?

De repente, es consciente de que lleva varias horas sin comer ni beber nada.

—Antes de que empieces, Mike, me encantaría tomarme una taza de té.

—Podrás preparar para los dos en un momento. O, mejor aún, podemos ir al pub a celebrarlo.

Ella espera que él se vaya a Nueva Zelanda. Es todo lo lejos que se le ocurre.

—Sé que últimamente has estado un poco deprimida —empieza—. Bueno, pues yo he estado preparando algo que va a darte el empujón que necesitas. He estado practicando una lluvia de ideas con un equipo que nos enseña cómo los franquiciados pueden llevarte hasta el centro de una comunidad y, claro, una vez que estás dentro, las oportunidades de ventas fluyen de forma natural. Si te basas en esto ampliando tu gama de productos, consigues después un magnífico crecimiento exponencial.

Vale, así que no eran charlas motivacionales, pero sigue sin tener sentido. ¿Una especie de franquiciado? Las esperanzas de que Mike termine en las antípodas se van diluyendo rápidamente. Levanta los ojos al techo, pensando en todas las cajas; esto parece que podría costarles dinero.

—¿Qué hay en las cajas, Mike?

—Deja que termine. —Su tono ahora es hosco, pero ella ve cómo toma aire con fuerza y vuelve a emplear el tono alegre—. En realidad, fuiste tú la que me mostraste el camino y creo que eso te lo debo reconocer.

Ella sabe que le está mirando con perplejidad.

—El ámbito doméstico... —continúa y, después, se ríe—. Perdona, es demasiada jerga. Una de las cosas que no dejaban de repetirme era: «Que sea simple, Mike».

La idea aparece antes de que ella pueda bloquearla. Enhorabuena, tú sí que no puedes ser más simple.

—Así que, para decirlo con simpleza, se trata de que voy a poner en marcha un nuevo y estupendo negocio que va a ser una mezcla de nuestros talentos.

Se sienta a su lado. Trata de agarrarle la mano, pero ella es más rápida que él.

—¿Qué hay en la caja, Mike? —Es lo único que se le ocurre decir.

—Vale, sí, quizá sea mejor empezar por ahí. No perdamos el tiempo cuando tenemos lo más importante delante.

Abre la caja y saca distintos productos de limpieza. Son de una marca que ella no ha visto nunca.

—¿Qué son esas cosas? —pregunta viniéndose abajo. Ya ve adónde va a llevar esto.

—Es una gama completa de productos de limpieza de calidad superior... —Se apresura a explicar al ver su expresión—. No es lo que piensas...

Él no tiene ni idea de qué es lo que piensa. Si lo supiera, ella no estaría ahí sentada escuchando toda esta mierda.

—No solo he invertido en los ingredientes que, por así decir, constituyen la materia prima del oficio de la limpieza, sino que he pensado mucho en el mayor valor final: las herramientas del oficio. Así, cuando me expanda en este campo con las franquicias, es ahí donde haré dinero de verdad.

Ahora él saca de la caja una bolsa de viaje hecha de tela de flores de colores neón. El estampado le recuerda a Janice a uno de los que ha visto en las espantosas casacas de la señora SíSíSí. Mike abre la bolsa y se la acerca. Contiene lo que parecen cinco cepillos eléctricos enormes, cada uno con un cabezal diferente. Los mangos de los cepillos tienen el mismo dibujo floral llamativo que la bolsa.

—¿Y? —pregunta ella, inquieta.

—Esta gama completa de cepillos eléctricos funciona con nuestros productos de limpieza para revolucionar las tareas del hogar.

Ella no tiene ni idea de por dónde empezar. Se decide por su mayor preocupación. Los productos de limpieza tenían un aspecto muy barato; estos cepillos parecen costar mucho más.

—¿Qué has hecho, Mike? ¿Cuánto ha costado todo esto?

—Sabía que ibas a mostrarte reacia. Nunca ves las cosas a largo plazo. —Saca uno de los cepillos como si fuese a intentar pasárselo, pero, evidentemente, se lo piensa mejor.

—¿Cuánto, Mike?

—La gama de productos de limpieza estaba en oferta y ha implicado una inversión inicial de solo setecientas cincuenta libras y las vamos a recuperar multiplicadas. —Ahora su tono es malhumorado—. Los cepillos son diseño mío, así que, inevitablemente, requerían una inversión mayor.

—¿Cuánto, Mike?

—El precio de venta de cada paquete es de 59,99 libras, así que los beneficios serán muy superiores al gasto. Recuperaremos más del doble de nuestro dinero.

—¿Cuánto, Mike? —No siente nada, solo mucho frío.

—Evidentemente, he tenido que hacer un pedido grande, pero he bajado el precio a veintinueve libras.

—¿Cuánto, Mike? —Tiene una imagen de sí misma atrapada en este sofá de piel barato, una señorita Havisham, rodeada de productos de limpieza, que al final de su vida solo dice: «¿Cuánto, Mike?».

—El gasto inicial ha sido de veintinueve mil libras…

—¡Dios mío, Mike! Son todos nuestros ahorros. ¿Cómo has podido? —Empieza a temblar. Tanto trabajo, tantas horas. Y ni siquiera lo ha hablado con ella.

—No lo estás entendiendo bien, Janice. En lugar de ver esa inversión como una transacción neta negativa, tienes que verlo como un beneficio neto de más de treinta mil libras.

—¿Puedes devolverlos y recuperar nuestro dinero? —pregunta ella con urgencia.

—Sé realista, Janice. Las empresas no funcionan así. Los he importado, al por mayor, y si no fueses más que… —Se detiene antes de decir «más que una asistenta». Continúa—: Si tuvieses mentalidad empresarial, verías que para conseguir el mejor precio hay que pagar por adelantado, antes de la entrega. No se trata de algo que vayas a comprar en Tesco.

—Ya sé que estas cosas no se compran en Tesco.

—¿Qué? —La mira confundido y, después, más esperanzado—. Entonces, estás empezando a entenderlo, Jan. Creía que ibas a tardar más, pero sabía que lo entenderías…

—Pero sí puedes comprarlas en Lidl.

—¿Qué?

—Es ahí donde compré el equipo que tengo yo. El gris y blanco que está guardado debajo de las escaleras. Me costó 7,99 libras. Y sí que puede ser útil, no para todo, pero es estupendo para quitar la cal de la ducha.

Pero Mike no parece muy interesado en la ducha. Parece sorprendido. Aunque eso tiene que reconocérselo: Mike siempre termina levantándose.

—Creo que no lo has pillado, Janice. Estos son de mucha mayor calidad. Y lo que es más importante, vienen con colores que a las señoras les van a gustar. —Añade, ganando confianza—: Y el detalle más importante que estás pasando por alto es la cómoda y atractiva bolsa para llevarlo.

—¿Qué estás diciendo? Nadie lleva su equipo de limpieza con eso.

Él la mira con una extraña expresión de victoria en los ojos.

—Eso no es verdad. Tú la llevas, a veces.

—Mike, soy una puñetera asistenta. —Ahora es consciente de que la sensación de frío que estaba teniendo es, en realidad, una gélida rabia.

—Ya sé que eres una maldita asistenta —le responde él con un grito, ya sin ningún tono alegre—. ¿Crees que a mí me gusta tener una mujer que trabaja como sirvienta? Me tratas como si no lo hubiese pensado...

Ella le mira con incredulidad.

—Pero es que no lo has pensado.

—He investigado y veo que hay un verdadero potencial. Incluso he pensado, tonto de mí, que podríamos trabajar juntos en esto. ¿No entiendes que con tus contactos como asistenta podríamos vender mis productos en todas las casas a las que vas y entre las redes de tus clientes?

Mike da ahora vueltas por la habitación. Es un hombre grande y, de repente, la habitación parece muy pequeña. Aparta con una patada la caja de productos de limpieza.

—¡Y sí, he investigado! He llamado a algunos de tus clientes y les he tanteado. No se han mostrado tan reacios a mi idea como tú, permite que te lo diga.

—¡¿Que has hecho qué?!

El tono de su voz hace que él se detenga en seco. Nunca había oído a su mujer hablar así.

Janice siente ahora como si la rabia estuviese formando esquirlas de hielo que le atraviesan la piel. Se pone de pie y Mike da un paso atrás sin darse cuenta. Ella ve la imagen de los dos en el espejo: Mike, alto y vacilante; ella, pequeña y en tensión, con todos los músculos contraídos.

—¿Con quién has hablado? —Debe saberlo, aunque tenga que sacárselo a golpes.

Solo con mirarla, él entiende que no le queda otra que decírselo.

—A los cuatro primeros de tu lista, la de tu teléfono. —Ahora que está hablando parece recuperar más coraje. Endereza del todo la espalda—. No sé por qué estás armando tanto escándalo...

Pero la mirada de ella le detiene.

—Mike, te dejo.

Y ahora que lo ha dicho se siente, de repente, calmada. No importa qué va a pasar después. Va a librarse de esto. Prefiere dormir bajo un seto que pasar un momento más con este hombre.

Sale de la habitación y coge una maleta de debajo de las escaleras. Mientras pasa de una habitación a otra, va cogiendo cosas de una forma rápida y eficaz y las va metiendo en la maleta. Arriba, coge una bolsa de viaje del armario y hace lo mismo con su ropa y los artículos de aseo. El único problema son los libros. Le resulta difícil saber cuál elegir y no puede llevárselos todos. Llena una vieja caja de vinos con sus preferidos. Podrá llevarse el resto más adelante. Intenta no pensar en dónde narices va a guardar sus bolsas y esta caja. Tiene una pequeña cantidad de dinero en su cuenta corriente y nada más.

Mike aparece al fondo de las escaleras.

—Vamos, Jan. No estarás hablando en serio. Podemos discutirlo. Quizá haya que hacer algunos ajustes a esta idea, pero verás como tengo razón.

Ella no responde; no le escucha mientras selecciona las últimas cosas que llevarse.

—Oye, venga, vamos a tomarnos un café juntos.

Esto no consigue permear su nueva calma.

—Mike, prepárate tú el maldito café. —Por una vez, lo dice en voz alta—. Y yo no tomo azúcar con el café ni lo he tomado nunca.

—Dios, Janice, ¿es por eso? ¿Solo porque te preparo mal el café? —La mira fijamente en lo alto de las escaleras.

—¡No es por el puto café! —grita. Piensa que por fin ha encontrado a su leona interior. Y ni siquiera ha necesitado música ni sus auriculares—. De lo que se trata es de que siempre nos estás decepcionando a Simon y a mí. Se trata de que haces que sienta que cada error que cometes tú es, en cierto modo, culpa mía, que no soy nada y que debería sentirme afortunada por tener un marido como tú. He hecho todo lo que se me ha ocurrido para que saliéramos los dos adelante mientras tú saltas de un trabajo a otro. Por Dios, Mike, ¿crees que yo no deseaba algo más? Pero sigo trabajando y, sin embargo, por mucho que me esfuerce, tú siempre consigues que sienta como si tuviera que avergonzarme, que «no soy más que una asistenta».

—Pero es que no eres más que una asistenta.

Ella no cree que lo diga para hacerle daño; cree que es lo que piensa de verdad de ella y se pregunta por qué ha tardado tanto en verlo. La calma regresa. Su hijo nunca le ha hecho sentir que «no es más que una asistenta». A pesar de sus caros estudios y sus amigos pijos, nunca lo ha hecho. Y, de repente, recuerda que hay un conductor de autobús ahí fuera que quiere tomar un té con una asistenta.

—Voy a dejarte, Mike —repite con calmada seguridad.

—Pero no puedes. —Va subiendo los escalones de dos en dos.

Y, de repente, ella tiene miedo, está aterrada. Es un miedo que la deja sin aliento y sin palabras. Se encoge ante él.

Su expresión hace que él se detenga y que parezca realmente desconcertado.

—Jan, no iba a pegarte —dice con brusquedad—. Sabes que jamás lo haría.

Ella se pone firme; el corazón se le acelera.

—Lo sé —consigue susurrar.

—¿Qué pasa, Jan? Oye, podemos solucionarlo. —Le está suplicando.

De pronto, ella se siente más cansada de lo que ha estado nunca en toda su vida.

—No, no podemos, Mike. Te dejo.

Recoge sus cosas y las baja torpemente por las escaleras. Mike se sienta arriba y la ve bajar. Lo último que ella hace es recoger la postal de su hermana que sigue sobre la mesa de la entrada.

22

El cuento de un viajero

Janice conduce durante una hora por los pueblos que rodean Cambridge. No sigue una ruta planeada, solo gira alternativamente a la izquierda y, después, a la derecha, hasta que está completamente perdida. Perderse es bueno. Y, sin embargo, no puede enfrentarse a ninguna de las cuestiones prácticas, como la de dónde va a pasar la noche. Tiene muy poco dinero. ¿Quizá en el coche? ¿Podrá encontrar una pensión muy barata?

Cuando ve un amplio desvío a un grupo de establos abandonados, se hace a un lado y aparca. ¿Cómo ha podido hacer eso Mike? ¿Qué habrán pensado sus jefes de él..., de ella? Este pensamiento la inquieta mucho más que el dinero. Ese era su mundo y era privado. Piensa en la hermana Bernadette y desearía poder oírla ahora, susurrándole al oído, pero solo oye el sonido del viento sobre el coche y el crujir de las vallas junto a los establos. Se le ocurre que la señora B le recuerda a la hermana Bernadette, esa monja diminuta y, a menudo, irascible. Piensa en la manta azul con la que la envolvió la señora B. ¿Podría acudir a ella? Pero ese es el problema del mundo privado que se ha construido para sí misma, el mundo que Mike ha invadido. En él, ella no es más que una asistenta. Y ahora no hay ninguna leona interior que le diga que es más que eso ni ninguna hermana Bernadette que le sugiera que puede acudir a ellos en busca de ayuda. De hecho, tiene que obligarse a repasar el registro de sus jefes, la lista que Mike le ha robado, y, a continuación, tiene que llamarles y disculparse por lo que él ha hecho. Se lo imagina metiendo la mano en su bolso para sacar su teléfono y copiar sus números mientras ella estaba... ¿qué? ¿Cocinando? ¿Poniendo la lavadora? Se queda mirando las oscuras siluetas de los edificios de la granja y escuchando el viento. Piensa que si alguna vez su lamentable y atormentado ratón interior intenta convencerla de que vuelva con Mike, va a tener que recordar este momento, sentada en un coche, a oscuras junto a estos establos abandonados. Sabe que con eso será suficiente.

Coge el teléfono. Va a tener que hacer esto antes o después. Mike había hablado de los cuatro primeros nombres. Lo único que suplica es que la señora SíSíSí no sea una de ellas. Piensa que puede soportarlo todo salvo tener que hacer esa llamada. Toca la pantalla y el teléfono se ilumina.

Es malo, pero no tanto como se temía. Sin embargo, su rabia se reaviva cuando mira los nombres. Eso hace que todo sea espantosamente real. En la lista están: el mayor Allen, la señora B, la doctora Huang y Geordie. Ah, a Mike ha debido encantarle esa última conversación. No soporta pensar en las serviles propuestas de su marido a esa estrella mundialmente famosa. Dejará a Geordie para el final.

Llama primero a la señora B. Al menos, cree que la señora B tiene calado a su marido. Se pregunta si la habrá llamado antes o después de su arrebato. La señora B no le había dado ninguna muestra de que Mike se hubiese puesto en contacto con ella para tratar que se interesara por sus productos de limpieza. Pero claro, ella fue espía y está acostumbrada a guardar secretos. Siente que las manos le empiezan a sudar mientras marca el número. El teléfono suena, pero nadie responde. Empieza a ponerse nerviosa. Entonces recuerda que, a veces, la señora B no responde al teléfono. Lo deja hasta que la vea en persona.

La llamada al mayor Allen la hace reír. Antes de que ella se explaye en sus humillantes explicaciones, él la interrumpe.

—No hace falta que digas nada más, Janice. Me di cuenta enseguida. Mi hijo me ha advertido de este tipo de cosas y, a menudo, informan de eso en *The Telegraph*. Creo que lo llaman phishing. Supe que era peligroso nada más oírle. Dejé el teléfono a un lado y fui a prepararme un té. Pensé que así aumentaría su factura del teléfono. ¿Te han hackeado, querida? ¿Es eso? Quizá deberías cambiar la contraseña de tu teléfono. Mi hijo dice que con eso es suficiente. —Janice dice que lo hará y cuelga.

La historia del mayor Allen es lo que ella llama una historia a medio contar. El mayor Allen tiene en la habitación de invitados doscientas catorce cajas de zapatos. Lo sabe porque las ha contado. Dentro de cada caja hay un par de preciosos zapatos de mujer. Él le dice que los vea y los admire. Son todos del número treinta y seis (el mayor Allen tiene un cuarenta y cuatro) y todos están sin estrenar. Hasta ahora, él no le ha contado por qué colecciona esos zapatos y de ese número, y ella no le ha preguntado. No es así como se coleccionan historias. Cada historia debe ser contada libremente. Las únicas excepciones son las historias que recopila en un autobús o en una cafetería. Como normalmente en estas se incluye algún elemento de su propia imaginación y tienen una categoría entre ficción y no ficción, permite que se salgan de sus normas habituales.

La siguiente es la doctora Huang. Esta llamada es más incómoda. Janice nota en su voz que piensa que la llamada de Mike fue impertinente y ofensiva y que tiene una mala opinión de Janice por permitir que su marido haya accedido a su número. Janice no la culpa. Piensa que el hecho de que la casa de la doctora Huang haya entrado recientemente a formar parte de las que va a limpiar, tras varios meses de espera, es lo único que le impide despedirla. Todavía no ha averiguado cuál es la historia de la doctora Huang, pero cree que puede estar relacionada con las preciosas orquídeas que cultiva en su invernadero. El tiempo lo dirá.

Cuando Janice llega al nombre de Geordie, nota que tiene

frío y que está temblando. Enciende la calefacción y coge una chaqueta más abrigada del asiento de atrás. Pero no hay mucha diferencia. Geordie contesta tras el primer tono, pero parece absorto y ella se pregunta si estará ocupado o si quizá no la oye con claridad. Desearía poder verle el lado gracioso: sentada en su viejo coche, junto a un establo, disculpándose a gritos ante un tenor famoso en el mundo entero. Pero, mientras habla, nota que la voz se le rompe. Cree que Geordie también se ha dado cuenta, porque desaparece su tono de ensimismamiento.

—No te preocupes, niña, en mi mundo hay muchos lameculos. —Lo cual no hace más que empeorar las cosas, pues es la confirmación de que la llamada de Mike fue tan aduladora como desagradable e inapropiada.

La línea queda en silencio y Janice se pregunta si podrá tomar aire sin que Georgie se dé cuenta de que se trata de un sollozo.

—¿Sigues ahí, niña?

Ella asiente con la cabeza, aunque sabe que él no la puede ver. No se fía de su voz.

Hay un silencio y, a continuación, oye la voz retumbante y tranquilizadora de Geordie.

—Podrías servirme de ayuda, Janice. ¿Qué estás haciendo ahora, muchacha?

—Estoy en el coche. —Consigue decirlo sin llorar, pero le sale como un susurro. Ni siquiera está segura de que Geordie la haya oído.

—¿Te importaría hacerme un buen favor? Estoy esperando a que llegue el taxi. Me voy a Canadá. Empezamos la gira el sábado.

Oye a lo lejos alguien que grita.

—Estoy aquí. Voy en un segundo.

»Me vendría bien que alguien le echara un ojo a la casa. ¿Te importaría cuidármela, Janice? Van a ser tres semanas. ¿Es mucho pedir? Ya sabes cómo era Annie con sus plantas; no me perdonaría que las dejara morir.

Janice no cree que sea el recuerdo de las plantas de su esposa fallecida lo que hace que le proponga esa oferta. Al fin y al cabo, los dos saben que Janice va siempre a echar un vistazo cuando él sale de viaje.

Ahora no puede parar de llorar y sabe, y cree que Geordie también, que él le ha lanzado un salvavidas. Por otra parte, se trata de un hombre que de niño se fue a pie a Londres, que recibió la ayuda de un vagabundo que caminaba a su lado.

Cuando deja de sollozar y puede pronunciar algunas palabras, consigue decir:

—Que tenga un buen viaje. Mi hermana vive en Canadá.

—¿Dónde?

—Está en Toronto.

—Eso es estupendo. Podría venir a vernos. Dame su dirección de correo electrónico y haré que le envíen un par de entradas. Y dile que después se pase a saludarme, si quiere.

—Lo haré —consigue responder—. Y gracias, Geordie.

—Anda ya. El favor me lo estás haciendo tú. Tienes la llave. Siéntete como en tu casa.

Y, después, la deja y ella se queda sentada en el coche, temblando de frío, de agotamiento y de alivio.

Cuando llega a la casa de Geordie, la luz del porche está encendida y hay una nota para ella pegada al espejo de la entrada.

> Tienes la cama hecha en la habitación de invitados de delante. En el frigorífico una botella para ti. Nos vemos dentro de tres semanas. Besos. G.

Janice mete su equipaje y la caja de libros del coche y los deja en la entrada. Cierra la puerta tras ella y se queda escuchando el silencio de la casa. El suave tictac del reloj de caja, el ligero chirrido de las tuberías (Geordie ha dejado la calefacción encendida) y, lo mejor de todo, en suave combinación, el delicado silencio. Janice se sienta en la silla de la entrada, saboreando la deliciosa tranquilidad. Piensa en el hombre que no construía aviones y sabe en ese momento que no cambiaría este silencio por el canto de pájaro más hermoso del mundo.

Un rato después entra en la cocina, una estancia grande pintada de un desteñido color dorado. Los muebles son de pino viejo y en el aparador están los platos rojos y azules que coleccionaba Annie. Hay también muchos tiestos de colores con plantas. Recuerda que Annie le contó que Geordie y ella habían comprado muchos de ellos en un viaje a México. Mira la foto de Annie en el estante de en medio, una mujer alta y atractiva con pelo largo y oscuro. Geordie había conocido a Annie en una gira por Estados Unidos donde ella había estado trabajando en la publicidad de sus conciertos. Annie le había contado en una ocasión a Janice que había pasado los primeros años de su vida en un orfanato y que sabía poco de sus antepasados. «Pero mira qué pelo, Janice. Debe ser de cheroqui auténtica». Janice se preguntaba si el hecho de ser huérfana fue el motivo por el que ella y Geordie habían decidido formar una familia tan grande. Tienen seis hijos, todos desperdigados por el mundo. Janice observa la fotografía de la amada madre y esposa que murió de cáncer un día antes de su sesenta cumpleaños. «Gracias, Annie», dice en voz baja.

De repente, se da cuenta de que el ruido que oye no es de la calefacción central, sino de su estómago. Está muerta de hambre. Mira en el frigorífico pero hay poca cosa, aparte de unos tarros de pepinillos, mantequilla, mermelada, medio cartón de leche y una botella de champán. Esta última tiene una nota adhesiva con su nombre. Cierra la puerta. Quizá una taza de té. No está segura de tener ganas de celebrar nada. Mira en el congelador y ve que Geordie tiene un alijo de comidas preparadas de Marks & Spencer. Meterá una de ellas en el microondas en un minuto. Siempre puede reponerla mañana. Mientras espera a que hierva el agua, mira las plantas de Annie, aunque sabe que estarán todas bien. Geordie se encarga de mantener estas plantas con vida con el mismo amor apasionado que demostró cuando trató de salvar a su dueña aficionada a la jardinería. Janice sabe que Geordie no va a permitir que muera nada más en esta casa.

—Salvo yo, muchacha. Y entonces...

—Lo sé, Geordie. —Janice suele terminar la frase por él—. Encontrarán la partitura de *La Bohème* envolviendo tu corazón. —En el fondo, piensa que estará ahí atada con un mechón del precioso cabello de su mujer.

En el aparador, junto a la maceta de cinta hay un viejo reproductor de CD. Los preferidos de Annie están apilados a su lado. Le gustaban los sonidos suaves y relajantes, intérpretes como Frank Sinatra, Nina Simone, Ella Fitzgerald y Louis Armstrong. Janice no se siente preparada para bailar, pero sí cree que podría escucharlos. Selecciona un CD al azar; es una recopilación de canciones antiguas.

Janice se sienta en la silla de pino grande y desgastada de Geordie junto a la cocina de leña y le da un sorbo a su té. No puede evitar sonreír cuando Frank Sinatra anuncia que se marcha hoy. Vale, se va a Nueva York, no a una casa cualquiera de un barrio de las afueras de Cambridge, pero se hace a la idea. «Tú y yo, Frank», dice, y se siente más recuperada cuando oye que la voz le sale con más fuerza y menos parecida a la de una mujer que se vaya a poner a llorar.

Cuando se oye la siguiente canción, deja el té y se acerca con un ligero vaivén al congelador. Va a coger una de las comidas preparadas. Pero la música es demasiado tentadora. Antes de llegar a la puerta, se gira sobre sí misma y da un paso de lado por la cocina. Al fin y al cabo, tal y como dice Nat King Cole, puede que surjan problemas, pero siempre podrá enfrentarse a la música y al baile.

23

En busca de Sherezade

Se despierta con el sonido de la llegada de un mensaje. Durante un momento, no entiende nada. La luz es diferente. Hay un suave reflejo rosado que penetra por las cortinas. Debió de quedarse dormida muy tarde. Cuando centra la mirada en la tela parece como si alguien hubiese pintado en ellas peonías y flores de melocotón. Ah, fue Annie quien las eligió. Y vuelve en sí. La cama es muy suave. El colchón parece envolverla y recuerda la cama dura de la habitación de invitados de la universidad. Completamente opuestas, salvo por la sensación de que está donde desea estar.

El pensamiento del mensaje se abre camino entre sus somnolientas reflexiones. ¿Mike? ¿Es así como va a ser a partir de ahora? ¿Cada vez que suene su teléfono, se va a preguntar si es él y va a sentir un ligero mareo? Ha oído que se pueden personalizar los sonidos de mensajes recibidos para saber quién los envía. Quizá Adam pueda enseñarle a hacerlo. Se acurruca en el calor mientras trata de decidir qué sonido elegiría para su marido. Al final, llega a la conclusión de que la mayoría de sus ideas son quizá demasiado crueles y que un pedo no sería adecuado porque la gente podría pensar que ha sido ella. Y ahora que se está riendo, decide coger el teléfono; será mejor acabar con esto mientras sigue sonriendo.

¿Qué te parece The Copper Kettle, enfrente del King's College, mañana a las doce del mediodía?
El conductor de autobús, alias Euan.

¡Dios mío! Son demasiadas cosas en las que pensar.

¿Está libre? Se tendrá que asegurar de que lo está. Empezará muy temprano. Se imagina al mayor Allen todavía en la cama mientras ella pasa la aspiradora a su alrededor. Esto le hace sonreír un poco más. Tiene ya una amplia sonrisa en la cara.

Más: le gusta la elección de la cafetería. Bonitas vistas.

¿A las doce del mediodía? ¿Está pensando en tomar un café o en almorzar? Quizá esté yendo sobre seguro. Empezar con un café y ver qué pasa.

¿Se ha acordado de traerse sus botas nuevas? Sí, están en el coche.

¿Falda, jersey rojo y chaqueta? En la bolsa a los pies de la cama.

Le gusta que él use los signos de puntuación adecuados en sus mensajes.

¿Le gustarán los libros también?

¿Ningún beso al final del mensaje? Sensato. Eso la habría asustado.

Deja lo más evidente para el final: ¿Euan? ¿Qué le parece? Cree que es bastante bonito. Euan es un hombre al que le gustaría pasear por el campo y se sabría los nombres de todos los árboles. Puede que incluso haya sido antes profesor de geografía.

Le contesta rápidamente.

Sí, sería estupendo. Janice, alias la Asistenta.

Ya no puede quedarse tumbada. Necesita levantarse a hacer algo. Hoy no tiene trabajo. Dos de las familias para las que limpia se han ido a esquiar. No quiere pensar en cosas prácticas como qué estará tramando Mike, qué pasa con el resto de sus cosas o qué narices va a hacer cuando Geordie vuelva. Todo eso puede esperar. Por ahora va a darse un largo baño con un libro y una taza de café, preparado justo como a ella le gusta. Lanza otro mensaje silencioso de agradecimiento a Geordie.

Después, se acuerda de Simon. Debería darle las gracias por las botas. Espera hablar con él el fin de semana, aunque solo Dios sabe qué le va a decir. Por ahora, le envía un mensaje.

He usado el vale de John Lewis. Lo guardaba para algo especial. Me he comprado unas estupendas botas negras con él, así que muchísimas gracias. Bss. Mamá.

Me alegra que hayas comprado algo bonito. Bs. Simon.

Y aquí sí que hay un beso que no le asusta recibir. Se pregunta por qué está llorando otra vez.

Suena su teléfono cuando está saliendo de la bañera. Es Stan. A pesar del calor de la bañera, de repente, siente frío.

—Creo que será mejor que vengas.

—¡Ay, no, Stan! ¿Qué ha pasado?

Que no sea eso, por favor, que no sea eso. Debería haber seguido llamando anoche.

Parece que Stan nota el pánico en su voz.

—No es nada de eso…, es solo que…, bueno, creo que será mejor que vengas. No se me ha ocurrido nadie más a quien llamar.

Cuando Janice se está montando en el coche, con el pelo todavía mojado por el baño, se pregunta por qué Stan no ha llamado al hijo de la señora B.

Stan la acompaña rápidamente hasta la puerta de la señora B, la pequeña de madera que da al patio. No le da ninguna pista de lo que está pasando.

—No puedo sacarle nada, solo me dice que me vaya a la mierda —es lo único que le cuenta.

Janice entra rápidamente sola en la sala de estar.

—Y tú también te puedes ir a la mierda. —Hay una pausa—. Ah, eres tú.

Al principio, Janice no puede ver a la señora B. Después, se da cuenta de que está sentada debajo de la mesa de roble, con la espalda apoyada contra la pata central y las piernas sobresaliendo por delante de ella. Parece una muñequita diminuta y desaliñada que alguien hubiese dejado ahí. Sus bastones están al otro lado de la habitación. Parece que puede ser ahí donde han aterrizado cuando los ha tirado.

—Ay, señora B, deje que la ayude a levantarse. No puede quedarse ahí sentada.

—No quiero mandarte a la mierda, Janice. De hecho, eres una de las poquísimas personas de las que puedo decir eso pero, por favor, déjame tranquila.

—Pero es que no está tranquila. Ha pasado algo. ¿No puedo ayudarla a levantarse y..., quizá..., no sé..., prepararle un chocolate caliente? —Ha estado a punto de decir: «Y así podrá contármelo todo», pero le preocupa que a la señora B le pueda parecer una muestra de condescendencia y no quiere arriesgarse a perder su estatus como persona a la que la señora B no quiere insultar. Se siente bastante orgullosa de ello.

—Vete a hacer puñetas, Janice.

Vaya, pues no ha durado mucho.

—¿Un chocolate caliente? ¿Qué soy? ¿Una niña pequeña? Soy una mujer de noventa y dos años con una de las licenciaturas de primer nivel y mejor calificación que esta facultad ha concedido jamás. Por si te interesa saberlo, fue por mis contactos por lo que mi marido consiguió su plaza aquí, no por los suyos. Hablo cuatro idiomas, tengo un coeficiente intelectual extraordinariamente alto y en una ocasión maté a un hombre estrangulándole con un cinturón y, antes de eso, dejé inválido a un compañero suyo que, a su vez, estaba intentando matarme.

Lo hice administrándole un narcótico. Así pues, que una niñera me dé un buen chocolate caliente no va a servir de nada, maldita sea.

A Janice la ha pillado completamente por sorpresa. No tiene ni idea de qué decir. Así que la señora B mató a un hombre.

La señora B se deja caer aún más lejos por debajo de la mesa y parece empezar a hablar consigo misma. Lo único que Janice puede oír es un batiburrillo de «Con un maldito saco grande habría bastado... Cómo se atreve... El muy canalla...».

Esto le recuerda a la noche en que se quedó en la facultad. ¿Puede ser que la señora B esté borracha? Le pregunta con un tono más suave:

—Señora B, ¿ha estado otra vez con el brandi?

—¡Cómo te atreves, Janice! ¡Cómo te atreves, joder! Tú también no. —La señora B escupe su rabia y empuja el suelo con las manos, intentando que su cuerpo esté más erguido.

A pesar de la perorata, Janice no puede soportarlo; quiere ayudarla y da un paso hacia delante.

—No te acerques. No sé por qué no me quedé con alguna de las pistolas de Augustus. Me gustaría cerrar las puertas con llave y dispararos a todos, joder. —Y dicho lo cual, de repente, rompe a llorar.

Los sollozos sacuden su delgado cuerpo y apoya el mentón en el pecho mientras deja caer sus manos al suelo. Parece completamente derrotada.

Janice se gira y sube corriendo la escalera de caracol para coger la manta azul y una caja de pañuelos del lateral de la cama. En pocos segundos, está arrodillada junto a la señora B debajo de la mesa, inclinándola hacia delante, como si fuese una muñeca, y envolviéndola con la manta. Deja los pañuelos al lado de la señora B y, a continuación, acerca dos cojines del sillón para colocarlos alrededor de ella. Durante un segundo piensa si subirla al sillón, pero el instinto le dice que a la señora B eso le parecería degradante. Sin embargo, al menos, puede hacer que esté más cómoda.

Janice se queda ahí sentada un rato, quieta bajo la mesa a su lado, agarrándole la mano a la señora B. La anciana no la aparta y, un rato después, le responde presionándola ligeramente.

—¿Un pañuelo? —pregunta Janice ofreciéndole la caja a la señora B.

—Vete a hacer puñetas, Janice —responde la señora B, pero coge uno y se suena la nariz.

—¿Ha lanzado usted los bastones hasta allí? —pregunta Janice por fin.

—Puede ser.

—¿También ostenta el récord mundial de lanzamiento de jabalina? ¿Se le olvidó mencionar eso en la lista?

La señora B suelta un bufido, pero no puede evitar añadir:

—Lo cierto es que fui corredora de obstáculos.

—¿Me va a contar qué ha pasado?

La señora B cierra los ojos y suspira.

—Supongo que debo hacerlo. —Después, añade con tono más suave—: ¿Te importa si nos quedamos aquí, debajo de la mesa? Me resulta curiosamente relajante.

A Janice también. No se había dado cuenta antes de cómo la luz del viejo cristal de la ventana principal proyecta sombras sobre la pared y las estanterías de la galería de arriba. Es un poco como mirarlas desde debajo del agua.

La señora B empieza a hablar, aún agarrada a la mano de Janice.

—Mi marido, Augustus, era muy aficionado al vino y durante nuestros años de viajes coleccionamos, supongo que se podría decir así, una pequeña pero interesante bodega. Representa los países en los que hemos vivido y hay distintas botellas y añadas que simbolizan acontecimientos específicos que han sido importantes para nosotros. La conservamos, o más bien, conservábamos, en el armario grande que hay al final del pasillo.

Janice conoce esto en parte porque ha visto ese armario, pero la señora B le dijo de una forma muy clara que no limpiara dentro de él.

—Hoy, mi hijo Tiberius... — En este momento, la señora B cierra los ojos como si le costara pronunciar su nombre—. Ha venido y se ha llevado todo el vino.

—Oh, señora B —no puede evitar decir Janice.

—Lo ha hecho porque cree o, más bien, dice que cree que tengo un problema con la bebida. Encontró la botella de brandi vacía y las tazas en la bolsa del supermercado y, tras ponerse a investigar, encontró también una botella de vino en mi dormitorio.

Janice tiene una imagen mental de Tiberius arrasando la casa con una físicamente desamparada señora B. No es una imagen bonita.

—Pero usted no es una alcohólica, señora B. Yo podría explicarle lo de las tazas y que limpio su habitación. Sé que normalmente nunca toma vino ahí.

—No, tienes razón. Me subí una botella especial a la cama porque ayer era nuestro aniversario de bodas. Era un vino tinto que habíamos comprado juntos en un viaje a Burdeos.

Janice se lleva brevemente la mano a la boca. Puede imaginar lo que le está costando a la señora B revelar esos detalles íntimos.

—No tiene por qué contarme nada más si no quiere. Seguro que debe haber algo que pueda hacer para recuperarlas. —Pero mientras lo dice, Janice se pregunta cómo. La señora B no puede ir físicamente a por ellas. ¿Podría ayudarla ella de alguna forma?

—La cuestión es que, en realidad, no se trata de si bebo o no, Janice. Sinceramente, con noventa y dos años, si quiero beberme un par de botellas al día no debe importar a nadie más que a mí. Todo esto representa una estratagema por parte de mi hijo para que me lleven de la facultad. De mi facultad.

Decius. ¿Qué pasaría con Decius? Este repentino pensamiento la llena de terror. Dos minutos antes estaba dispuesta a ir hasta la casa de Tiberius para exigirle que le devolviera el vino. Se había imaginado cargándolo en su coche cuando la señora SíSíSí hubiese salido a algún sitio con su marido. Pero ¿y ahora? Se imagina el divertido caminar de puntillas de Decius, sus peludas y llamativas cejas y recuerda el consuelo que le provoca cuando entierra su cara entre su pelo. ¿Cómo iba a abandonarlo? Sabe que si Tiberius se entera de que ella ha conspirado con su madre, la despediría. Una vez más, siente que debería ofrecerse a hablar con él sobre la botella de brandi vacía. Lo cierto es que todo eso es culpa suya. Pero no se atreve, por si la señora B acepta el ofrecimiento.

La señora B le acaricia la mano, como para consolarla, con lo cual solo consigue hacer que se sienta diez veces peor.

—No debes preocuparte por eso, Janice. Esto es entre mi hijo y yo. Y no debemos olvidarnos de Mycroft.

—¿Mycroft? —Se había olvidado de él—. Ah, Mycroft.

—Sí. Va a venir a visitarme dentro de dos días y me harías un favor si estuvieras aquí. También creo que para entonces tendremos una idea más precisa de lo que está planeando mi hijo con respecto a mi casa. He reclutado a un doble agente.

Esa idea parece despertar a la señora B y endereza la espalda debajo de la mesa.

—¿A quién? —pregunta Janice, y sabe que su tono parece de incredulidad.

—Al señor Stanley Torpeth.

—¿A quién? —repite Janice, pero empieza a caer en la cuenta—. Ah, Stan. —No puede evitar añadir—: Ni siquiera sabía usted su nombre.

—Un gran descuido por mi parte —responde la señora B, con cierto tono de culpabilidad—. Debo acordarme de pedirle disculpas por haberle insultado. —Su cara se ilumina—. Aunque no ha sido nada comparado con aquello a lo que está acostumbrado.

—Ahora sí que me he perdido.

—La mujer de Stanley, Gallina, es rusa. Me ha prometido traerla un día para conocerla. Eso sí que va a ser un regalo. Al parecer, tiene un gran temperamento. Ya sabes que el idioma ruso es muy expresivo. Hay muchas formas de blasfemar y maravillosos matices con los que jugar.

Janice echa la cabeza hacia atrás contra la pata del centro de la mesa.

—Es usted una mujer de categoría, señora B. Ah, por cierto, he dejado a mi marido.

—No me sorprende en absoluto, querida. Cuando me llamó por teléfono no tuve ninguna duda de que era eso lo que harías. Pero, a veces, estas cosas necesitan sus tiempos; no se pueden acelerar, aunque los demás opinen otra cosa.

—¿Es por eso por lo que no me dijo nada?

—No te lo mencioné, Janice, porque no creo que a una mujer la represente la conducta o la moral que muestre su marido. Augustus y yo siempre fuimos muy claros en cuanto a eso. Es verdad que nos queríamos mucho el uno al otro, pero éramos personas independientes. Desde luego, tú no tienes por qué disculparte. Si a mí me parece que habría que dar de latigazos a tu marido por las calles mientras está arrodillado y con un cilicio, es otra cosa.

Janice siente el deseo de dar un beso a la anciana que está sentada a su lado pero, en lugar de eso, le aprieta la mano por última vez y le ofrece un chocolate caliente.

—Sí, creo que sería estupendo. Y quizá podríamos sentarnos ahora en los sillones. Creo ya no siento el culo.

Janice recoge sus bastones y la ayuda a ponerse de pie. Cuando está sentada en el sillón, Janice se dirige a la cocina.

—¿No hay nada para beber, señora B? Creo que le vendría bien un chorrito de brandi con esto. Ha sufrido usted un fuerte impacto.

—Me temo que no. Tiberius ha sido tediosamente exhaustivo a la hora de llevarse todo el alcohol de la casa. No creo que haya sido de ayuda el hecho de haber encontrado más debajo del fregadero. Desde luego, no parecía dar crédito a mi explicación de que lo guardaba ahí porque muchos de los otros armarios están demasiado altos y no llego a ellos.

—Pero, señora B, ¿por qué no va a guardar usted las botellas donde quiera? No es incumbencia de nadie.

—Me temo que Tiberius está intentando que sí sea incumbencia de otras personas. Como está teniendo poco éxito para que me saquen de aquí por motivos de enfermedad, ahora va a tacharme de borracha. Aun así, contamos con Stanley para que se mantenga alerta y siempre está Mycroft.

Janice siente la tentación de ofrecerse a salir para reponer suministros y comprar un poco de brandi para el chocolate caliente de la señora B. Pero ¿y si vuelve Tiberius? ¿Qué pasaría si la descubre?

—No debes implicarte en esto, Janice —dice entonces la señora B—. No quiero que pongas en peligro tu puesto. —Janice cree saber cómo se sintió Judas.

Cuando están sentadas en los sillones junto a la estufa, la señora B le pregunta:

—Bueno, ¿te interesaría saber más cosas sobre Becky? Quizá hoy no, pero en tu próxima visita. ¿O crees que es un personaje con tantos defectos que ya carece de interés?

—No, señora B, no es eso. Ya sabe por qué me sentía así.

—En parte sí, pero estoy convencida de que hay muchas cosas que no me estás contando.

Janice mira a la señora B por encima del borde de su taza de chocolate caliente.

—Sé exactamente lo que está haciendo.

—¿Y qué es? —replica la señora B intentando aparentar absoluta inocencia.

—Usted creía que yo no iba a volver y a limpiar su casa, ¿verdad? Así que me ha estado contando una historia, la historia de Becky, pensando que así voy a querer saber más.

—Bueno, ha funcionado, ¿no? —replica la señora B riendo alegremente.

—¡Sherezade! —exclama Janice sacando su as bajo la manga—. Vi que se puso incómoda cuando mencioné *Las mil y una noches*. Así que busqué el libro.

—¿Y qué historia es?

—Es sobre un sultán que estaba tan destrozado cuando su mujer le traicionó que la mató. Después, tomó a una nueva esposa virgen solo durante una noche y, a la mañana siguiente, la mató también. De esa forma, no volverían a hacerle daño. Cuando Sherezade tuvo la desgracia de ser elegida como esposa, pasó la noche contándole al sultán un cuento maravilloso. Él estaba tan absorto con la historia que no la mató, porque quería que continuara con el cuento a la noche siguiente. Cosa que hizo, y la noche siguiente también, hasta que, como en todas las buenas historias, se enamoraron y vivieron felices por siempre jamás. —Janice no puede evitar sentir cierto engreimiento.

—Entonces ¿yo soy Sherezade? —pregunta la señora B, sonriéndole.

Janice no sabe cómo interpretar su mirada, pero sí sabe que la señora B está tramando algo.

—Ah, las monjas se estarían ruborizando ahora —dice la señora B negando con la cabeza.

—¿Qué? —pregunta Janice con recelo. No se fía de esta mujer. Demasiado lista.

—Vas a tener que ser más rigurosa en tus investigaciones —dice la exespía con una licenciatura con matrícula de honor—. Sherezade no le contaba al sultán la misma historia cada noche. Le contaba un cuento distinto y esa es la colección de hermosas y místicas historias que forman lo que terminó conociéndose como *Las mil y una noches*.

La señora B está meciendo sus pequeños pies adelante y atrás, una clara señal de que está disfrutando enormemente.

—Sherezade fue una narradora de historias pero, sobre todo, fue una coleccionista de historias. —La señora B mira a Janice con ojos brillantes.

»Tú, Janice, eres sin ninguna duda Sherezade.

24

Una isla de libros

Al mayor Allen no parece importarle lo más mínimo que Janice haya empezado temprano y, cuando llega, él ya va por su segunda taza de café y está enfrentándose al crucigrama de *The Telegraph*.

—Siempre me despierto sobre las seis de la mañana y me levanto a las seis y media como muy tarde. Es por mi época en el ejército. Cuando estaba en activo, formábamos a nuestros hombres de la misma forma. Evacuación de intestinos a las siete y empezábamos la jornada. —Tose y vuelve al crucigrama mientras Janice se pregunta si se está arrepintiendo de haber contado esto último.

Limpia con rapidez pero con minuciosidad. Piensa que eso le viene de tantos años de experiencia. Mientras está amontonando las sábanas que ha quitado de la cama del mayor para llevarlas al lavadero, piensa en Sherezade. Así que era una coleccionista de historias. Bueno, Janice sabe que ella es también una seria coleccionista y, al parecer, ahora también una narradora de historias. ¿No ha estado contándole algunas de las suyas a la señora B? Pero... ¿Sherezade? Es un nombre precioso, exótico y excitante, mientras que ella es una mujer que está poniendo una lavadora, antes de coger la fregona para ocuparse del té derramado y las manchas de copos de avena del suelo de la cocina. ¿Sherezade? Más bien no.

Vuelve a pensar en el comentario de la señora B sobre que Janice no le está contando todo. Por supuesto, esto es verdad. La señora B lo sabe y ella también. ¿Alguna vez se ha creído que era una mujer sin ninguna historia? Al fin y al cabo, ella es Sherezade (está entusiasmada con la idea) y le gustaría que todo el mundo tuviera una historia para contar. Pero ¿puede uno elegir su historia? Piensa en Adam. Espera que sí pueda elegir una historia distinta para sí mismo. Y si él puede, ¿no tendría ella también oportunidad de hacerlo?

Se imagina a Adam corriendo ayer por el campo con Decius. No siente la alegría habitual. Hay algo latente, un miedo persistente a que estos valiosos momentos estén en peligro.

Decius había estado especialmente saltarín cuando venía con él de vuelta a su casa. Por una vez parecía ajeno al estado de ánimo de ella. En la puerta, cuando le ha quitado la correa, él ha girado la cabeza y le ha lamido la mano. Su expresión parecía decir: «Tú y yo. El mejor equipo». Ella apenas se ha atrevido a mirarle a la cara. Como tampoco ha podido mirar las cajas de vino amontonadas en el pasillo junto a la entrada del despacho de Tiberius. Durante una milésima de segundo ha pensado en subir y coger una botella para llevársela a la señora B. Seguro que él no se daría cuenta de que faltaba una. Pero, después, ha oído el familiar golpeteo de las pisadas sobre el suelo de madera, ha recordado lo que se estaba jugando, se ha dado la vuelta y ha salido rápidamente de la casa.

Llega a la cafetería a las 12.05 del mediodía. Ha estado entreteniéndose calle arriba, junto al mercado, para llegar justo en este momento. No demasiado tarde, pero tampoco demasiado pronto. Los cinco minutos de retraso demuestran que no está demasiado ansiosa pero que tampoco es una persona descuidada e impuntual. Euan está ya en la mesa junto a la ventana y tiene una taza de té mediada. Ella se fija en esto en pocos segundos, además de en los pantalones oscuros, parecidos a los anteriores pero más caqui que marrones, y en un bonito jersey, negro y con cremallera. Él se pone de pie y sonríe. Y ahí va de nuevo su estómago. Está muy contenta de haberse comprado las botas. Se recuerda a sí misma que se las vendió una mujer que jugaba al squash por Inglaterra. Ese pensamiento la sostiene mientras cruza la sala.

La primera parte es fácil: cómo quiere el café, algo para comer, son maravillosas las vistas al King's College, cuántas bicicletas, ha venido él en bici hoy, no, entonces has venido en autobús (chiste sobre si lo conducía él), dejan claro que él vive cerca de Ely.

Después, silencio. Ella remueve su café. Él mira su taza vacía. Ella piensa que debería resultar más fácil; se está acercando a los cincuenta y él parece de unos cincuenta y cinco. Le parece muy injusto que ahora, cuando deberían haber dejado todo eso atrás, los adolescentes que llevan dentro hayan decidido despertar, estirarse y decir: «Dios, ¡esto es MUY bochornoso!».

«Joder, tranquilízate, mujer». Piensa en el fox terrier al que tanto quiere. ¿Y no había dicho una de las personas que habían enviado referencias a la señora B que ella sabía hacer que la gente se sintiera cómoda? Quizá sí sepa. A ella incluida.

—¿Eso es acento escocés? —dice haciendo un intento.

—Supongo que el nombre de Euan también me delata. —Levanta los ojos y está sonriendo de nuevo—. Mi familia es originaria de Aberdeen, pero nos mudamos cuando yo tenía siete años y me crie en el valle de Wye, no muy lejos de Hay-on-Wye. ¿Has estado allí alguna vez?

—No, pero siempre he querido. —Esto se va volviendo más fácil. Y desea de verdad hacer la siguiente pregunta; no solo está tratando de mantener una conversación educada—. He leído sobre la feria del libro de allí. ¿Has estado?

«Por favor, por favor, por favor, di que te gustan los libros».

—Solía echar una mano allí cuando era un chaval, encargado del aparcamiento…

«Sí, pero ¿te gustan los libros?».

—… y ahora vuelvo casi todos los años. Es una buena ocasión para ponerte al día con los viejos amigos y… —Ve que la taza de café de ella está ya vacía—. ¿Quieres otro?

—Sí, por favor. —Pero lo único que está pensando es: «¿Vas por los libros o por los amigos?».

Llama a la camarera y pide más café y té. Cuando la vuelve a mirar, ella sabe que tiene una mirada expectante. Se imagina que tiene la misma expresión que luce Decius en su cara cuando está esperando que ella le haya llevado las galletas de pollo.

—¿De qué hablábamos? Ah, de la feria. Es un incentivo estupendo para la ciudad, con música en vivo y puestos de comida y bebida. Es un poco como una fiesta. A alguna gente no le gusta y alquilan sus casas y se van… —Hace una pausa cuando llega una chica joven para limpiarles la mesa. Él le pasa las tazas vacías—. Sí, hay algunos que se van a las montañas, pero a mí me gusta. Pero es que siempre me han encantado los libros. En el colegio me torturaban por eso, pero bueno. —Se encoge de hombros y añade—: Aunque mi padre siempre me salvaba, ya sabes. Me consentía. Quizá se sintiera culpable. —Euan sonríe—. Al fin y al cabo, él era el causante. Tenía una librería.

Janice se imagina a sí misma poniéndose de pie, inclinándose por encima de la mesa y colocando las manos a cada lado del espléndido rostro de este hombre para atraerlo hacia ella y besarle en toda la boca. Pero, en lugar de ello, le pregunta qué le gusta leer.

La siguiente hora pasa volando y el café se funde con el almuerzo. Descubre que a él le gusta Hemingway pero que le cuesta más Fitzgerald, porque escribe bien pero ¿son creíbles sus historias? Ella casi le cuenta que colecciona historias. Casi, pero no lo hace. Descubre que ahora está leyendo muchas cosas de un escritor mexicano y ella piensa en Annie y en sus macetas. Con el pudin, pues por supuesto que los dos debían tomarlo, están hablando de si es mejor ser un autor bueno y prolífico o escribir algo de una belleza excepcional como *Matar a un ruiseñor.*

Después, piden café y la fluidez se interrumpe. Él se mira el reloj. Sí, tiene un poco más de tiempo. Ella va al baño. Cuando vuelve a la mesa, es como si volvieran a sentir la presión de la vida normal y ella se da cuenta de que está sentada aquí con alguien medio desconocido. Sabe muy poco de él. De repente, es muy consciente de su propia edad, de su cuerpo, de sus manos, que son como las manos de una asistenta. Y ahora, ha vuelto su adolescente interior para acercarse con una silla y comentar: «Sí..., pero ¿qué digo ahora?».

Se da cuenta de que la conversación de los libros les ha proporcionado un terreno compartido, una isla sobre la que pasearse tranquilos en compañía del otro. Pero no pueden quedarse ahí para siempre. Y, ahora, ella no sabe adónde ir. Se siente varada y sabe que si le hace más preguntas sobre libros solo va a acentuar esta sensación.

—He dejado a mi marido.

¿Por qué ha dicho eso? ¿En qué estaba pensando? Es como si hubiese saltado desde su isla y se hubiese zambullido en agua congelada.

—Ah..., vale..., ¿estás bien?

Ve que él no tiene ni idea de qué decir al respecto. ¿Por qué iba a hacerlo? Lo único que han dejado claro es que iban a verse como dos amigos para tomar el té, o para almorzar, como ha terminado siendo. Ella nota cómo él se está debatiendo por dentro y le resulta doloroso verlo. ¿Puede preguntar? ¿Debería preguntar? ¿Le importará a ella? Al final, levanta los ojos y hace lo mismo que hizo ella la primera vez que se vieron: recurre a la seguridad de hablar de cualquier cosa.

—¿Y tú? ¿Dónde te criaste?

Ella se relaja; esto sí puede hacerlo. O parte.

—Me crie en Northampton; nos mudamos al Reino Unido cuando tenía siete años.

Él asiente, reconociendo la pequeña y compartida similitud de sus historias, la misma edad que cuando él se mudó a Hay-on-Wye.

—Nací en Tanzania, pero nos mudamos a Durham cuando mi padre consiguió su plaza de profesor en el Departamento de Arqueología de la Universidad de Durham. Se interesaron mucho por su trabajo en la Garganta de Olduvai.

—He leído sobre eso. ¿No es el emplazamiento de uno de los registros más antiguos de la humanidad?

Ella asiente mientras piensa que su amor por aquel lugar, más que sus clases en Durham, era el núcleo de la historia de su padre.

—Pero ¿terminaste en Northampton?

Janice mira por la ventana, hacia algún punto mucho más allá de las bicicletas y los edificios.

—Mi padre murió cuando yo tenía diez años; tenía cáncer de páncreas. —Y añade—: Fue muy rápido. —Nunca sabe si eso fue algo bueno o malo. Vuelve a mirar a Euan. Se alegra de que no haya dicho el típico y automático «Lo siento». Ella es consciente de que lo siente por los dos.

—Nos mudamos a Northampton porque mi madre decidió que quería que nos quedáramos en el Reino Unido y tiene allí una hermana.

—¿Sigue viviendo allí?

—No, murió hará unos quince años.

Ahora sí que dice:

—Lo siento.

Esa se la perdona. Ella no lo siente. Sabe que es terrible decir eso y que le acarrea una montaña de culpabilidad. Por suerte, ya había levantado unos cimientos, un enorme lecho de roca a base de culpa sobre los que colocarla.

Se da cuenta de que, mientras que su anterior conversación

la han mantenido a un volumen normal, ahora parecen estar hablando en voz baja. Había creído que podría hacer esto, pero no puede.

—¿Tienes hermanos? —pregunta él.

—Tengo una hermana —consigue responder, pero ahora quiere marcharse. Esto no tiene sentido. Nunca va a funcionar. Se pone de pie y, un segundo después, él hace lo mismo. Casi levanta una mano hacia ella, como si fuese a ¿qué? ¿A impedir que se marche? ¿A cogerla de la mano? Pero, entonces, deja caer la mano a un lado. Ella solo puede mirarle, pero en esa mirada puede ver que él frunce el ceño y está preocupado.

—Tengo que irme —dice ella mientras se gira para coger su bolso del respaldo de la silla.

—Oye, Janice. —Y ahora sí que extiende la mano. No la toca, pero deja la mano suspendida en algún punto entre los dos—. ¿Podemos empezar de nuevo? No tenemos por qué hablar de las familias. Podríamos hablar de libros. Podemos ceñirnos a eso.

Ella piensa en la isla en la que se habían encontrado hecha a base de libros y desea más que nada regresar a ella. Para su sorpresa, termina diciendo:

—Colecciono historias. No me refiero a historias de libros, aunque tengo algunas también, sino más bien a historias de la gente. De gente normal. —No sabe cómo explicarlo mejor.

—Yo colecciono conversaciones. —Parece avergonzado, como si hubiese comprado un paquete de galletas en un supermercado para un puesto de galletas caseras—. No son historias reales como tal. Solo cosas que oigo y que me hacen pensar o reír… —Su voz se apaga.

Vuelve a intentarlo:

—Podríamos hablar de libros e intercambiar historias… Bueno, las mías…, en realidad, no son…

Suspira, agotado, como un hombre que ha subido a la cima del Snowdon.

Mientras se aleja, Janice no puede evitar preguntarse cuál es la historia de Euan. Espera que se la cuente la próxima vez que se vean. Sin embargo, si lo hace, sabe que no sería un trato justo, porque ella nunca le va a contar la suya.

25

Leer entre líneas

La señora B está sentada en la mesa de roble junto a un hombre pequeño y rechoncho. Tiene la cara arrugada como una manzana que hubiesen dejado demasiado tiempo en el frutero. Viste ropa sencilla y, si Janice tuviese que adivinar cuál había sido su profesión, diría que procede de un muy largo linaje de fontaneros.

—Este es Mycroft —anuncia la señora B a Janice a la vez que le hace una señal para que se una a ellos—. Y esta es Janice —dice inclinando la cabeza hacia ella.

El hombre pequeño se pone de pie de un salto. Es sorprendentemente brioso para su edad. Extiende una mano hacia Janice.

—Fred, por favor. No es necesario lo otro. Soy Fred Spink. Encantadísimo de conocerte, Janice.

No dice: «He oído hablar mucho de ti», pero flota en silencio en el aire y Janice está segura de que estaban hablando de ella justo antes de que entrara. No puede evitar preguntarse qué le habrá contado la señora B.

La señora B interrumpe sus pensamientos.

—Tonterías, Fred. Para mí siempre serás Mycroft.

Con una sacudida, Janice se da cuenta de que la señora B está flirteando. Qué increíblemente frívolo por su parte.

Mycroft se ríe y se pone colorado, pareciéndose cada vez más a una manzana.

—Oye, pórtate bien, Rosie. ¿O quieres que le cuente a Janice lo de aquella vez en Madagascar?

¡¿Rosie?! Janice acerca una silla a la mesa. Desearía que hubiera algo de vino en la casa. Le encantaría oír lo de «aquella vez en Madagascar» mientras toma una copa o dos. Pero, por supuesto, no hay vino. El recuerdo del vino perdido vuelve mucho más serio su estado de ánimo, como también el siguiente comentario de Mycroft.

—Bueno, antes de que nos desviemos, sugiero que afrontemos el asunto que nos ocupa. —Se acerca unos papeles que hay sobre la mesa y se pone unas gafas de montura plateada—. He hablado con Stanley durante un buen rato y he leído toda la documentación que me has enviado, Rosie.

Janice no puede evitarlo. Vuelve a distraerse. Intenta imaginarse llamando «Rosie» a la señora B, pero no lo consigue. Nunca ha pensado que tuviera un nombre de pila y, desde luego, no un nombre de chica tan joven. Si se hubiese visto obligada a elegir un nombre, se habría decantado por algo como Drusilla o Medusa. ¿Era esa la mujer con las serpientes en el pelo? Pero ¿Rosie? Rosie no es una mujer que mate a un hombre.

—Janice, ¿nos podrías honrar con tu atención? ¿Sería pedir demasiado? —La señora B vuelve a reprenderla.

Mycroft continúa.

—También he conseguido ver la documentación que tiene la facultad y podríamos decir... —En ese momento, dirige su mirada hacia el otro extremo de la habitación—. Puede que haya tenido la suerte de ver un poco la correspondencia por correo electrónico entre las partes interesadas. —Parece aún más vago que hace unos segundos.

—Así que has accedido a su sistema —observa la señora B,

y empieza a mecer alegremente sus pies adelante y atrás por debajo de la mesa.

—Ah, eso es algo que queda muy lejos de mi competencia y puedo negar con vehemencia esa conclusión en caso de que alguien la sugiriera —contesta Mycroft mirando por encima de sus gafas y moviendo la cabeza de un lado a otro para mirarlas a las dos.

Los pies de la señora B se siguen balanceando.

—Pero conoces a un hombre que sí puede hacerlo.

—Una vez más, estás sugiriendo algo que queda más allá de mis posibilidades. Al fin y al cabo, no soy más que un funcionario jubilado que vive tranquilamente con su mujer en Sevenoaks. Lo más emocionante que hago últimamente es asistir a la reunión mensual de la sociedad ornitológica de nuestro pueblo. ¿Sabías que hace poco hemos visto una curruca de los desiertos en Sheerness que se ha desviado de su trayectoria migratoria?

Pero la señora B no se deja engañar.

—¿Y qué decían esos correos?

—Sí, ¿tiene alguna copia que podamos leer? —pregunta Janice.

Al unísono, las cabeza de la señora B y de Mycroft se giran bruscamente para mirar a Janice.

Mycroft extiende una mano para acariciar la de ella.

—Querida mía, nunca dejes nada por escrito. —Niega con la cabeza mirándola con gesto de suave reprobación—. Os haré un resumen. Los datos principales son estos: Augustus, en calidad de presidente de un fondo de enseñanza puesto en marcha por su bisabuelo, hizo una donación sustanciosa en nombre de la institución a la facultad durante su época aquí como rector. —Hace una pausa y mira a Janice—. No sé si sabes, Janice, que los ingresos de la familia de Augustus venían de la importación y distribución de licores y otras bebidas alcohólicas. Una empresa muy lucrativa, especialmente a finales del siglo XVIII. Sin embargo, el bisabuelo de Augustus sufrió un episodio de conversión cuando fue arrestado, sin duda, como testigo inocente… —En este momento, Mycroft vuelve a dirigir la mirada hacia las vigas del otro extremo de la habitación— durante lo que se conoció como el Escándalo de Cleveland Street. La policía hizo una redada en un burdel masculino y arrestó a varios hombres muy bien relacionados, entre los que tengo entendido que se incluía un duque. El bisabuelo de Augustus no fue nunca acusado de ningún delito, pero su nombre fue pronunciándose por los clubes de Londres. Fue entonces cuando puso en marcha una campaña muy pública contra las causas de conductas viciosas, en particular, los estragos del alcohol…

—Augustus siempre decía que pasó a la historia como el más imbécil de sus antepasados —le interrumpe la señora B—. No por sus gustos, sino por atacar el negocio mismo sobre el que se había levantado su riqueza.

—¿Qué pasó? —quiere saber Janice.

—Invirtió una enorme cantidad de dinero en un fondo de enseñanza —continúa Mycroft—. Al principio, se destinó a la promoción de una forma de vida abstemia, pero, con el tiempo, se fue relajando e incluyó muchas otras formas de enseñanza. Por suerte para la familia, el bisabuelo de Augustus murió poco después por una apoplejía, y de esa forma se garantizó que no se desviaría más dinero de la familia.

—¿Y cuánto le dio el fondo a la facultad?

Es la señora B la que responde a Janice.

—Cuarenta millones de libras, más o menos.

—¡Vaya! —exclama Janice.

Mycroft se inclina hacia delante y junta las puntas de sus dedos.

—Y aquí es donde Augustus mostró su destreza como diplomático y negociador. —Se gira hacia la señora B—. Desde luego, fue un hombre extraordinario, querida.

—Lo sé, Fred —responde la señora B en voz baja.

Mycroft tose y retoma la historia.

—En las condiciones de la donación no se hace ninguna referencia expresa a esta propiedad...

Nunca dejes nada por escrito. Janice aprende rápido.

—Sin embargo, ciertas expresiones sugieren que había, digamos, determinados compromisos. Leyendo entre líneas, parece que la facultad estaba más que dispuesta a contemplarlos en vista de la gran dimensión del capital donado y esas «condiciones» no les dejaban con los bolsillos vacíos. La documentación hace referencia a otro regalo, un regalo personal o, yo más bien diría, un préstamo. Con él, Augustus concedía a la facultad el ingreso de un total de dos millones de libras que colocó en otro fondo fiduciario. Hay una implicación evidente, aunque hay que decir que no explícita, de que el ingreso que la facultad recibiría recompensaría el hecho de que se permitiera a Rosie vivir aquí hasta el final de su vida. Se redactó en la época en que a Augustus le fue dado su último diagnóstico de cáncer, cuando supo que esta vez era terminal.

—Su marido se estaba asegurando de que usted pudiera seguir aquí —concluye Janice.

La señora B asiente. Está claro que no puede decir nada.

Janice mira a Mycroft.

—Entonces ¿no hay duda de que ella puede quedarse? —Se da cuenta de que le cuesta saber cómo llamar a la señora B delante de su amigo. Hasta ahora ha optado por no llamarla de ninguna forma, salvo algún que otro «ella». Lo de «señora B» le resulta inapropiado y la idea de llamarla «Rosie» le parece absurda. Se pregunta cuánto tiempo va a poder seguir así.

Mycroft está de nuevo con la mirada fija en el techo.

—Es una cuestión de atenerse a las estipulaciones del acuerdo. Según esas condiciones, no hay duda de que puede quedarse, pero, si se marchara de manera voluntaria o porque no está en condiciones de vivir aquí, los dos millones dc libras volverían al patrimonio de Augustus. Y esa parte del patrimonio se ha dado en herencia a su hijo Tiberius.

—¿Tiberius quiere quedarse con los dos millones de libras?

—Janice empieza a entender la referencia que Tiberius hizo al dinero. Pero ¿no había dicho que no era por el dinero?—. ¿Quiere el dinero para crear aquí una especie de legado de su padre?

Mycroft jamás ha sentido más fascinación por las vigas del techo.

—Ah, desde luego, eso es lo que desearía que la facultad creyera. Y la facultad está encantada de aceptarlo. Al fin y al cabo, les gustaría recuperar este edificio además de conseguir la inversión sugerida que Tiberius ha indicado... Sin embargo... —Y sus palabras se quedan flotando en el aire.

La señora B las recoge y las lanza sobre la mesa.

—Sin embargo, has averiguado que Tiberius no tiene ninguna intención de dar el dinero a la facultad y que el plan que ha diseñado no es más que una fachada para conseguir su apoyo.

Él sonríe con cierta tristeza a la mujer de su viejo amigo.

—Creo que hay un dicho popular que dice: «Tú puedes pensar eso, pero yo no puedo confirmarlo».

Janice no puede verle los ojos por culpa de la luz del sol de la tarde que se refleja en las lentes de sus gafas.

Los tres permanecen con la espalda apoyada en sus sillas.

—¿Y qué hacemos? —pregunta Mycroft mirando a la señora B, que se ha vuelto a quedar en silencio. Se pregunta cómo le estará afectando la traición de su hijo. ¿Lo sabía? ¿Lo había adivinado? Así que todas esas cosas que había oído a escondidas sobre el edificio eran mentira. O puede que su hijo se alegrara de que la facultad recuperara el edificio, aunque no su dinero. ¿Y qué cree él que va a hacer su madre? Desde luego, no se mudaría a vivir con ellos, eso es seguro.

Mycroft continúa.

—La información que me ha dado Stanley indica que Tiberius está alentando a la facultad a recopilar información que demuestre que no solo estás enferma, sino que eres un peligro para ti misma y para la propiedad de la facultad en la que te alojas por tu adicción al alcohol. De este modo, espera conseguir que te obliguen a marcharte.

La señora B los mira a los dos y niega con la cabeza.

—Sé que para ti puedo parecer una mujer muy tonta por querer quedarme aquí...

—En absoluto, querida. —Mycroft se quita las gafas y se frota los ojos.

—Probablemente creas que mi hijo tiene derecho a ese dinero...

—Rosie, permite que te interrumpa. Recuerda que yo fui uno de los albaceas testamentarios de Augustus. Los dos sabemos que Tiberius salió muy bien parado.

—Sí, pero siempre ha tenido gustos muy caros... —Hace una pausa y mira los estantes de libros alrededor de la habitación. Parece estar buscando algo—. Es que, a medida que pasa el tiempo, extraño a Augustus cada vez más en lugar de menos, y aquí fuimos tan felices y estuvimos tan cómodos que a veces siento como si lo viera. Cuando me siento enfrente de este viejo sillón casi puedo imaginar que sigue a mi lado y me da miedo que si me voy de esta casa lo perderé.

Janice ve que una lágrima va recorriéndole lentamente la fina piel de su mejilla. En ese momento, toma la decisión. Si esto es una guerra, sabe de qué lado está. Al fin y al cabo, Stan ya es un agente doble; va a tener un buen compañero. Solo deberá ser cuidadosa. Intenta no pensar en Decius. Le gustaría poder decirse a sí misma que solo es un perro, pero sabe que eso no va a pasar.

—¿Qué puedo hacer yo para ayudar? —pregunta izando su bandera.

Mycroft mira a su vieja amiga y extiende su mano izquierda. Agarra la mano de la señora B. Con la otra, se acerca un cuaderno, coge un bolígrafo y escribe unas palabras en él. Se lo pasa a Janice.

—Para poner en marcha nuestra estrategia legal, sugiero que nos inspiremos en este libro. Imagino que podrás encontrar un ejemplar en esta biblioteca.

Janice ha organizado ya más de dos terceras partes de los

libros de la señora B y está segura de que no hay libros de Derecho en su colección. Mira el papel y frunce el ceño al ver el título que hay escrito. Se enciende una luz. De forma impulsiva, extiende una mano, acaricia el hombro de la señora B y dice:

—Esto le va a gustar. —Se alegra al ver una sombra del viejo espíritu en sus ojos cuando la señora B la mira.

No va a decirle nada más a la señora B hasta que suba las escaleras hasta la galería de arriba y encuentre lo que está buscando. Sabe exactamente dónde está; lo colocó ella misma allí entre *Barnaby Rudge* y *David Copperfield*. Regresa con el ejemplar con tapa de cuero de *Casa desolada*, de Charles Dickens, y se lo da a Mycroft. No puede resistirse a señalar:

—Jarndyce contra Jarndyce, según creo.

La mirada aguda de la señora B pasa como un fogonazo de la cara de Janice a la de Mycroft y empieza mecer los pies adelante y atrás.

—Así que va a ser así, ¿no? Espero que no me arruines, Mycroft.

—No, al contrario que los abogados de *Casa desolada*, que pasaron tantos años batallando por la fortuna de Jarndyce que, al final del caso, ya no quedaba nada, yo dedicaré mi tiempo gratis.

—Ah, pero no puedes hacer eso, Fred. Sabes que a Augustus jamás le habría gustado.

—Sé que le habría angustiado que fuera necesario utilizar una táctica de demora contra su propio hijo. Sin embargo, sí creo que le habría gustado la perspectiva de que yo llevara la defensa de la parte contraria a un viaje tan retorcido que ya no sepan si vienen o si van. Oh, sí, eso le habría gustado.

Janice piensa que posiblemente la señora B esté llorando otra vez, pero también sonríe.

—¿Cree que habría algún modo de recuperar el vino? —pregunta Janice.

—Siento decir que creo que ese es un caso perdido. Será mejor que no hagamos nada, por nimio que sea, que sirva a sus argumentos de que Rosie es una anciana enferma adicta al alcohol. —Mycroft busca en el bolsillo de su chaqueta y saca su cartera—. Sin embargo, eso no quiere decir que no podamos pensar en otras formas de afrontar esto. Janice, me pregunto si te importaría ir hasta la tienda de vinos que he visto a la vuelta de la esquina para que así podamos brindar por nuestra nueva alianza. Normalmente no soy un hombre que sienta verdadera ira, pero cuando me he enterado de que Tiberius se ha llevado el valioso vino de Rosie y Augustus, y mi mujer te lo puede confirmar, me he puesto como una verdadera fiera.

Janice se acerca al armario que está junto al fregadero para coger lo que necesita.

—¿Un cubo? —pregunta Mycroft.

—Bueno, no es necesario que nadie más en la facultad sepa lo que estamos tramando, ¿y quién se entretiene en mirar lo que una asistenta de mediana edad lleva en un cubo?

—Ya te hemos convertido en una espía —afirma la señora B mientras Janice se dirige a la puerta.

26

El príncipe extranjero

Mycroft se niega firmemente a tomar una segunda copa de vino.

—Para mí solo una, gracias. Tengo que conducir y Elsie se va a preocupar si no salgo pronto.

Un poco después, le pregunta a Janice si tiene la amabilidad de mostrarle el camino de vuelta al aparcamiento para visitantes. Ella nota que hay algo más en esa petición, y no se equivoca.

—Espero que no te importe que hable contigo aparte, Janice. Solo quería darte las gracias por cuidar de Rosie. No es tan fuerte como quiere hacernos creer. Aquí tienes mis datos por si me necesitas. —Al decir esto, saca una pequeña tarjeta blanca. Janice casi esperaba ver «Spink e hijo, Fontanería. Fundada en 1910». Pero, en lugar de eso, solo ve un número de teléfono impreso, nada más. Ah, nunca dejes nada por escrito. Cuando coge la tarjeta, se da cuenta de que está teniendo el mismo problema con Mycroft que antes con la señora B. No se atreve a decir «Mycroft» ni «Fred» y, sin embargo, «señor Spink» le parece absurdo, así que evita llamarle de ningún modo.

»Lo más triste, Janice, es que esto le está provocando a Rosie una angustia innecesaria, cuando lo mejor sería que Tiberius y la facultad aguardaran unos años más a recuperar su dinero y su edificio. Espero que Rosie viva otros cinco años o más, pero debemos ser realistas con estas cosas. Teniendo eso en cuenta, también me he asegurado de que mi hijo Andrew, del que me enorgullece decir que ha seguido mis pasos en la abogacía, esté completamente al tanto de lo que pasa. Él está dispuesto a ocuparse del caso de... llamémoslo... Jarndyce contra Jarndyce, por si yo falleciera. Le tenía mucho cariño a Augustus y está en deuda con él por sacarle de cierto problema en Mongolia relacionado con un cerdo y un camello robado. Travesuras de juventud, por supuesto, pero las autoridades no lo veían de la misma forma.

Janice, la coleccionista de historias, se pregunta si podrá convencer a Mycroft de que algún día le cuente la historia de su hijo.

Mycroft abre la puerta de su coche. Al dejar caer su rollizo cuerpo sobre el asiento, la mira.

—Creo que lo que más me molesta de todo esto es ver que una mujer tan fuerte puede ser víctima de acoso y mentiras solo porque está vieja. Y no puedo expresar con palabras cuánto me apena que sea su propio hijo quien lo hace. —Niega con la cabeza y cierra la puerta. A Janice se le ocurre pensar que, al menos, sus problemas con Simon tienen su causa en la distancia que ha surgido entre ellos más que en la aversión o en el engaño.

Cuando pasa junto a la conserjería a la vuelta, observa que Stan está ahí de nuevo. Le lanza un guiño cómplice al pasar. Al volver la esquina hacia el patio mira su teléfono y ve que no había oído la notificación de cuatro mensajes de texto de Mike. Se suman a los otros ocho que ha recibido antes. El tono varía desde el cariñoso («Hola cariño porfa escribe t echo d menos») al de cierto fastidio («Tengo q vert esto no está bn») y al exigente («necesito el coche ya!!!»). Le sorprende que no le haya escrito: «q hay de cena?». Aparte de contarle a Mike que está bien y que se está quedando en casa de una amiga, no ha respondido a ninguno de sus mensajes. Ya pensará luego en el coche. Se siente malvada al habérselo quitado, pero ha tenido que apañárselas sin él tanto tiempo que cree que no le vendrá mal hacerle saber qué se siente al tener que esperar un autobús bajo la lluvia. Hay dos cosas para las que ha sacado tiempo con respecto a Mike: llamar al banco para asegurarse de que no hay posibilidad de que él pueda dejar un descubierto en sus cuentas y tratar de ponerse en contacto con la sociedad de crédito donde tienen la hipoteca. Con esto ha tenido menos éxito porque la información de contacto de la página web no deja de desviarla a la página de preguntas frecuentes, en lugar de dejar un número de teléfono o un correo electrónico al que poder dirigirse. Quiere asegurarse de que Mike no puede rehipotecar su casa... otra vez.

También ha recibido un mensaje de Euan y han quedado en que se verán para tomar algo la noche siguiente en un pub junto al río. Cuando vio su mensaje sintió que el pánico la invadía, pero no dejó de decirse a sí misma que si se ceñían a los libros y las historias todo iría bien. Parece estar funcionando, porque está deseando que llegue el momento.

Cuando vuelve a casa de la señora B la encuentra esperándola expectante junto a la estufa. Ha servido otra copa de vino para las dos y Janice se resigna a dejar su coche esa noche y volver en autobús. Se pregunta si Euan hará alguna vez el último turno.

—¿Estás preparada para el siguiente episodio de la historia de Becky? —pregunta la señora B acomodándose en su sillón.

—¿Aparece el príncipe extranjero por la izquierda del escenario?

—Eso mismo.

—Señora B, antes de empezar, ¿se encuentra bien?

—Así que ahora vuelvo a ser la señora B, ¿no? Me he dado cuenta de que no te has dirigido a mí de ninguna forma cuando estaba aquí Mycroft.

—Había pensado en probar con «Rosie».

La señora B no hace caso y toma un sorbo de vino, pero Janice puede ver el delatador tic del músculo de su cara.

—En fin, dejamos a Becky disfrutando de las delicias de París, que, a pesar de la guerra, pues era el año 1917, seguía siendo un lugar muy agradable si se tenían dinero y contactos, y Becky tenía de los dos en abundancia. Estamos comiendo con ella en el hotel Crillon, con vistas a la plaza de la Concordia. Me la imagino jugueteando con un trozo de langosta mientras mira hacia la plaza, donde un siglo antes o así mandaron a María Antonieta a la guillotina y la libraron del peso de sus problemas mundanos.

—Vaya, señora B, se está poniendo usted bastante lírica —dice Janice a la vez que coge su vino.

—Es por haber pasado tanto tiempo en compañía de Sherezade.

Ahora le toca a Janice contener una sonrisa.

—Becky está en su mesa con un viejo amigo que quiere presentarle a alguien. Como sabes, había ciertas reglas en su mundo y esto ocurría también en lo concerniente al protocolo que rodeaba a las presentaciones. Un nuevo «pretendiente», llamémoslo así, necesitaba de un tercero para hacer el primer acercamiento. Así que el amigo de Becky hizo las presentaciones; su acompañante era un joven de veintipocos años, aunque nadie podría culpar a Becky por pensar que era aún más joven. Un chico atractivo, esbelto y tímido. El príncipe extranjero.

—¿De dónde era? ¿Es posible que yo haya oído hablar de él?

—Ya llegaremos a eso. Se sentó a su lado y empezaron a conversar. El francés no era un idioma que a él le gustara especialmente pero se manejaba con él razonablemente bien. Su alemán era mejor. Tras un ligero almuerzo, siguió lo que el príncipe describiría como «tres días de dicha». Salieron por la tarde al aletargado y frondoso campo, lejos de la guerra. Cenaron juntos en Montmartre, fueron al cine y, cada mañana, salieron a montar con los caballos del establo de Becky por el Bois de Boulogne. Cuando vieron que los clubes nocturnos del centro de París cerraban temprano debido a la guerra, fueron en manada con muchos otros a fiestas de casas remotas a las afueras de París, donde podían beber y bailar durante toda la noche. Y, por supuesto, no debemos olvidarnos del *cinq à sept*.

—Entonces ¿el príncipe había ocupado ahora el papel de «hombre importante»?

La señora B asiente.

—¿Y quién podría culpar a Becky? No solo era joven y atractivo, era un príncipe, y tremendamente rico. Y llegamos aquí a otra de las reglas de *la courtisane*: un príncipe no pagaría con nada tan sórdido como dinero en efectivo por los servicios que Becky le proporcionaba. Sin embargo, había otras compensaciones. Prestigio, por supuesto, y un príncipe podía regalar joyas o vestidos; podía enviarle flores o un tarro de un perfume caro. Y podría escribir a «*Mon bébé*», como hizo este príncipe, declarando su amor, llenando las páginas de palabras de cariño. A cambio, Becky le enviaba bombones que sabía que le gustaban y literatura erótica, que terminaría siendo de gran agrado para él. Pero me estoy adelantando. Nos encontramos todavía en París, la pareja ha pasado tres maravillosos días juntos y ahora ha llegado el momento de que el príncipe retome sus obligaciones.

—¿Adónde fue? Ha dicho que hablaba bien alemán.

—Veo que te estás imaginando a un joven pariente del káiser Guillermo, con sus negras botas alemanas levantadas sobre el sofá del hotel Crillon. En parte, no te equivocarías. Eran parientes. El padre del príncipe, el rey, era primo del káiser. El príncipe de nuestra historia es el príncipe de Gales.

—¿Se refiere a Eduardo? ¿Al Eduardo de la señora Simpson?

La señora B asiente y parece de lo más encantada consigo misma.

—¿Está de broma?

La señora B se limita a sonreírle y Janice se acuerda de Decius cuando él le trae un palo especialmente grande.

—Supongo que, cuando ha dicho que era «extranjero», me había imaginado que podría ser egipcio, como su anterior amante.

—¿Es que un inglés no puede ser extranjero? Me sorprendes. —La señora B la mira con una peluda ceja levantada.

—Por el amor de Dios, usted sabe que nunca voy a pensar eso. Quizá me fui de Tanzania cuando era muy pequeña pero sigo acordándome de los extranjeros, los ingleses que visitaban las excavaciones con mi padre.

—Así que eres de Tanzania y tu padre era arqueólogo. ¿La garganta de Olduvai, quizá?

Janice no se puede creer que haya caído en la trampa de la señora B. Una prueba más de que no se debe subestimar a una exespía con una licenciatura de primer nivel con matrícula de honor que en una ocasión mató a un hombre..., por muy anciana que sea.

—Es usted una tramposa, señora B —dice en voz alta—. Sabía que me causaría problemas la primera vez que la vi con aquel ridículo quimono púrpura.

La señora B le sonríe como si acabara de hacerle el mayor de los cumplidos.

—En fin, ¿quieres saber más sobre Eduardo y Becky?

—No hace falta que le conteste —responde Janice mientras sirve lo que queda de vino para las dos—. Ni siquiera sabía que tuviera otras amantes. Aunque supongo que debió de tenerlas, pero solo se ha sabido lo de la señora Simpson.

—Eduardo era lo que podría llamarse un talento tardío. Unos años antes de que conociera a Becky le habían enviado una temporada con una familia a Francia. Creo que la idea era que le introdujeran en un mundo más sofisticado, si es que se puede describir así. Me temo que vieron que Eduardo era una compañía muy aburrida: se acostaba temprano y su único interés real era el deporte: tenis, polo, hípica, navegar y golf. Los planes para atraerle al mundo del vino, las mujeres y la música fracasaron estrepitosamente, como los intentos de la familia por introducirlo en una sociedad más culta. Lo cierto era que las comidas con la flor y nata le resultaban tremendamente aburridas y prefería mucho más dar patadas a un balón en un campo o una pista.

»Sin embargo, al conocer a Becky, se vio con una mujer abierta que estaba dispuesta a hacerse cargo del príncipe. Eso fue lo que hizo y el resultado fue bastante notable. Eduardo decidió que le gustaban las mujeres, tanto incluso como el deporte, y empezó a recuperar el tiempo perdido. Su entusiasmo por el sexo opuesto no fue siempre del mejor gusto. No mostraba interés por aquellas a las que describía como «más feas que un demonio» y muchos de sus comentarios sobre las mujeres eran tan humillantes como ofensivos. Sin embargo, cuando conocía a una chica que le parecía atractiva podía mostrarse encantador y atento. Curiosamente, muchas de las que le conocieron decían que tenía una forma de prestarles atención que podía resultar de lo más aduladora. Las que le conocieron mejor vieron que, en realidad, rara vez recordaba el príncipe gran cosa de esos encuentros.

»Aun así, no hay duda de que su almuerzo con Becky le causó una tremenda impresión. Era inmaduro emocionalmente y, en comparación con Becky, claro, era un novato en el sexo. Así que quizá no sorprenda que se enamorara de ella hasta las trancas. Creo que es acertado decir que ella fue su primera pasión de verdad. Resulta interesante que más tarde frecuentara a mujeres muy dominantes, pidiéndoles incluso que le propinaran «una buena paliza». Quién sabe si quizá Becky, con su personaje de dominatriz, fue la que echó a rodar esa bola de nieve, por así decir.

—¿Está segura de que todo esto es verdad, señora B? Me cuesta creerlo.

—Es una historia que muchos historiadores han documentado. Yo solo te la estoy presentando con sus mejores galas.

Janice asiente. Lo puede entender. Ella misma se está convirtiendo en contadora de historias, además de coleccionista.

—¿Se hace una idea con todo esto de cómo era Eduardo en realidad? —Janice se siente fascinada por la aparición del nuevo personaje de la historia.

—En esta época, probablemente sería de lo más atractivo:

un chico joven, con sus veintitrés años, tímido y bastante agradable. Cuando se convirtió en el Eduardo adulto, creo que se verían en él bastantes cosas como para pasar a ser el malo de cualquier historia. Era egoísta, vanidoso y avaricioso. Más tarde, durante la abdicación, llegó a mentir en cuanto a su patrimonio en un intento por hacer que el país financiara su nueva vida. Podía ser petulante y rencoroso con personas que se le ponían en contra. También era tremendamente testarudo. Se decía de él que, aunque tenía el aspecto de una gacela, se parecía más a un cerdo. Ni siquiera sus mejores amigos lo habrían descrito como un hombre inteligente y, como estoy segura que ya sabes, más tarde mostró un interés muy poco sano por el fascismo que estaba surgiendo en Alemania e Italia. El racismo y el sexismo se convirtieron en sus mejores amistades. Tanto su cortesano con mayor experiencia como su primer ministro dirían que creían que sería un desastre como rey. Y así quedó demostrado. Pero, como en cualquier personaje malvado, siempre existe otra cara.

—¿Y cuál es esa otra cara?

—Creo que lo mejor será que te cuente una historia. Durante la Primera Guerra Mundial, el papel de Eduardo fue principalmente administrativo y de apoyo moral. La mayor parte de su trabajo le resultaba increíblemente tediosa y, como veremos más adelante, aprovechó cualquier oportunidad para escaparse a París o adonde fuera que Becky estuviera. Sin embargo, la mañana de esta historia en particular, él debía ir a visitar a unos soldados que habían resultado heridos en la batalla. En el hospital había hombres que habían sufrido lesiones espantosas, la pérdida de algún miembro o de la vista y otros que habían sufrido horripilantes heridas en la cara. Cuando Eduardo estaba recorriendo los pabellones, un comentario sin importancia de uno de los médicos evidenció que a Eduardo solo le estaban mostrando algunos de los pacientes. Los que tenían las heridas más horrendas en la cara estaban ocultos. Eduardo insistió en ver a esos hombres y cuando llegó hasta uno que apenas le miraba, un hombre al que costaba reconocer como ser humano, se inclinó hacia él y le besó en lo que le quedaba de mejilla.

De repente, Janice tiene que parpadear para ahuyentar las lágrimas. La señora B la mira con atención.

—Exacto —es lo único que dice. Tras una pausa, añade—: Sé que te gustan las historias que muestran cómo, dentro de la normalidad, a menudo se encuentra un talento, bondad y coraje enormes. Tienes que reconocer que hay algunas historias que nos dan esperanza en que nuestros malvados se pueden redimir. A mí me gusta aferrarme a ese pensamiento.

Janice se pregunta si estará pensando en su hijo. Mientras observa el rostro de su amiga, y es que de repente se da cuenta de que la señora B es su amiga, puede ver la tristeza que está grabada en sus arrugas.

—Siempre que no espere que vuelva con mi marido y lo redima. Eso nunca va a pasar. —Dice esto para hacer sonreír a la señora B, y lo consigue, y también porque es verdad.

La señora B se endereza en su sillón.

—Bueno, volvamos a Becky y su nuevo «hombre importante». El tiempo que podían lo pasaban juntos y era sabido por todos que Becky era la «mantenida» del príncipe de Gales, lo que se conoce como su amante. Cuando se le obligó a estar con el rey y la reina durante su visita a Francia, él siguió encontrando tiempo para acercarse a Deauville, donde ahora se alojaba Becky, y regresaba al amanecer. Si se encontraba más lejos, le escribía cartas repletas de expresiones de bebé y cariño y de indiscreciones, con críticas al rey e información relativa a la guerra.

La señora B hace un gesto de negación.

—Como ya he dicho, Eduardo nunca fue el más inteligente de los hombres.

—A pesar de sus virtudes redentoras.

—Eso es. Y todo siguió de esta forma hasta que Eduardo, que en realidad estaba en el umbral de su sexualidad, descubrió a otra mujer. Esta vez se trataba de una mujer inglesa a la que conoció en Londres y que estaba casada con un miembro del Parlamento británico. Las cartas tan mal escritas, egocéntricas e indiscretas iban ahora destinadas a ella y Becky era, para él, cosa del pasado. Viajó a París tras la declaración de paz y, esta vez, no visitó a Becky, que estaba de nuevo viviendo allí. No hizo ningún intento por ponerse en contacto con ella ni por poner fin a su relación como cualquier caballero haría. No la trató conforme a las reglas de *la courtisane*.

—La trató como a una asistenta.

—Exactamente. Y fue un error, pues como tú y yo sabemos, Becky era una mujer con un temperamento tremendo. —La señora B sofoca un bostezo—. Y ahí vamos a dejar a Becky por ahora, destrozando su apartamento, tirando sus piezas de porcelana de Sèvres contra las paredes y rasgando el camisón de seda que Eduardo le había regalado.

—Pero sin romper las cartas de Eduardo.

La señora B suelta un pequeño bufido.

—Por supuesto que no, pues Becky era tan astuta como tonto era Eduardo.

Luego, mientras Janice se acerca a ver su coche antes de tomar el autobús, piensa en la necesidad de la señora B de redimir a los malos. Odia reconocerlo, pero es una mujer muy vieja. ¿De verdad quiere terminar sus días llevándose a matar con su hijo? Janice puede creer que la señora B es capaz de perdonar a Tiberius por haber mentido y conspirar para quedarse con el dinero, pero ¿llevarse su valioso vino para dar a entender que es una borracha y hacer todo esto, según él, por su padre, el hombre al que ella adoraba? A Janice le cuesta pasar eso por alto. No puede imaginarse a Tiberius besando a un hombre al que le hayan volado media cara. Pero es evidente que la señora B tiene esperanzas en la redención de sus villanos.

¿Y qué es lo que quiere ella? No tiene ni idea. Lo que le ha dicho la señora B sobre los extranjeros le recuerda a la época en la que se sintió como una extraña en Inglaterra. Algunos recuerdos son más dolorosos que otros. Pero ¿ahora? Lleva casi treinta años viviendo en Cambridge o en sus alrededores y, aunque no se siente fuera de lugar por el sitio donde está, hay veces en las que sí se siente una extranjera en su propia vida.

Está tratando de desenredar este pensamiento mientras llega a la calle donde tiene aparcado el coche. Necesita comprobar si debe comprar otro vale de aparcamiento. Mira adonde estaba su coche aparcado, pero solo hay un hueco. El coche ha desaparecido. Entonces, lo ve. Está al final de la calle, alejándose, y la parte de atrás de la cabeza del conductor es inconfundible: Mike.

27

Una copa es el prólogo de una historia

Janice llega tarde a su encuentro con Euan, y no sus cinco minutos de «llegar tarde para no parecer demasiado ansiosa», sino toda una media hora de retraso. El tipo de retraso que deja claro que «Parece que me ha dejado plantado. ¿Qué me había creído?». Sin el coche, ha tenido que valerse del autobús y se ha equivocado con los horarios.

Él la está esperando en una mesa junto a la chimenea, pero se levanta rápidamente al verla. Una vez presentadas las disculpas (por parte de ella) y después del «No te preocupes, la culpa es del conductor del autobús» (por parte de él) y de que hayan pedido la bebida (él), se sientan. El fuego le da calor después de haber tenido que correr desde la parada de autobús y, una vez más, Janice puede sentir cómo su adolescente interior gime y se empieza a despertar. «Ay, Dios mío..., qué bochorno» Esta vez, cuenta con un arma. Saca un libro del bolso y, al hacerlo, golpea a su yo adolescente en el lateral de la cabeza, y se lo pasa a Euan.

—Dijiste que no habías leído esto, así que te he sacado un ejemplar cuando he ido a la biblioteca.

—Gracias, es genial.

A ella le ha parecido un movimiento audaz por su parte y

espera que compense el retraso. La ineludible conclusión es: sí, he estado pensando en ti; me he molestado en traerte algo que he considerado que te podría gustar; y es un libro de biblioteca, así que tendremos que vernos de nuevo para que me lo devuelvas. Espera no haberse pasado, pero Euan parece encantado. Mientras hablan de libros basados en la Segunda Guerra Mundial, que es donde se sitúa la novela, nota que él da golpecitos y caricias a la cubierta. Ella no puede evitar preguntarse qué sentiría si fuera ese libro.

Mientras piden más copas, deciden compartir una bandeja de carnes y quesos. Así que no es vegetariano. Nunca se sabe con estos amantes de la naturaleza que escalan montañas.

—¿Has sido alguna vez profesor de geografía?

Piensa que quizá se ha bebido la primera copa de vino demasiado rápido.

Él se ríe.

—Esa no me la esperaba. —Está sonriendo mientras responde—: ¿Es que necesito ser profesor de geografía o te recuerdo a algún profesor al que siempre odiaste?

Janice da un gran trago a su vino; ahora no hay forma de escapar de ahí.

—Es solo que, la primera vez que te vi en el autobús, pensé que parecías un profesor de geografía.

Él se está riendo ahora y moviendo la cabeza.

—Me gustan los profesores de geografía —añade ella.

Esto le hace reír aún más.

—¿Cómo? ¿Todos? —La mira y parece tomar una decisión—. Dijiste que coleccionas historias de personas. ¿Te gustaría oír una mía?

—¿Cuántas tienes? —Vuelve a su personaje de coleccionista de historias. Una persona, una historia.

—Diría que unas… cuatro. Aunque me gustaría que fuesen cinco.

¿Qué quiere decir? No puede tener tantas; eso es incumplir las normas. Entonces, le vienen dos pensamientos a la cabeza:

para empezar ¿por qué necesita esas normas? Y, en cuanto a la historia número cinco, ¿es posible que tenga algo que ver con ella?

—Bueno, a ver, ¿cuántas se me permiten? ¿No tiene todo el mundo más de una historia?

Ella no puede pensar con claridad. Una persona, una historia. Esa es la norma. Pero ¿por qué? ¿Es para así poder organizar las historias en su cabeza? ¿Es para mantener a raya el pánico? Pero ahora que ha dejado a Mike ¿sigue el pánico ahí? La respuesta es que sí, que a veces, pero no todo el rato. Sí, cuando piensa en que Geordie volverá pronto. Sí, cuando la señora B le clava un dedo huesudo en un punto débil. Sí, cuando piensa en su hermana. Pero ¿aquí, en este pub, con este hombre?

—Puedes tener tantas historias como quieras. —Al pronunciar en voz alta este rebelde pensamiento, oye cómo regresa la hermana Bernadette, de la que lleva un tiempo sin oír sus susurros. «Como has sido buena, pide otra, Janice». ¿Otra qué? ¿Copa? Desde luego que no. La hermana Bernadette era muy clara con respecto a los males del alcohol. ¿Otra historia? Y este sí que es un pensamiento revolucionario. En lugar de ser la mujer sin historia, o con la historia que no quiere contar, ¿quizá podría escribirse una historia nueva?

Mira a Euan, que está expectante. No tiene ni idea de qué es lo que ha desencadenado.

—Ah, ya veo lo que pretendes. Crees que, si permaneces callada el tiempo suficiente, te las contaré todas. Buen intento. No las vas a conseguir todas a la vez. Podrás tener la que está más cercana al hecho de que yo sea profesor de geografía, ya que parece que sientes debilidad por ellos. Es buena, creo yo, en cierto modo. Sin un final triste.

—Entonces ¿tienes alguna con final triste? —Sabe que no debería preguntar, pero no puede contenerse.

—Una —responde brevemente. A continuación, da un trago a su pinta. Es como si estuviese esperando, pensando. Parece que ha tomado una decisión. Mirando todavía su copa, dice—:

Sí que tengo una historia triste. Quizá algún día te la cuente. La considero una de mis cuatro. —Levanta los ojos hacia ella—. O quizá cinco, porque es una parte importante de mí. Pero he tenido otras cosas en mi vida, cosas que han pasado... —Se detiene, coge el vaso con la mano y le da vueltas despacio. Toma aire y la mira—. Antes era timonel de un barco de salvamento, por la costa de Irlanda. Nuestra familia siempre se había dedicado a la pesca hasta que mi padre, en fin, necesitaba un cambio, así que nos mudamos. Pero después de acabar los estudios terminé viviendo en Irlanda y volví a los barcos. Primero fui voluntario del Instituto Real de Salvamento Marítimo y, después, conseguí un puesto de timonel en uno de los barcos de salvamento más grandes. Me encantaba. Por muchas cosas: la luz, el mar, el tamaño mismo de las olas y los horizontes. Y tuve estupendos compañeros. Pero este día llegó una tormenta, literalmente apareció de la nada. Por supuesto, la habíamos localizado, pero giró y cambió de dirección. Habíamos salido en busca de un yate que estaba teniendo problemas. Bueno, al final lo encontramos y... —Se detiene en mitad de la frase—. La cuestión es que rescatamos a los padres y a la hija pequeña, pero perdimos al muchacho, al hijo. Y algo cambió dentro de mí. Sabía que todos habíamos hecho lo que habíamos podido. Supongo que esa muerte solo fue la gota que colmó el vaso. Cuando desembarcamos, me fui. Eso fue hace dieciocho años. Desde entonces, no he vuelto al mar.

Janice observa cómo Euan inclina su pinta de un lado a otro muy despacio, dejando que el líquido se balancee dentro del vaso. Piensa en las historias que colecciona y en que normalmente le encanta que haya algo inesperado. Pero en esta hay demasiado dolor. ¿No ha diseñado ella sus reglas y categorías para levantar un muro defensivo contra el dolor? Pero sería una locura pensar que se puede evitar. Janice no puede guardarla en los recovecos más profundos de su biblioteca y tener solamente historias con finales felices.

Él levanta los ojos y la mira con una media sonrisa.

—Oye, sé que, en realidad, no nos conocemos. Normalmente, no le cuento a la gente estas cosas, pero, ya que hablamos de historias, quería contártela porque no voy a guardar esta como una de mis historias. Eso no quiere decir que no piense en ello. Es solo que quiero poder decidir al respecto. No sé si tiene mucho sentido.

—¿Crees que puedes elegir tu historia? —Janice lo pregunta por Adam y también porque necesita saber que hay esperanza.

—Joder, eso espero. Y, de todos modos, en mi caso son historias, no solo una, recuerda. Y, oye, a mí me gusta ser conductor de autobús. Aunque soy el idiota más exigente en lo que respecta a la seguridad. Algunos de los demás conductores me llaman «Checkpoint Charlie».

Euan va a la barra a por más bebidas y ella se queda mirándole la espalda, tratando de imaginarle en el mar, al mando de un barco, cuidando de la tripulación. Le resulta fácil imaginarlo, pero no termina de saber por qué. Pasan varios pensamientos sueltos mientras lo mira. ¿Por qué era su padre el que le salvaba? ¿Dónde estaba su madre? ¿Y cuál es la historia triste que se guarda? Intenta también imaginárselo de niño, rebuscando en la librería de su padre.

Euan vuelve a la mesa y parece dispuesto a dejar atrás la melancolía, así que ella sonríe como muestra de solidaridad con él mientras se sienta.

—Vale, y ahora puedes oír una de mis historias, la que se acerca más a lo de ser profesor de geografía. —Hace una pausa melodramática—. Soy el conductor de autobús viajero.

Ahora las carcajadas de ella son auténticas.

—¿No viajan todos los conductores de autobús?

—No de esta forma. Yo nunca he dado clases de geografía, pero sí me gustan los mapas y me gusta ir a sitios a los que no he ido nunca. Sobre todo a los que descubro en los libros que me gustan. Bueno, puede que esto no lo sepas, pero hay escasez de conductores de autobús en todo el país. Y, si llevas conduciendo tanto tiempo como yo, es bastante fácil que te contrate una empresa que envía conductores cuando las compañías de autobús necesitan cubrir un puesto sobre la marcha. A mí me gusta pensar que son superhéroes conductores y viajeros, pero sin mallas. —Sonríe—. Así que suelo echar un ojo a ese tipo de trabajos y, cuando encuentro uno en alguna zona que me guste, monto mi bicicleta en el tren y allá que me voy. La empresa me aloja en un pub o en una pensión y, cuando no estoy conduciendo, salgo con la bicicleta o de paseo. También voy a visitar lugares de la zona sobre los que he leído. Hace unas semanas estuve en Brecon Beacons; el verano pasado estuve en Northumberland, explorando el Muro de Adriano. —Da otro sorbo a su vaso—. ¿Te parece bien como historia? ¿Cumple los requisitos?

—Es una historia estupenda. —Janice lo dice de verdad. Sin pensar, pregunta—: ¿Y haces todo eso solo? Me refiero a si estás casado... o algo... —La adolescente que lleva dentro ha vuelto con ganas de venganza, probablemente por el golpe en la cabeza. «¡Ay, Dios! Va a saber que estoy interesada..., qué vergüenza..., se va a creer que quiero casarme con él». No ayuda que la hermana Bernadette también haya vuelto y le susurre: «Pero tú sí, ¿no, Janice?» Piensa en la señora B emergiendo entre el vapor del salón de té ruso. ¿Es este un «momento perfecto» como aquel? No puede ser. Aquel parecía muy romántico; este es simplemente incómodo.

Él le sonríe como si compartiera parte de lo que ella está pensando y Janice se bebe casi toda su nueva copa de vino.

—No, nunca me he casado. Pero eso tiene que ver con otra historia. Por ahora, solo vas a tener una. Te contaré otra la próxima vez que nos veamos.

Ahora está pensando en Sherezade, que te seduce con la promesa de otra historia. Si la señora B estuviese aquí, Janice sabe que estaría soltando bufidos de risa.

—Venga. Te he contado una mía. Cuéntame tú tu historia. —Él está sonriendo, sin ser consciente de lo que ha hecho.

Ella baja la mirada a sus manos y se da cuenta de que tiene los dedos fuertemente entrelazados, como si al sujetar con una mano la otra con fuerza pudiera evitar caerse. Pero no hay aquí nada de bueno. ¿Qué se había creído? A pesar de que tiene las uñas clavadas en la piel, se está resbalando.

Las palabras de él se acercan y la agarran cuando cae.

—Janice, lo siento. Oye, no tienes por qué contarme tu historia. Háblame solo de alguna de los otros, alguna de las historias que has recopilado. ¿Podrías hacerlo?

Ella mira el libro sobre la mesa y eso hace que recupere la compostura. Revisa su biblioteca. Tiene varias historias que comienzan en la Segunda Guerra Mundial. Espera que a Euan no le importe que le cuente la historia como si la estuviese leyendo en un gran libro de cuentos, igual que hace con la señora B, pues sabe que así se calmará.

Empieza.

—Esta es la historia de un italiano que descubrió el secreto de cómo quitar las manchas de moho en todo. —Y añade—: Es una historia que a cualquier buena asistenta le gustaría. —Dice esto para tranquilizarle (y también a sí misma) de que todo ha vuelto a su cauce. Son la asistenta y el conductor de autobús tomando una copa y hablando de libros y de historias.

»Durante la Segunda Guerra Mundial, al italiano lo enviaron a luchar a África, pero no era muy buen soldado; antes de la guerra había sido aprendiz de carpintero y eso se le había dado mucho mejor. Lo capturaron enseguida y lo llevaron a Inglaterra, a un campo de prisioneros de guerra en el Distrito de los Lagos. De ahí, lo mandaron a trabajar en granjas locales y en los bosques de alrededor. Sentía que había sido infiel al país que había dejado atrás, pero la verdad era que le gustaba el campo donde ahora estaba viviendo. Le encantaban las colinas camaleónicas que cambiaban de color con el sol y los bosques que susurraban con el viento. Y le gustaba la gente a la que había conocido: los granjeros, aldeanos, tenderos e incluso los guardias de la prisión. Y él les gustaba a ellos. Era del tipo de hombres que siempre caen bien. También entabló amistad con los demás prisioneros italianos, algunos de los cuales, al igual que él, se sintieron en casa en un momento en el que habían creído que estaban perdidos.

»Sin embargo, la gente a la que más gustó eran las personas que no podían verle. Los niños. Por supuesto, le miraban pasar de camino al colegio y también subiendo por las colinas entre las ovejas. Pero nunca le veían cuando estaba preparando los regalos que dejaba para ellos en el bosque. Nunca supieron que era él la persona que tallaba animales para ellos a partir de viejos tocones y troncos de árboles. Lo único que veían eran los tejones, zorros y conejos que aparecían, como por arte de magia, para jugar con ellos en el bosque.

»Cuando terminó la guerra, el hombre que dirigía el campamento se acercó al italiano y le pidió que ayudara a los que querían quedarse en Inglaterra para que encontraran trabajo. Para entonces, ya conocía a la mayoría de la gente que podría ofrecer trabajo a esos hombres y se había ganado la confianza tanto de los italianos como de los ingleses. Así que eso fue lo que hizo, y se le daba bien. Demasiado bien, como terminó resultando. Tras varias semanas, había ocupado todos los puestos libres con todos los italianos disponibles. Pero se había olvidado de una cosa: no había buscado un trabajo para él mismo. El italiano no quería dejar lo que ahora consideraba su hogar, así que buscaba cada día en el periódico algo que fuera capaz de hacer. Al final, vio un anuncio en el que buscaban candidatos para el puesto de vendedor de Cleenyzee. Él no sabía nada sobre limpieza ni había oído hablar nunca de la nueva gama de productos de limpieza Cleenyzee, pero solicitó el puesto y le dieron el trabajo. Enseguida aprendió a quitar las manchas pegajosas de la base de una plancha y el mejor modo de quitar el moho de cualquier sitio. Aprendía rápido.

»Lo que más le gustaba al italiano sobre su trabajo era que podía viajar por el campo que tanto amaba, hablando con las personas que tanto le gustaban. La mayoría de sus clientes le preguntaban si quería pasar a tomar una taza de té, sobre todo aquellos que estaban solos y llevaban varios días seguidos sin recibir visitas. El italiano estaba encantado de ir a verlos y también de hacerles recados, y sus casas jamás habían estado tan limpias. Una anciana a la que visitó estaba demasiado débil como para poder usar los magníficos productos de Cleenyzee que le había comprado, así que él le hizo una demostración y, a la vez, le limpió toda la casa. A la semana siguiente, regresó y le volvió a hacer la demostración. A la semana siguiente le enseñó cómo volver a colgar un riel de cortina que se había caído. Y, a la siguiente, le hizo una demostración de cómo arreglar un tejado con goteras.

»Cuando la anciana murió, le dejó su casa y sus tierras al italiano y ahí es donde vivió hasta que cumplió los ochenta y cinco años y murió también. La gente de la zona siempre decía que la casa del italiano era la más limpia del valle.

Janice mira a su alrededor. Se siente un poco desconcertada al verse sentada en un pub. Y le sorprende aún más que Euan haya dejado de acariciar el libro de la biblioteca y esté ahora agarrándole la mano.

28

Nunca dejes nada por escrito

Janice está en el desván con Fiona mirando sus reformas de la casa de muñecas.

—Bueno, ¿qué te parece? —pregunta Fiona.

—Creo que es maravilloso…, pero ¿por qué…?

—¿Por qué una tienda de quesos?

Janice asiente. «Jebediah Jury. Funeraria» ya no está y en el nuevo letrero pone «Fiona Jury:». Hay después un espacio en blanco donde antes decía «Funeraria» en letras con pintura dorada.

—Siempre he querido tener una tienda de quesos, desde que vi una absolutamente maravillosa en Bath, cuando John y yo fuimos a pasar allí un fin de semana.

En el local de abajo, donde antes había ataúdes, ahora hay aparadores y mesas llenas de diminutos quesos enteros y cuñas. Sobre una pequeña mesa hay una minúscula caja registradora y un par de básculas de color dorado.

—Aún no he decidido si voy a diversificar con fiambres y posiblemente tartas. Por eso he dejado el letrero en blanco. Estaba pensando llamarla quizá «Fiona Jury: Delicatessen». ¿Qué opinas?

—Podrías poner mesas y sillas fuera para servir café y pasteles —sugiere Janice mientras se imagina mesas rojas y blancas colocadas junto al escaparate.

—Buena idea —responde Fiona asomándose al interior de la tienda.

—¿Y el nombre? —pregunta Janice—. Supongo que no es fácil imaginarse a un hombre llamado Jebediah preparando un par de cafés con leche y unos brownies acompañándolos.

—Exacto —dice Fiona a la vez que apoya la espalda en la silla y mira a Janice—. Este es mi negocio. Lo llevará una mujer. Una mujer que va a encontrar el modo de dirigirlo sola.

Antes de que Janice pueda sonreír o llorar, no está segura, las interrumpen Adam y Decius, que entran apresuradamente en la habitación.

—Bueno, ¿vas a salir o no? —Decius da vueltas al lado de Adam. Podría ser todo un perro circense. Janice se lo imagina manteniendo el equilibrio sobre sus dos patas montado en una pelota. Después, Decius la mira y su expresión, como siempre, lo dice todo: «Ni se te ocurra ir por ahí».

Muy bien.

Janice opta por preguntarle a Adam:

—¿Te gustan los cambios que ha hecho tu madre en la casa de muñecas?

Adam la mira como si estuviese loca.

—Supongo que sí —contesta, pero ella se da cuenta de que han entrado en territorio de *Los asesinatos de Midsomer.* Cosas del tipo: «¿Cómo es posible que te guste eso?».

Janice sonríe para sí y va detrás de ellos hacia las escaleras.

—También se me ha ocurrido una idea con respecto a Adam —dice Fiona justo antes de que salgan del desván—. Te la cuento luego si tengo oportunidad, cuando él no esté.

Janice sabe que hay una cosa que le quiere decir también a Fiona. Quiere contarle que su amigo Euan, el conductor de autobús viajero, podría unirse a ellos en sus paseos. Quiere que Euan conozca a Decius. Se pregunta cómo saldrá ese encuentro.

Luego, cuando Janice está entrando en casa de la señora B, recuerda que ni ella ni Fiona han tenido tiempo de contarse sus planes.

La señora B está en su sillón de siempre y parece de buen ánimo.

—¿Alguna noticia de Mycroft? —pregunta Janice a la vez que saca una botella de ginebra Hendricks y tres de tónica de su cubo. No ha cogido vino porque, sin la ayuda de Mycroft para aconsejarla, no estaba segura de cuál comprar. Sin embargo, sí que recordaba haber visto en una ocasión una botella de Hendricks en una bandeja con unos vasos en uno de los estantes.

—Como creo que ya te dije una vez, eres una asistenta «excepcional» —sentencia la señora B al ver la ginebra—. Tienes que decirme cuánto te debo.

—¿No sería mejor decir una «mujer» excepcional? —pregunta Janice mientras coloca las botellas en la bandeja. Como la señora B no muerde el anzuelo, repite—: ¿Mycroft?

La señora B se frota las manos.

—Sí, tengo noticias. ¿Nos tomamos un gin-tonic mientras lo hablamos?

—¿Un chocolate caliente antes? —sugiere Janice como solución intermedia. No está segura de si sus normas de limpieza le permiten beber tan temprano.

—Si insistes.

Mientras Janice va a la cocina, se pregunta qué habría de malo en tomarse un gin-tonic con la señora B a las dos de la tarde. La verdad es que nada en absoluto. Desde que Euan desafió su norma de recopilación de historias de «una persona, una historia», se sorprende poniendo en cuestión más cosas que anteriormente consideraba inamovibles.

—¿Y bien? ¿Mycroft? —pregunta Janice de nuevo mientras pasa a la señora B su chocolate caliente y coge una bayeta.

—¿Tú no te tomas otro? —pregunta la señora B mirando al viejo sillón de su marido.

—Quizá en un rato. —¿Cómo puede decirle que debe mantener algo de profesionalidad en todo esto? Necesita sentir que se está ganando el sueldo. El regreso de Geordie se acerca, su saldo bancario es bajo y todavía no ha podido hablar con nadie de la entidad de crédito sobre la hipoteca.

La señora B resopla pero, un rato después, continúa:

—Mycroft se decanta por un ataque por dos frentes. Se ha puesto en contacto con el comité que supervisa la parte residencial de los inmuebles de la facultad y me ha asegurado que les ha proporcionado una lista de cuestiones legales que les mantendrá ocupados hasta Navidad. Dice que incluso ha citado una cláusula de un decreto de la época de Enrique VIII. —Los pies de la señora B empiezan a mecerse adelante y atrás—. No me sorprendería nada que se hubiese inventado ese decreto. Desde luego, tiene un sentido del humor de lo más retorcido.

Janice no puede resistirse a preguntar inocentemente:

—¿Como aquella vez que los dos estaban en Madagascar?

La señora B resopla sobre su chocolate caliente.

—Ah, tendrás que esforzarte más. Como te decía, Mycroft está probando también otro enfoque. Parece que es miembro del mismo club que el actual rector. Han estado hablando de su interés compartido por la ornitología mientras tomaban unas cuantas botellas de Chateau Margaux. —La señora B levanta la vista hacia las vigas—. Augustus siempre decía que uno de los puntos fuertes de Mycroft era que nunca se le veía venir. —Vuelve a mirar a Janice y se ríe entre dientes.

Una vez que Janice ha terminado de limpiar, acepta el ofrecimiento de la señora B de tomarse un gin-tonic y se sienta en el sillón enfrente de ella.

—Vamos ya. Becky y las cartas. ¿Qué hizo después?

—Escribió una carta al príncipe. Pero tenemos que recordar

que era una mujer con un temperamento tremendo... —La señora B se desvía—. ¿Sabes que una vez golpeó a uno de sus amantes con una fusta en público? Al parecer, era un hombre apacible, pero aquello fue demasiado, incluso para él. La dejó en el restaurante, se metió en su coche y se negó a dejarla subir. Becky se limitó a abrir la puerta del conductor, sacó a rastras al pobre chófer contra la gravilla, se metió y llevó a su amante a casa. ¡Menuda mujer!

La señora B da un sorbo a su gin-tonic.

—Te puedes imaginar el tipo de carta que le escribió al príncipe de Gales. No solo la había dejado sin decirle una palabra, sino que no había actuado como un caballero al no proporcionarle alguna recompensa. Imagino que cuando abrió aquella carta temió que el papel que sostenía en sus manos pudiera prenderse fuego. Ella le recordó su anterior correspondencia, algunas de las expresiones que había usado y sus comentarios con respecto al rey, entre otras cosas.

—Apuesto a que ella deseaba haberle visto la cara cuando lo leyera.

—Desde luego que sí. El príncipe de Gales no tenía ahora más remedio que acudir a sus consejeros. Incluso se rumoreó que consultó a sir Basil, de la División Especial. Se hablaba de «la mujer de París» en voz baja y a puerta cerrada en París, Londres y Windsor. Cuando le preguntaron por las cartas, Eduardo confesó que «ella no ha quemado ninguna» y que creía que era de las de «o cien mil libras o nada». Todas sus empalagosas expresiones de bebé quedaron olvidadas y empezó a llamar a Becky «Eso».

—Como si a ella le importara mucho —interviene Janice.

—Estoy de acuerdo —asiente la señora B—. En la siguiente cuestión debo decir que discrepo de algunos historiadores. Algunos aseguran que Becky estaba planteándose sobornar al príncipe. Sin embargo, yo no creo que lo contemplara en serio. Era una mujer rica y había ganado su dinero gracias al patrocinio de hombres ricos. Me cuesta pensar que pusiera en peligro sus futuros ingresos con un acto como ese que, de hacerse público, ahuyentaría a otros hombres. No iba a matar a la gallina, o mejor dicho, al gallo de los huevos de oro, si es que no es una metáfora demasiado retorcida.

—¿Cree que ella solo buscaba venganza?

—Sí, yo creo que quería hacerle sufrir por no haber jugado conforme a las reglas. Desde luego, no creo que lo hiciera porque estuviera molesta por la ruptura. Sospecho que nunca estuvo muy unida a Eduardo; él solo era un medio para alcanzar un objetivo.

—¿Y qué pasó después?

—Ah, esto te va a gustar..., o puede que no...

Janice levanta una ceja hacia la señora B, que continúa:

—Nuestra Becky se casó. Eligió a un hombre rico...

—Por supuesto.

—... un oficial de las Fuerzas Aéreas cuyo padre era director del hotel Crillon y también de unos exclusivos almacenes.

—Espero que le hicieran descuentos por ser familiar —interviene Janice.

—Fue una elección poco apropiada y Becky sabía que no duraría. Los gustos de su marido se decantaban por la literatura, alguna ópera de vez en cuando, y noches tranquilas en casa. Y los de Becky...

—No.

—¿Puedes a dejar de interrumpirme y servirme otra copa? —espeta la señora B.

Sonriendo, Janice obedece.

—Ese matrimonio proporcionó a Becky tres cosas que deseaba: un apellido de casada respetable, dinero y la posibilidad de traer a su hija a París.

Janice levanta la vista con la copa a medio servir.

—Entonces ¡la llevó con ella!

—Bueno, durante un tiempo.

Janice ve que la señora B la está observando con una expresión de preocupación.

—Ay, no me lo diga. ¿También dejó que la atropellaran?

La señora B sonríe con cierta tristeza.

—No. Al poco tiempo descubrió que no estaba hecha para la maternidad ni para el matrimonio. Se divorció de su marido, que se marchó a Japón, dejando para Becky un acuerdo económico muy ventajoso. Y envió a su hija a estudiar a Inglaterra.

—Ah. —Janice no está segura de qué pensar de esto. ¿No es lo que Mike y ella hicieron con Simon?

—¿Envió usted a Tiberius a estudiar fuera? —pregunta.

—Por supuesto. Fue al mismo colegio al que había ido su padre.

—¿Qué edad tenía?

—Ocho años.

Janice nota cómo la anciana se pone en tensión a su lado.

—¿Lo desapruebas, Janice? Hicimos lo que era mejor para nuestro hijo. Era un colegio con un historial académico excelente y fue la mejor opción para él.

Janice se pregunta a quién está tratando de convencer la señora B.

—Puede que no asistiera al instituto público, como seguro que hizo tu hijo, pero creíamos que hacíamos lo mejor para él.

La rabia de la señora B es evidente. Pero, por otro lado, también la de ella.

—¿Cree que porque soy pobre y asistenta no querría lo mejor para mi hijo? Pues resulta que nuestro hijo Simon se fue a los doce años a estudiar a un colegio parecido. ¿Por qué narices cree que empecé a limpiar? Aun con una beca, hizo falta hasta el último penique que gané. —Deja el vaso sobre la mesa con un golpe—. Pero, al menos, puedo admitir que no estoy segura de que fuera la elección correcta. No me aferro a la idea de que porque su padre fuese allí antes que él debía ser lo correcto. —Y, como ahora está enfadada, no puede evitar rematar—: Y, al menos, yo no llamé a mi hijo Tiberius. ¿Tiene idea de lo crueles que pueden ser los niños?

Hay un absoluto silencio.

Se alarga cada vez más y Janice no se atreve a moverse por si el sillón de piel chirría.

La señora B tose.

—Sus mejores amigos se llamaban Algernon y Euripides.

Y Janice no puede evitarlo. Se ríe.

—Lo siento, señora B.

—¿Qué sientes? ¿Que pusiéramos a nuestros hijos unos nombres tan ridículos? —No espera a que responda—. No, soy yo la que debería disculparse. Supongo que habrás adivinado que la educación de Tiberius es un tema sensible para mí. No siempre he creído que Augustus y yo le dedicáramos tiempo suficiente. Creo que he tratado de convencerme a mí misma de que fue consecuencia de nuestra vida nómada, cambiando de un país a otro. Pero lo cierto es que Augustus y yo nos sentíamos completos estando el uno en compañía del otro y ahora me doy cuenta de que debió de ser duro para nuestro hijo.

—¿Alguna vez lo ha hablado con él? —pregunta Janice.

—No. ¿Has hablado tú con...? Creo que has dicho que tu hijo se llama... Simon.

Janice niega con la cabeza.

—Ah, pues menudo par estamos hechas, ¿no? —La señora B extiende una mano y da una palmada a Janice en el brazo.

Esa noche, Janice decide ir caminando hasta la casa de Geordie. No está muy lejos y quiere tener tiempo para pensar. ¿Hicieron lo correcto con Simon? Cae en la cuenta de que ni siquiera le ha contado todavía que ha dejado a su padre. Tuvieron una muy breve conversación de «Hola, ¿qué tal estás?» durante el fin de semana, pero la llamada se interrumpió de pronto cuando llegaron unos amigos al piso de Simon.

Marca su número.

—Hola, mamá. ¿Qué tal?

—Bien. ¿Tienes cinco minutos?

—Sí. ¿Qué pasa?

Puede oír el tono de preocupación en su voz. ¿Por dónde empieza? Quizá la suya no sea la familia perfecta pero, al menos, antes era capaz de tranquilizarse diciéndose que seguían estando juntos. Que eran una casa a la que él podía regresar si alguna vez lo necesitaba, cosa que no ha ocurrido, por supuesto.

—¿Mamá?

—He dejado a tu padre.

Silencio.

—¿Simon? ¿Me has oído?

—Lo solucionaréis. Siempre lo hacéis.

¿Está tratando de animarla a volver? Siente que necesita ser sincera con su hijo... por una vez.

—No, no vamos a solucionarlo. O, más bien, yo no lo voy a hacer. Le he dejado y no pienso volver.

Hay otro largo silencio y piensa que quizá Simon ha colgado. Entonces, le oye soltar un largo suspiro.

—Bueno, lo único que puedo decir es... ¡Ya era hora, joder!

—¿Qué? —Apenas puede creer lo que está oyendo.

—Ya me has oído, mamá. —Hace una pausa—. ¿Tienes idea de lo que ha sido ver cómo te ha tratado durante todos estos años? ¿No crees que no sé quién es quien siempre hace el esfuerzo y lo arregla todo? Y lo siento, mamá. Sé que debería haberte apoyado más y haber estado más en contacto, pero, joder, estaba muy enfadado contigo por soportarlo.

—¿De verdad? —Sabe que su tono es de incredulidad, pero también de esperanza.

—¡Sí! Pero creía que no había nada que yo pudiera decir. Él te trataba como una mierda y yo quería que le hicieras frente. Y, al final, no pude seguir presenciándolo.

—Ay, Dios, Simon. Lo siento.

—Dios mío, mamá, tú no tienes por qué disculparte. Has sido estupenda. Yo solo quería que te dieras cuenta. No podía soportar contemplar cómo él te convencía de que su forma de interpretarlo todo era la correcta. Por eso rara vez voy a visitarle. No quiero ver cómo tira de mí hacia su puto mundo de locura.

—¿Puedo hacerte una pregunta?

—Lo que sea, mamá. Lo que quieras.

—¿Nos odiaste por enviarte a estudiar fuera? ¿Me culpaste por permitir que eso pasara?

—Dios, no. Me gustó mucho el colegio. Vale, fue duro al principio, por ser un niño becado y todo eso. Pero me dio espacio para averiguar quién era yo. Sigo teniendo una gran amistad con gente que conocí allí y cuando estaba en el colegio hacía deporte a todas horas, que era lo único que yo quería a esa edad.

Ella no puede creer lo que está oyendo. ¿Por qué no se lo ha preguntado antes? Se siente más ligera, como diez años más joven.

—¿Ves posible que quedemos a comer en algún momento, si voy a Londres? —A pesar de la sensación de alivio, sigue siendo cautelosa, tanteando el terreno.

—Claro, mamá. Me encantaría. Pero ¿estás bien? ¿Dónde estás viviendo? ¿Sigues en la casa?

—Ahora mismo le estoy cuidando la casa a un amigo.

Simon desconfía. Parece que conoce a su padre.

—No puede vaciar las cuentas, ¿verdad? Ni aumentar las deudas.

Ella no le cuenta que ya lo ha hecho. Pero le tranquiliza diciéndole que se ha asegurado hace años de que su nombre desaparezca de las tarjetas de crédito que tenían juntos.

—¿Y la hipoteca?

No puede evitar admirar la atención de su hijo por los detalles.

—Estoy tratando de ponerme en contacto con la sociedad de crédito hipotecario para que él no pueda sacar dinero de la hipoteca, pero parece que no consigo dar con nadie.

Oye cómo Simon se ríe al otro lado del teléfono.

—¿Qué? ¿Qué pasa? —Ella misma también siente que sonríe, pero no tiene ni idea del motivo.

—¿Tú sabes a qué me dedico, mamá?

—La verdad es que no —odia tener que admitirlo—. ¿Algo relacionado con el distrito financiero?

—Trabajo para la FCA, el organismo regulador de servicios financieros. Oye, no voy a poder hablar de tu caso en concreto, aunque probablemente logre examinar el contrato en el que se basa tu hipoteca. Pero si me das el nombre de la sociedad de crédito, buscaré el teléfono de alguien a quien dirigirte. Y podrás decir que llamas de mi parte. ¿Te serviría de ayuda?

—Sí. —De repente, siente que no está sola.

—Y, mamá…

—¿Sí?

—Ven pronto a verme, ¿de acuerdo?

Cuando pone fin a la llamada se pregunta si alguna vez la señora B se sentirá como ella ahora mismo, tras una conversación con Tiberius. En cierto modo, lo duda.

29

Las voces silenciosas

El coche no está en la entrada cuando llega a la casa y alberga la esperanza de que Mike haya salido. Ha tenido muy pocas noticias de él desde que se llevó el coche, solo unos cuantos mensajes de texto. Uno («t dije q necesitaba coche») y luego otro, bien entrada la noche («Había dejado de creer en el amor, pero después de ver tu sonrisa vuelvo a creer. Te quiero, pienso en ti, te echo de menos»). Se lo puede imaginar borracho, cortando y pegando esas frases de internet. Los signos de puntuación le delatan. A la mañana siguiente, Mike vuelve a sus viejas costumbres: «no encuent plancha». Creyó haberle visto pasar con el coche junto a la casa de Geordie la noche anterior, pero luego piensa que se lo debió de imaginar. Al fin y al cabo, mucha gente lleva coches ranchera viejos y ella nunca le ha dicho dónde se está alojando.

La casa está en completo silencio y, de inmediato, sabe que no hay nadie. Recoge rápidamente el resto de ropa y libros que ha venido a buscar, metiéndolos en una bolsa de viaje que ha traído con ella en el autobús. Euan iba al volante y ella se ha sentado delante, cerca de él. Euan había sido muy estricto en cuanto a que no se sentara demasiado lejos y ella se lo pudo imaginar como timonel de un barco de salvamento, manteniendo a su tripulación bajo control. Cuando ella le sonrió y le preguntó qué dirían los demás pasajeros, él se limitó a reírse y a decir: «Mi autobús, mis normas». Se van a ver esta tarde para pasear a Decius y Janice está nerviosa en el buen sentido y en el malo. Le ha hablado a Euan de su amor por un fox terrier pero no de que su lenguaje deja mucho que desear.

Coge del armario y las estanterías las cosas que necesita y, después, mira en el cuarto de invitados. Las cajas siguen ahí, pero algunas están ahora abiertas. Se pregunta qué irá a hacer Mike con todas las existencias que él, o, mejor dicho, ella ha comprado. Considera la idea de llevarse algunos cepillos, pero no se le ocurre qué podría hacer con ellos. Mira rápidamente en el resto de la casa. No está tan desordenada como se esperaba, pero sí bastante sucia. Aun así intenta convencerse de que ese ya no es su problema. Saca la plancha del armario que está junto a los fogones y la deja sobre la mesa de la cocina con una nota para Mike. No quiere que piense que ha entrado a escondidas. Al fin y al cabo, tiene todo el derecho a estar aquí. Finalmente, mira el correo. Nada aparte de unas cuantas facturas. Tendrán que hablar de ellas en algún momento y también de qué van a hacer con la casa. Simon le ha enviado por mensaje un número de la sociedad de crédito al que llamar y la mujer con la que ha hablado le ha sido de mucha ayuda e incluso se ha ofrecido a proporcionarle directrices sobre el procedimiento y los requisitos legales relativos a su situación. De nuevo, eso le ha hecho sentir que no está sola. Esto mismo les había pasado a muchas otras parejas y lo superarían.

Se va poniendo nerviosa a medida que se acerca a la puerta de la señora SíSíSí y le pide a Euan que la espere al final del camino de entrada. No quiere que esas personas invadan su recién descubierta felicidad ni siquiera con una mirada. Y sí que es felicidad, eso lo ha aceptado. No acaba de decidir si está teniendo ahora un «momento perfecto» que pueda rememorar después, pero eso no importa. Lo que sí sabe reconocer es que el conductor de autobús que nunca fue profesor de geografía la hace feliz. Intenta no mirar más allá de eso, pues cuando lo hace, Nat King Cole empieza a cantarle al oído: «*There may be trouble ahead...*».* Prefería los susurros de la hermana Bernadette.

La señora SíSíSí abre la puerta y le da la espalda sin siquiera mirar a Janice. Está al teléfono.

—SíSíSí... Lo sé, sí. —A continuación, desaparece en la cocina, justo cuando Decius llega derrapando por el pasillo abovedado. Janice supone que está deseando también alejarse de la señora SíSíSí. Mientras coge la correa de su gancho, atisba a Tiberius en el «cuartito», un cubo vacío y desnudo al lado de la cocina. La puerta corredera que da al cuartito está a medio cerrar pero le puede ver aparecer y desaparecer por el hueco mientras da vueltas a un lado y otro. También está hablando por teléfono y no muy contento.

—Pues dile que lo solucione. ¿Quieres el maldito edificio o no?

Hay una pausa.

—¿Que el rector ha dicho qué?

Puede oír el sonido de la papelera al lanzarla al otro extremo de la habitación con una patada.

—¿Qué coño tiene que ver él con eso?

Otra pausa.

—¿Su asesor legal? No me jodas.

Janice ya no tiene duda de dónde aprende Decius su forma de hablar. También piensa que Augustus tenía razón: nadie ve venir nunca a Mycroft.

De repente, Tiberius levanta la vista y sorprende a Janice mirándole. No tiene dónde esconderse y no cabe ninguna duda: estaba escuchando. La mira, y después a Decius, antes de cerrar la puerta corredera con un golpe.

Está temblando y sabe que la mirada de Decius es un reflejo de la de ella.

* «Puede que surjan problemas...». *(N. del T.)*.

«Joder».

—¿Te encuentras bien? —Euan está claramente preocupado cuando ella sale dando zancadas por el camino de entrada con Decius corriendo a su lado.

—Vámonos de aquí.

Caminan en silencio durante unos minutos y, después, cae en la cuenta de que no tiene por qué apechugar con esto ella sola. Está tan acostumbrada a la falta de interés y al desdén de Mike que hasta ahora no se le ha ocurrido que puede compartir esto con alguien y que ese alguien está caminando a su lado. Así que le habla a Euan de por qué trabaja para la señora SíSíSí, de sus apodos, y de cómo llegó a conocer a la señora B. Sobre la señora B necesita darle una explicación mucho más larga, igual que sobre la historia de Becky. Él se muestra fascinado por Becky, pero está confundido.

—Pero ¿se llama Becky o no?

Janice le habla de su amor por *La feria de las vanidades* y de que la señora B eligió para contarle una historia que tenía una heroína, si es que se la puede llamar así, que era como la Becky Sharp de Thackeray.

—Podrías buscarla. Apuesto a que podrías averiguar su verdadero nombre. O te lo podría decir la señora B.

Janice trata de explicarle que prefiere que se quede como Becky. En cierto sentido, le parece importante por el momento en que empezó la narración de la historia. Sin embargo, sí le confiesa que le gustaría ver una fotografía de ella.

Hay cosas que deja fuera de su relato: su arrebato, la insistencia de la señora B para conocer su historia, Sherezade y que la señora B matara a un hombre. Pero le cuenta casi todo lo demás y descubre en Euan un público agradecido y empático. Se ríe cuando ella espera que lo haga y le agarra la mano cuando ella le cuenta las partes más duras. No trata de darle consejos, pero tampoco quita importancia a sus preocupaciones. Cuando llegan a la puerta de la casa de Fiona y Adam, él mira a Decius y, después, a ella.

—Creo que haces bien en ser cautelosa. —Y ella no puede evitar notar que parece preocupado.

Janice toca el timbre y, mientras esperan, Euan se agacha y rasca la cabeza de Decius. Ella le mira con atención, angustiada de repente.

—Espero que esto le guste —dice Euan mientras saca una bolsa de su bolsillo.

No es necesario que ella responda. Decius lo hace por los dos y ahora está subiéndose a las rodillas de Euan.

—Comentaste que le gustaban los trozos de pollo. Son pequeños.

—¡Menudo zorro! —le dice a Decius, riéndose.

El perro mueve la cola, indiferente, y mira brevemente hacia atrás. Es como si la mirara levantando una ceja: «Mira quién fue a hablar».

Fiona les invita a pasar y charla con ellos en la entrada mientras esperan a Adam, que se está quitando el uniforme del colegio. Ella no va a acompañarlos hoy porque tiene una cita con la familia de un fallecido. Fiona no deja de mover los ojos de Euan a Janice mientras hablan y cuando aparece Adam y se dirigen hacia la puerta ella le hace una señal a Janice levantando el pulgar sin que él la vea.

—¿Por qué levantas el pulgar, mamá? —Adam empieza a hacer gestos de rapero a su madre. Después, levanta los ojos al cielo y se aleja, negando con la cabeza.

Janice le ha hablado un poco a Euan sobre Fiona y Adam, pero no sobre la casa de muñecas y su idea de que es una alegoría de la recuperación. Cuando llegan al campo, Euan y Adam empiezan a buscar un palo para que Decius corra tras él. Janice puede oír parte de su conversación. Parece que Euan se está tomando su tiempo. Empieza con unos cuantos comentarios sobre fútbol. Adam responde con algunas palabras, pero no muchas. Adam menciona un cómic de ciencia ficción, pero Euan no le sigue la corriente, probablemente es lo más sensato. Euan menciona una serie de Netflix. Esto provoca una pequeña oleada de conversación, seguida de un silencio. A continuación, Euan consigue el premio gordo. Adam le habla de una nueva serie de naturaleza salvaje sobre unos gatos grandes que ha visto, y se alejan. Euan no ha visto toda la serie todavía, pero ha leído un libro sobre la reinserción de leones en el este de Ruanda.

Mientras hablan, con algunas pausas para lanzarle un palo a Decius, ella les mira y se pregunta si, después de haberse roto un corazón, se puede volver a pegar..., quizá no como antes, pero de tal manera que ya deje de ser el despojo hecho añicos que era. Piensa en John y desea que ojalá pudiera ver a su hijo en este preciso momento. También se pregunta, mientras está de pie con la hierba húmeda hasta los tobillos, si alguna vez ella volverá a Tanzania. Antes no le ha sido posible por las circunstancias y por el dinero y Mike nunca había mostrado interés. De hecho, todo lo contrario. Pero es que ella había estado siendo un ratón. Quizá si fuese más como una leona podría encontrar la forma. Ahora, en medio de un prado de Cambridge, con la humedad que llega desde el río, piensa que le gustaría ver a las leonas de Tanzania.

Por muy interesante que sea su conversación con Euan, está claro que Adam ya se ha hartado de charla y enseguida sale corriendo con Decius por delante de ellos. Euan se detiene para caminar con Janice y continúan por el sendero en silencio. Sus silencios se están volviendo cada vez más agradables pero, a veces, llegan a un terreno incómodo. Mientras miran a Adam, ella piensa que este podría ser un momento ideal para hablar sobre hijos, pero sabe que Euan no tiene ninguno y ella todavía está arreglando su relación con Simon y no se siente preparada para contárselo a él. Y, así, siguen caminando en silencio, los dos conscientes de que han regresado los adolescentes que llevan dentro. Últimamente, ella no los ha visto mucho pero siguen apareciendo. Ahora están arrastrando sus zapatos del colegio por el suelo. «¿De qué quieres hablar...? No sé... ¿De qué quieres hablar tú...? No sé».

Euan se gira y lanza de una patada a los adolescentes contra la hierba.

—¿Te gustaría oír las conversaciones que yo colecciono?

—Sí. —Le gustaría. Le gustaría muchísimo.

—En el autobús se oye todo tipo de cosas. No son historias como las tuyas, pero me hacen pensar o reír. A veces, las dos cosas. Como una vicaria que le dijo a un amigo: «El problema de ser vicaria es que, si le preguntas a alguien qué tal está, te lo cuenta». Eso me hizo pensar cómo debía de ser la vida de esa mujer y me gustaría saber si alguna vez alguien le preguntará a ella qué tal está, con verdadero interés.

Janice sonríe con gesto alentador. Está segura de que Euan está nervioso. Sus zambullidas en la timidez le parecen adorables, pero después piensa que cuando él va conduciendo el autobús es distinto, completamente relajado y seguro. Piensa en el hombre que estaba a cargo del barco de salvamento, enfrentándose a las olas. Quizá las personas le supongan más problema.

—Continúa —le dice ella.

—El otro día iba en el autobús una madre que llevaba a su hijo a ponerle una inyección, algún tipo de vacuna o algo así, y estaba tratando de explicarle en qué consistía. Ya sabes, te meten un poco de la enfermedad y, después, tu cuerpo aprende a enfrentarse a ella. Y su hijo contestó: «Es por eso por lo que yo no me resfrío». Y ella le preguntó que por qué. Y él le dijo que era porque se metía el dedo en la nariz y se comía los mocos.

Janice se ríe y Euan acelera un poco el paso, con sus músculos relajándose a medida que habla. Mientras camina, ella le imagina con los pies anclados sobre una cubierta inclinada.

—Una tarde iban dos hombres mayores que se conocían desde hacía años. Yo diría que eran más conocidos que amigos, quizá fueron juntos al colegio, o algo así. Reconocí a uno de ellos enseguida, un artista. Es de Cambridge, pero ahora se le suele ver en televisión. Ya sabes, ese que lleva siempre un sombrero de fieltro azul destrozado. En fin, pues el otro hombre le estaba preguntando por su última exposición y, después, empezó a bromear con que debería haberle comprado un cuadro cuando empezó. El pintor dijo: «Pues cómprame uno ahora; seguirá siendo una buena inversión». El otro hombre se rio y dijo algo como que ni en sueños podría permitírselo. Y, después, añadió: «Pero te digo una cosa, ¿te puedo comprar el sombrero?», y bromeó con que quizá eso sí pudiera permitírselo. Cuando el pintor se estaba bajando del autobús, se giró y gritó hacia el interior del autobús: «¡Oye, Jimmy!», le lanzó el sombrero y se bajó de un salto. Veo a Jimmy casi todas las semanas y sigue llevando el sombrero del pintor.

Euan está en racha y empieza a contarle otra historia. Janice piensa que ha sido demasiado modesto: no hay duda de que son historias, no solo conversaciones.

—Había una pareja en el autobús; yo creo que los dos eran profesores. Bueno, ella lo era claramente porque oí que uno de sus alumnos se bajaba y la llamaba «Señorita» y otro «Señora Rogers». Le iba contando a su marido que su última clase había sido de décimo curso y que acababa de darles la clase perfecta. Estaba alardeando; lo decía tal cual. Le explicó que tenía una profesora en prácticas con ella y que la chica había dicho al terminar que no sabía cómo había pasado, porque no había visto que la señora Rogers corrigiera ningún mal comportamiento. El señor Rogers dijo después que esa chica no tenía ni idea de lo que había visto porque era evidente que su mujer había hecho que la clase trabajara unida y que había hecho que pareciera fácil, así que supongo que él también era profesor. Su mujer dijo que nadie sabría jamás lo que ella había hecho ese día, que no cambiaría nada en el plano general, pero que ella sí lo sabría y que estaría bastante segura de que, si surgía ese tema en el examen de final de curso, su clase lo clavaría.

Así que, piensa Janice, la señora Rogers había tenido su «momento perfecto», y agarra la mano de Euan mientras caminan.

—¿Alguna vez coleccionas historias cuando vas en el autobús? —pregunta él.

—Sí, aunque normalmente solo oigo la mitad de la historias, porque estoy muy poco rato, así que el resto me lo invento. Pero sí, a veces, se oye algo que hace que el corazón se te detenga y te das cuenta de que para esa persona se trata de su historia. Como la señora a la que oí que su madre estuvo en un campo de concentración de Alemania durante la guerra. La iban a llevar a la cámara de gas, pero se estropeó y tuvieron que llamar a los ingenieros. Y eso ya era asombroso de por sí, pensar que esas monstruosidades tenían su servicio de mantenimiento.

—Sí, leí que algunas empresas anunciaban las cámaras de gas que habían diseñado en sus folletos corporativos —comenta Euan.

—Es increíble. —Janice hace un gesto de negación—. En fin, pues la madre de esa mujer cree que va a morir cuando lleguen los ingenieros, pero a la mañana siguiente son los estadounidenses los que entran en el campamento. Y esa joven termina casándose con uno de los hombres que los liberó. Llevó un vestido de novia hecho con la seda del paracaídas de él.

—Esa sí que es una historia increíble —comenta Euan.

—¿Alguna vez has tenido problemas en el autobús? —De repente, Janice quiere saberlo—. Es decir, gente que grita o se comporta mal o que es agresiva contigo.

Euan sonríe.

—Claro. Soy conductor de autobús. Algunos nos consideran su objetivo, especialmente los borrachos.

Janice sabe qué se siente.

—¿Y qué haces?

—Escucho las voces silenciosas.

Janice se detiene y le mira.

—¿Qué quieres decir?

—Hace tiempo se me ocurrió que, si escucho a las pocas personas que me gritan, les estoy dando más importancia de la que tienen. Lo que digan se quedará conmigo, me afectará y esas voces fuertes seguirán y seguirán, aunque los gritos hayan cesado. Así que, en lugar de eso, me dedico a escuchar con atención las voces silenciosas, que son las de la mayoría de la gente. Las personas que dan una clase perfecta sin que nadie lo sepa. Los niños que se comen los mocos. El pintor que regala a un hombre su sombrero. O una vicaria a la que le gustaría que alguna vez la gente le preguntara qué tal está. Esas personas, las silenciosas, parecen tener cosas más importantes que decir.

Janice no puede estar más de acuerdo con él.

Más tarde, deciden ir a la cafetería en la que almorzaron juntos por primera vez para merendar. Janice cree que los adolescentes que llevan dentro han quedado por fin fuera de combate y se los imagina refunfuñando mientras se alejan por el campo por donde han ido a pasear con Adam. «¿Qué quieres que hagamos…? No sé. ¿Qué quieres hacer tú…? No sé. ¿Qué quieres hacer tú…? No sé. ¿Qué quieres hacer tú…?». Se alegra de ver cómo se alejan.

Mientras toman té y pasteles, Janice y Euan charlan sobre una amplia variedad de temas.

Comida favorita: Janice, mexicana; Euan, tailandesa.

Ganar la lotería: Janice, casa junto al río, dejar de limpiar, vacaciones en Canadá y Tanzania; Euan, no quiere un premio grande, quinientas cincuenta mil libras sería perfecto, guardarlas un tiempo y pensar qué hacer.

A Janice le parece bastante aburrido y le convence para que se compre una bicicleta nueva con su premio imaginario.

Música y baile (Janice los propone juntos, con la esperanza de que a Euan le guste bailar): Janice, prácticamente todo lo que se pueda bailar; Euan, gusto musical ecléctico, ¿se atreve a decir que le gusta la música folk? Janice le dice que a la mayoría de los profesores de geografía les gusta. Y, después, él juega su mejor carta. Ella no debe reírse, pero a él siempre le ha apetecido aprender baile de salón, sobre todo el tango.

De nuevo, Janice se imagina inclinándose hacia delante y besando a ese hombre. Y esta vez sí que parece que algún día podría suceder. Sin embargo, lo de si piensa que alguna vez podrían bailan juntos un tango, ella prefiere dejarlo para otro día.

Mientras todo esto pasa por su mente, mira por la ventana y ve a su marido. Va vestido con una elegante chaqueta azul marino con una insignia en el bolsillo. Ve que lleva su segundo mejor par de pantalones y que le quedan muy ajustados. Lleva en la mano derecha un paraguas cerrado y, de repente, lo levanta hacia el cielo. Esto hace que el grupo que le sigue se detenga de forma abrupta. Ella no sabe qué les está diciendo, pero es evidente que al grupo de seguidores de mediana edad y de ancianos les gusta y ve sonrisas en todos ellos. Parece que Mike, el hombre de los mil trabajos, es ahora guía turístico. Ella piensa que se le va a dar bien; es un hombre agradable en los primeros encuentros y conoce bien la ciudad. Nadie tiene por qué pasar con él más de una hora. Después, piensa en las personas para las que estará trabajando. ¿Cuánto tiempo pasará antes de que él les diga que las rutas que han decidido están mal? Y aparece un pensamiento aún más preocupante: ¿cuánto tiempo pasará antes de que intente vender a los turistas a los que conoce un conjunto de cepillos electrónicos versátiles con una atractiva bolsa impermeable?

Euan interrumpe sus pensamientos.

—¿Qué estás pensando? Estás a kilómetros de distancia.

—Que no es mi problema.

—¿Qué no lo es?

Consciente de que nunca será el momento adecuado para esto, Janice apunta hacia la ventana.

—Ese es mi marido. Pero me alegra decir que ya no es mi problema.

—¿El tipo con la chaqueta?

—Sí.

—Entonces ¿es guía turístico?

—Ahora sí. —Y eso es todo lo que desea decir, así que cambia de tema—. Comentaste que me ibas a contar otra de tus historias.

Euan frunce el ceño y mira unas cuantas veces más en dirección a Mike, que está atravesando con paso firme las puertas del King's College con el paraguas levantado.

—Vale —responde con tono inseguro.

—¿Tu historia? —pregunta Janice, alentándolo.

Él se gira hacia ella y hace un diminuto gesto de negación.

—Mi historia.

Da un sorbo a su taza de té y vuelve a empezar.

—La historia número dos es la razón por la que no estoy casado. He salido con mujeres. —Levanta los ojos, como para tranquilizarla—. De hecho, con bastantes, pero la cuestión es que, cada vez que una mujer sale conmigo, nueve de cada diez o se casan con el siguiente hombre al que conocen o vuelven con un antiguo amor y se casan con él. Y parece que les funciona; tienen pinta de ser felices de verdad. —Mira hacia la puerta por la que Mike acaba de desaparecer.

Janice desea decirle que no tiene de que preocuparse, pero no quiere entrar en una larga explicación. Y, de todos modos, está mucho más interesada en la historia de Euan.

—¿Y qué es lo que sucede?

—Bueno, pues, para empezar, yo no creía que sucediera nada. Ha sido con el paso de los años cuando mis exnovias, muchas de ellas todavía siguen siendo amigas mías...

Ah, las mujeres con las que toma el té. Y ella no puede evitar pensar que, bueno, que ha dicho que están felizmente casadas.

—... son esas mujeres las que han dicho que cuando yo estaba con ellas, y no estoy tratando de darme importancia con esto, las escuchaba de verdad. Y supongo que debo haberlo hecho porque me despertaban interés. Muchas de ellas hablaban de antiguas relaciones, a menudo de una en particular, y contaban lo que había ido mal. Otras me hablaban del tipo de hombres con los que salían y yo les preguntaba por qué elegían a esos hombres y ellas me lo contaban.

Janice asiente. Hasta ahora le está entendiendo. Solo que no cree que él tenga idea de lo inusual que es.

—En fin, después de un tiempo, pueden ser semanas o meses, ellas me habían contado todo lo que querían contar y me preguntaban mi opinión. Y, como decían que querían que se lo dijera, yo lo hacía. —Se ríe—. Creo que debí malinterpretarlas un poco. Bueno, espero no haber sido nunca grosero, pero sí que respondía a su pregunta. Al fin y al cabo, me habían pedido mi opinión. Creo que podrás imaginar qué era lo que pasaba muy poco después de aquello.

—Ah, sí.

—Pero no sé si es lo que les decía o si, sinceramente, después de mí, cualquier otra cosa era mejor... El caso es que la mayoría de las mujeres con las que he salido se han casado con el siguiente hombre que han conocido. Como ya te he dicho, a veces podía tratarse de un antiguo amor con el que conseguían volver. O una relación nueva, y no del tipo de las que siempre habían tenido hasta entonces.

Janice está riéndose.

—Creo que has prestado un servicio muy valioso a la comunidad femenina. Pero es un poco triste para ti. ¿Nunca ha habido ninguna con la que te quisieras casar?

Ahora es Euan el que se ríe.

—Una vez conocí a una chica en Irlanda que me gustaba de verdad. Era guapa y habladora. Bueno, en realidad, más que habladora. En fin, digamos que era muy parlanchina.

—Quieres decir que nunca cerraba la boca.

Euan sonríe, pero no dice nada.

—¿Y qué pasó?

—La llevé a un lugar precioso con vistas al mar. Llevaba el anillo en mi bolsillo. Total, que saqué la caja y la apreté en mi mano y allí, admirando las vistas, le pregunté si quería casarse conmigo. La cuestión es que ella estaba tan ocupada hablando que no me oyó. Y yo me quedé allí sentado y pensé: «¿Lo digo otra vez?». Y algo hizo que volviera a guardarme la caja en el bolsillo.

De repente, las risas de Janice se apagan.

—¡Sé qué es lo que estás haciendo! —Mike se halla de pie junto a la mesa, con el paraguas en la mano. La está fulminando con la mirada.

—Mike, ¿qué haces aquí?

Mike no hace caso a Euan, que se ha girado para ver quién está hablando.

—Te he dicho que sé qué es lo que estás haciendo. Te he seguido.

—¿De qué estás hablando?

—Sabes exactamente de qué estoy hablando.

Mientras dice esto, ella ve una expresión extraña en el rostro de su marido: parece afligido, pero también victorioso.

—Los chicos estaban de acuerdo, nunca he tenido ninguna posibilidad. —Dicho esto, se da la vuelta y sale de la sala, dejando tras él un silencio de estupefacción. Por fin, vuelven los murmullos de las conversaciones y las dos únicas personas que permanecen calladas son Janice y Euan.

Él se inclina hacia delante.

—¿Estás bien?

Ella asiente y, después, se da cuenta de que está tratando de contener la risa.

—¿Qué pasa?

—Creo que mi marido piensa que me he escapado con Geordie Bowman y..., ¿sabes qué? En cierto sentido, creo que se siente bastante orgulloso de ello.

—¡¿Conoces a Geordie Bowman?!

Janice suspira, pero sigue sonriendo. Aunque solo Dios sabe cómo va a desenmarañar esto con Geordie.

—Sí, conozco a Geordie Bowman. ¿Quieres que te lo presente?

—Bueno, no especialmente. Estoy seguro de que es un tipo agradable y todo eso, pero la verdad es que no me va la ópera.

Y, al oír eso, Janice decide que Geordie va a ser uno de sus primeros amigos a los que va a presentarles a Euan. Tiene la sensación de que se van a llevar bien.

30

El final de una historia

—Estás distinta.

Janice deja de encerar la mesa. Está esperando.

La señora B levanta los ojos de *The Times*.

—¿Y? —pregunta Janice. Mejor será quitárselo de encima cuanto antes.

—Nada, eso es todo. Que estás distinta. —Se ríe entre dientes—. Ya me aprendí la lección la última vez.

Janice cede un poco.

—Sí que estoy distinta. Estoy feliz.

—Pues eso es bueno. ¿Algo que me quieras contar?

—No —contesta Janice sonriendo pero, después, añade—: Todavía no, al menos.

La señora B resopla y empieza a doblar el periódico.

—Bueno, ¿continuamos con la historia de Becky? Creo que este va a ser el último capítulo, y es muy bueno.

Janice aplica más cera al paño y se dispone a pulir y escuchar.

—La última vez que estuvimos con Becky se había divorciado y había enviado a su hija a estudiar a Inglaterra.

Janice la interrumpe.

—Al final, sí que hablé con Simon y me dijo que le gustó estar en su colegio. Voy a comer con él la semana que viene. —Y, en ese momento, desea no haber hablado, pues está segura de que las cosas han ido de mal en peor para la señora B y su hijo—. En fin, volvamos con Becky —se apresura a añadir.

—Becky volvió enseguida a las andadas y poco después estaba viviendo en El Cairo bajo la protección de un rico banquero italiano. Fue aquí donde le echó el ojo a nuestro segundo príncipe…

—Que no era príncipe —recuerda Janice.

—Exacto. Era un joven caballero aristócrata, pero su título no equivalía al de príncipe real. Sin embargo, creo que nunca dejó que eso le afectara y le encantaba que le presentaran como tal cuando viajaba al extranjero, lo cual ocurría con frecuencia, pues era un rico picaflor. Se llamaba Ali…

—El príncipe Ali —observa Janice riendo—. Lo siento, estaba pensando en *Aladdín*.

—Ah, Sherezade, ¿la historia del muchacho con la lámpara que se cuenta en la versión del siglo XVIII de *Las mil y una noches*?

—Ajá. —Janice asiente insegura, pues estaba pensando en el *Aladdín* de Disney.

—Bueno, yo creo que para nuestra historia le vamos a llamar príncipe Ali. Pues bien, el príncipe Ali había espiado a la magnífica Becky y, como era rico y joven y bastante tonto, pensó que podría ganársela con muestras de ostentosidad. Tenía barcos, muchos. De hecho, ganó en una ocasión una carrera con una de sus lanchas motoras en las regatas de Montecarlo, pero me estoy desviando. Decoró un barco con enormes arreglos florales que representaban las iniciales de Becky y colocó las mismas iniciales en la cubierta de otro. Tenía poco más de veinte años, así que no deberíamos juzgarle con demasiada dureza. Su dinero procedía de un próspero negocio de algodón que había heredado de su padre siendo joven. Era el único hijo varón y había sido muy consentido por su madre y sus hermanas. Creo que el único control que tenía era por parte de su secretario, un hombre mayor que había trabajado en el Ministerio del Interior en El Cairo antes de ocupar su puesto como medio secretario y medio mentor del joven.

—¿Becky picó el anzuelo?

—Becky no. No acudió cuando él chasqueó los dedos. Como sabes, existen unas normas y era necesaria una presentación apropiada.

—Entonces ¿él buscó a alguien que los presentara?

—Sí, consiguió encontrar a una conocida que hiciera las presentaciones. Lo hizo cuando estuvo en París en una visita posterior. Creo que almorzaron en el hotel Majestic y, poco después, Becky se mudó a la suite de él, donde el príncipe Ali la colmó de joyas y costosos regalos.

—Desde luego, Becky tenía suerte.

—O no —murmura la señora B—. A esto le siguió un juego del gato y el ratón. A veces, Becky le seguía en sus viajes a Deauville o Biarritz; otras, retrasaba su visita o no acudía. Cuando él regresó a El Cairo deseaba con desesperación que Becky se reuniera allí con él y, al final, fingió una enfermedad para conseguir que aceptara ir.

—Pero seguramente ella deseaba ser su... ¿Cómo ha dicho antes? ¿Su «mantenida»?

—Sí, claro, pero a su manera. Al final, subió a bordo del Orient Express y se dirigió a Egipto. Cuando llegó, vio que el príncipe Ali gozaba de una salud excelente y, tras un encuentro apasionado, él le propuso matrimonio.

—¿Cómo se lo tomó la familia?

—No del todo bien. Estaban horrorizados. No solo era Becky una mujer con una mala reputación sino que, además, no era musulmana.

—¿Eso era un problema para el príncipe Ali?

—Becky aceptó convertirse y decidieron celebrar su matrimonio con dos ceremonias.

—Entonces ¿fueron felices?

—Supongo que durante un tiempo, pero muy corto. Por supuesto, en Egipto llevaron una vida de lujo. Fue en la época del descubrimiento de Tutankamón, en 1922. Cenaron con lord Carnarvon y visitaron el emplazamiento y Becky posó dentro de uno de los sarcófagos, con las manos y su fusta de montar colocadas sobre su pecho, una imagen que debo confesar que me habría encantado haber visto.

—A mí también. —Janice ha dejado de pulir y está sentada con los codos apoyados en la mesa y la cabeza en sus manos.

—Sin embargo, la suya fue una relación tormentosa. El príncipe Ali cometió el error que muchos hombres cometen de enamorarse de una seductora exótica pero, una vez casados, creer que esa mujer debería comportarse como sus madres.

—Imagino que no gustó nada a Becky.

—En absoluto. Y no debemos olvidarnos de su carácter. Hay muchos ejemplos de peleas en público, pero te voy a contar unas cuantas para que te hagas una idea. En una ocasión, en el vestíbulo de un hotel, el príncipe Ali arrancó de la muñeca de Becky una pulsera de diamantes y se la tiró a la cara. En otra, la amenazó con lanzarla al río y ella le amenazó con romperle una botella de vino en la cabeza. Él le gritó que era una furcia y ella le respondió a gritos que era un chulo. Los dos tenían magulladuras y cicatrices de sus episodios de peleas físicas, enfrentamientos en los que el siempre sufrido secretario del príncipe Ali a menudo tenía que intervenir para ponerles fin. En una ocasión, el príncipe Ali dejó a su mujer en el teatro y regresó a casa sin ella. Y en otra, Becky amenazó a su marido con una pistola. Había tomado la costumbre de dormir con una Browning semiautomática bajo la almohada para cuidar de sus joyas tan asombrosamente caras.

—¿Seguían viviendo en El Cairo?

—No, viajaban mucho, visitando a las personas más elegantes y ricas de todo el mundo. Las peleas fueron a peor cuando estaban en París, porque a Becky no se le ocurría otra cosa que verse con viejas amistades, por así decir.

—Era todo un personaje —confiesa Janice.

—Casi una reencarnación de Becky Sharp, creo yo. Pues bien, nuestra Becky, como decía, volvió pronto a las andadas y, por supuesto, las peleas fueron empeorando cada vez más. Todo llegó a su culmen una calurosa y tormentosa noche de julio de 1923, cuando la pareja se estaba alojando en el Savoy de Londres. Habían ido a pasar la temporada de verano en la ciudad y habían reservado una suite y otras habitaciones para su séquito durante un mes. Becky siempre viajaba con su doncella y su chófer; el príncipe Ali tenía mucho más personal, en el que se incluían, claro está, su leal secretario y su sirviente personal, un chico sudanés y analfabeto que le esperaba durante horas, agachado junto a su puerta de la suite a que lo llamara.

—Pobre chico.

—Ah, pero, como decía el príncipe Ali, no era «nadie».

—Quizá para él, pero debía significar algo para alguien.

—Claro —asiente la señora B.

—Perdón, la he interrumpido. Estaban en el Savoy y era una noche oscura y de tormenta...

—Pórtate como una persona seria —le vuelve a exigir la señora B—. La joven pareja fue al teatro, Becky con un vestido de satén blanco diseñado para ella por Coco Chanel, y, después, volvieron al Savoy para cenar. Aquello terminó con la habitual discusión y Becky se subió entre aspavientos a su habitación y el príncipe tomó un taxi y se fue por ahí a disfrutar de la noche. Pero Becky no se metió en la cama, pues se puso a organizarlo todo para su regreso adelantado a París. Esta había sido la razón de la pelea de esa noche en particular. Él quería quedarse en Londres y ella no. Supongo que la discusión continuó cuando el príncipe Ali volvió por fin a su habitación, porque, a las dos de la madrugada del 10 de julio de 1923, Becky soltó tres disparos contra la nuca de su marido y le mató.

—¿Que hizo qué?

—Lo que has oído —responde la señora B, con clara expresión de satisfacción.

—¿Qué? ¿Cómo? ¡Vaya! ¿Alguien lo vio?

—Un botones que estaba llevando unas maletas pasaba por allí cuando la pareja salió al pasillo, discutiendo como siempre, Becky con su vestido blanco, el príncipe Ali ahora con una bata de flores. El príncipe Ali le enseñó al botones unas marcas en la cara, asegurando con toda la furia que su mujer le había golpeado y exigiendo ver al director. Mientras esto ocurre, Becky está tratando de tirar de él hacia el interior de la habitación y su perrito no deja de dar vueltas en círculos por el pasillo, sin parar de ladrar. El pobre botones mandó mensaje con el ascensorista y, después, fue corriendo a la otra suite al otro lado del pasillo para dejar el equipaje. Fue entonces cuando oyó tres disparos. Volvió a toda velocidad y encontró al príncipe Ali tumbado en el pasillo en medio de un charco de sangre y a Becky de pie en la puerta y con una pistola en la mano que, después, dejó caer a un lado.

—¿Y el niño, el que se sentaba junto a la puerta?

—Me preguntaba si te acordarías de él. Parece que nadie más lo hizo y tengo entendido que nadie le pidió nunca que prestara declaración.

—Dios santo. ¿Qué pasó con Becky? Y las cartas… ¿todavía tenía las cartas?

—Te estás adelantando, Janice, pero vas en la dirección correcta. Tras mucha indignación y protestas, Becky fue arrestada y la enviaron a Holloway, aunque no a una sórdida celda. La acomodaron en el ala del hospital. Y, al final, la llevaron a juicio. Durante esa época, creo que es interesante ver la transformación de Becky. Al principio, creo que estuvo aterrada de verdad. Dijo con toda claridad: «Le he disparado yo», y no dejaba de repetir: «¿Qué he hecho?». En su primera aparición ante la policía, consiguió cambiarse su vestido blanco manchado de sangre para ponerse un elegante traje verde. Cuando fue al juzgado iba vestida de negro, pero aun así adornada con una fabulosa selección de sus joyas. Cuando llegó el juicio principal, iba de negro apagado sin ninguna joya y había dominado a la perfección el arte del llanto y el desmayo.

—¿Cree usted que todo era fingido?

—Yo creo que, tras el impacto inicial por lo que había hecho, se convirtió de nuevo en la Becky que ya conocemos: una mujer absolutamente comprometida con el cuidado de sus propios intereses.

—¿Qué pasó en el juicio? ¿Y con las cartas?

—Cada cosa a su tiempo. En cuanto se supo quién era la mujer de los disparos en el Savoy, la noticia se extendió como la pólvora entre los allegados del príncipe de Gales y, ahora, estaba también implicada la División Especial. Actuaron a toda velocidad y, a pesar de que él tenía citas programadas en el Reino Unido, se llevaron a Eduardo a un viaje «oficial» a Canadá. Que lo relacionaran con Becky ya sería bastante malo, pero si ella terminaba publicando las cartas, en fin... Con el tiempo se convirtieron en un arma más peligrosa. Las palabras de cariño y las indiscreciones ya eran suficientemente malas pero, además, representaban al príncipe como un hombre que no paraba de fornicar y asistir a fiestas mientras millones de personas morían. El absoluto horror de la Primera Guerra Mundial era ahora más notorio y su conducta durante ella se habría visto de una forma muy crítica.

—¿Sabemos lo que pensaba él?

—No al detalle, pero las cartas a su entonces amante, que todavía no era Wallis Simpson, le mostraban como un hombre muy preocupado.

—¿Becky hizo uso de las cartas?

—En este momento me gustaría que te acordaras de Mycroft y una de sus máximas.

—¿Nunca dejes nada por escrito?

—Eso mismo. Así que, si te imaginas a hombres como Mycroft correteando entre las sombras, creo que es fácil suponer que se llegó a un acuerdo mientras Becky estuvo en Holloway. Se habla de ciertos personajes importantes que llegaron en tren a Londres llevando consigo ciertos paquetes. Lo que sí sabemos es que el juez dictaminó que la vida anterior de Becky no podía admitirse como prueba.

—¿En serio?

—Sí, en serio. Y, sinceramente, es de sorprender. Sin embargo, la vida del príncipe Ali pudo ser examinada al detalle y eso fue lo que hizo el eminente abogado de Becky. Describió al príncipe Ali bajo el peor prisma posible: un maltratador de su esposa, un acosador y un hombre con gustos sexuales antinaturales que ninguna mujer decente debió haber conocido nunca y, menos aún, someterse a ellos. Se dio a entender que la relación del príncipe Ali con su secretario era de la peor naturaleza posible y que también obligó a su esposa a realizar prácticas de sodomía. Durante todo este proceso, Becky no dejaba de llorar y desvanecerse, necesitando a menudo ser sacada casi en brazos del juzgado. Una gran representación, supongo, viniendo de una mujer que ofrecía la sodomía como especialidad a la carta.

—Pero Becky había confesado que le había disparado.

—Te olvidas del peor pecado que el príncipe Ali cometió: era extranjero.

—Pero también Becky. Y apenas podía defender lo contrario. Al menos, dos de sus amantes fueron egipcios. ¿Y no salvó a uno de ellos de un asesino?

La señora B asiente.

—Pero, como sabemos, lo que a Becky preocupaba principalmente era cuidar de sí misma y, por ahora, ella era una mujer que hablaba un dulce idioma francés y que prestaba valientemente declaración a través de un intérprete. Y, por supuesto, no debes olvidar que, aunque los dos eran extranjeros, ella era blanca.

Janice se queda en silencio. Sabe qué es lo que viene ahora, pero acaba de caer en sus implicaciones.

—El jurado escuchó la pruebas y en un periodo de tiempo relativamente corto regresó con el veredicto de inocente.

La señora B mira a Janice y hace una pausa antes de continuar.

—El público, como se ha dicho, se volvió loco. Y Becky quedó libre para volver a París, cosa que hizo, para retomar su antigua vida. Me parece interesante resaltar que la obra que fue a ver la pareja la noche en que Becky disparó a su marido era *La viuda alegre*. —Una vez más, la señora B mira a Janice, pero esta no puede mirarla—. Se quedó viviendo allí, en un apartamento frente al Ritz, hasta que murió a la edad de ochenta años. Según creo, seguía disfrutando de varias pensiones de antiguos amantes cuando llegó el momento de su muerte. Imagino que durante esos años debió de tropezarse con Eduardo y la señora Simpson, pues vivieron en el Ritz durante bastante tiempo cuando se mudaron a París... —La señora B interrumpe su narración—. ¿Qué pasa, Janice? ¿Qué te ocurre?

Janice no mueve ni un músculo, por si acaso algún movimiento o mirada deja a la vista lo que está pensando. Desde luego, no puede mirar a la señora B.

La señora B se inclina un poco hacia Janice, observándola con atención, pero continúa con el final de su historia.

—Cuando Becky murió, se dice que el último de sus amantes, un banquero, según creo, fue a su apartamento y destruyó su registro genealógico, donde había anotado las preferencias de sus clientes y también algunas cartas que había escrito un hombre que anteriormente había sido el príncipe de Gales. —Hace otra pausa y mira a Janice con el ceño fruncido y, después, continúa—: Parece que Becky conservó unas cuantas cartas de Eduardo hasta el final. —La señora B se inclina ahora hasta casi tocar la mesa—. Janice, ¿qué te pasa?

Janice la mira rápidamente y, con una voz que apenas reconoce, se obliga a decir con tono alegre:

—Una historia estupenda, señora B. Gracias por contármela. Así que fueron las cartas y el acuerdo. Sí, ya entiendo. Así es como *ella* se pudo librar.

De inmediato, sabe que ha cometido un error. No puede eliminar esto, no puede guardarlo en ningún armario. La entonación reverbera y ella tiembla a la vez: no ha dicho «ella», sino *ella*. Ese *ella* subrayado que revela algo compartido. Janice desea coger esa palabra y guardarla en un lugar oscuro donde nadie la encuentre jamás. Se queda sentada y completamente inmóvil, escuchando su propia respiración, la cual realiza de la forma más silenciosa posible, a pesar de la fuerza de los latidos de su corazón.

La señora B apoya la espalda en la silla sin decir una palabra. Janice entiende que no hace falta que diga nada. No hace falta contarle a la señora B su secreto. Esa anciana ya sabe que hay dos mujeres en esta habitación que han matado a alguien. Y Janice, igual que Becky, se pudo librar.

31

La historia no contada

No tiene ni idea de cuánto tiempo ha estado con la mirada fija en la estufa eléctrica. Debe de haber pasado un rato porque ahora hay dos tazas de té sobre la mesa al lado de ella. Le resulta raro que sea té y no chocolate caliente o brandi. Quizá la señora B las haya cargado de azúcar, para el impacto. Pero la señora B no parece impactada; parece como si hubiese estado sentada en ese sillón durante un rato muy largo esperando este momento. Janice se da cuenta de que su cara está blanca como una sábana y siente una punzada de angustia por el esfuerzo que habrán costado a su amiga las dos tazas de té. Janice coge una de las tazas y la sujeta entre sus manos, pero no bebe.

—Cuando mi padre murió, yo tenía diez años y mi hermana, Joy, tenía cinco.

Es el lugar desde el que empezar. Cuando todo cambió es el comienzo de la historia.

—Él sabía que se estaba muriendo y, como era un intelectual, creo que organizó su muerte igual que organizaba su trabajo. Amontonó muchos libros y documentos en su despacho y recuerdo que me pregunté: «Si empujo alguno, ¿caerán todos?». La primera vez que vine aquí y vi sus libros me acordé de él.

—Levanta los ojos y observa las estanterías ahora ordenadas—. Durante semanas, antes de que finalmente ingresara en el hospital, la gente iba y venía llevándose, a veces, un paquete de libros. Mi hermana y yo nos sentábamos en las escaleras a mirar. Nuestros padres nos habían dicho que él se estaba muriendo pero la verdad es que no sabíamos qué significaba aquello. Era como si nos fuésemos a mudar de casa. —Hace una pausa—. No creo que mi padre tuviese miedo a morir; su trabajo le había hecho pensar en el ser humano en términos milenarios, no como tres veintenas y una década, pero supongo que quería preparar el terreno para lo que vendría a continuación. Así que organizó su trabajo y sé que destinó todo el dinero que pudo a un fondo para nuestra educación. —Janice coloca las palmas de sus manos con más firmeza alrededor del té sin probar, acercándoselo a su cuerpo, anhelando sentir su calor contra el corazón—. Me parece que lo único que olvidó hacer fue despedirse.

La señora B se inclina hacia delante.

—Bebe un poco de té, Janice. Te vendrá bien.

—¿Sí? —Mira a la anciana que está a su lado.

La señora B le devuelve la mirada.

—No. Supongo que no.

Janice da un sorbo de todos modos y siente cómo el calor le alivia la garganta.

—Me resulta difícil describir a mis padres. De mi padre solo puedo atrapar fragmentos de recuerdos, como un espejo que se hubiese roto. Cada trozo que queda me da un luminoso destello de él. —Niega con la cabeza—. Sé que probablemente estoy idolatrando a un padre al que, en realidad, nunca conocí pero sí que creo que era un buen hombre y yo le quería mucho. —No desea que aparezcan las lágrimas, pero lo hacen de todos modos.

—¿Y tu madre?

—Creo que cuando mi padre murió ella se limitó a levantarse e irse. No me refiero a que nos abandonara físicamente. Creo que vio que su vida se acababa y... Iba a decir que se volvió distante, pero fue mucho más que eso... Incluso con diez años, yo sabía que mi madre también se había ido. Actuaba por inercia, a veces, pero eso era todo.

—¿Qué pasó después de que él muriera?

Janice no responde a esto.

—Ojalá hubiese podido ver usted a mi hermana Joy cuando era niña. —De repente, le resulta fundamental que la señora B entienda esto, que vea a la hermana pequeña de Janice—. Me acordé de ella cuando usted describió al hermano de Becky. Era una niña igual. —Le cuesta encontrar las palabras—. Cuando se le pone un nombre a un bebé, ¿cómo se sabe que va a ser el apropiado para él? —Es consciente de que los padres pueden cometer una terrible equivocación con un nombre. No espera a que la señora B responda y se apresura a continuar—. Con Joy,* mis padres acertaron del todo. Ella era como ese niño del que usted hablaba. Parloteaba consigo misma y con todo el mundo. Era como si hubiese descubierto un secreto que la hacía reír y quisiera compartir esa broma tan increíble. Si se enfadaba, se enfadaba mucho, pero nunca le duraba demasiado rato y, después, de repente, se quedaba dormida. Y podía dormirse en cualquier parte: en una silla, mientras comía, o en mitad de las escaleras. Y era entonces cuando yo la observaba. Abría y cerraba las manos mientras dormía; sus mejillas se ponían muy redondas y suaves. Más suaves de lo que ya eran. A veces, yo extendía la mano, le tocaba la punta de la nariz y trazaba un sendero con mi dedo a lo largo de su mejilla.

Janice da otro sorbo al té.

—No sé si echó de menos a mi padre cuando murió; supongo que sí, pero fue a mi madre a quien más extrañó. Había veces en las que todavía parecía ser feliz, pero lo hacía a trompicones y se mostraba ansiosa por agradar a todo el mundo, sobre todo a mi madre. —Janice se detiene y se queda varios segundos mirando a la señora B—. Era muy duro observar cómo cambiaba

* «Alegría» en inglés. *(N. del T.).*

y ver todo lo que hacía por intentar hacer feliz a mi madre y que nada de ello funcionara.

—Debió de ser también muy duro para ti, Janice. ¿Había alguien más cerca que os ayudara?

—Tuvimos que mudarnos cuando mi padre murió, pues vivíamos en una casa propiedad de la universidad. Fue entonces cuando nos fuimos a Northampton. Yvonne, la hermana de mi madre, vivía allí. Teníamos una casa pequeña a la vuelta de la esquina de la de ella y yo pensé que quizá todo cambiaría, que su hermana la alegraría o que mi tía vería que Joy era muy infeliz y que haría lo que fuera por ayudar.

—¿Y lo hizo?

—Si sacar a mi madre a emborracharla era ayudar, desde luego que lo hacía. Pero no, poco más. No hacía otra cosa más que hablar. —Al decir esto, a Janice se le ocurre que se casó con un hombre como su tía. No puede creerse que no se haya dado cuenta hasta ahora ni que se permitiera cometer una estupidez tan enorme.

La señora B coge suavemente la taza vacía de Janice y la coloca en la mesa.

—¿Cómo era tu madre antes de morir tu padre?

—La mayoría de las veces no la puedo recordar y, luego, me viene una imagen repentina de algo: haciendo un pastel, peinando a mi hermana, mirando mi libro del colegio para asegurarse de que hacía mis lecturas. Pero ahora ni siquiera sé si son recuerdos de verdad o algo que yo deseara.

—Entonces ¿quién hacía esas cosas para tu hermana y para ti cuando tu padre murió?

—Yo las hacía casi todas. A veces, mi madre y mi tía salían de noche y no volvían hasta dos días después. Traían montones de caramelos y porquerías baratas y actuaban como si solo hubiesen ido de compras y nosotras debiésemos estar encantadas. Pero Joy se asustaba mucho cuando mi madre se iba, pese a que yo le mentía sobre dónde estaba y trataba de cocinar y prepararle las cosas que necesitaba para el colegio; ella sabía que yo solo estaba intentando encubrirla. Para entonces, yo ya tenía doce años y Joy siete. Mi hermana era muy inteligente. —Janice no puede evitar decir esto con orgullo—. Yo lo probé todo, desde suplicarle a mi madre hasta gritarle, pero no sirvió de nada. Ella simplemente actuaba como si yo no estuviera. Y cuando yo hacía mucho teatro solo conseguía empeorar las cosas para Joy, porque ella deseaba que fuera verdad, un bonito regalo que mi madre nos hacía.

—¿Vio alguien lo que estaba pasando? ¿Intentaron ayudaros? ¿Algún vecino o profesor?

De nuevo, Janice no hace caso a la pregunta de la señora B. Sabe que hay una cosa que quiere contarle.

—Mi hermana fue bautizada como Joy, pero a mí no me bautizaron como Janice. Bueno, supongo que sí. Era mi segundo nombre, por mi abuela, a la que nunca conocí.

—¿Qué nombre te pusieron?

—Hope.* —Janice cierra los ojos al recordar y sentir la dolorosa ironía—. Veníamos de una familia tradicional y nombres como Mercy, Grace y Happy** eran bastante normales. Hope y Joy. ¿Se imagina cómo era? Cuando pasamos a nuestro nuevo colegio de Northampton, empecé a llamarme por mi segundo nombre.

—¿Cómo te llamaba tu madre?

—Lo menos posible. Apenas recuerdo que pronunciara mi nombre.

—¿Y tu hermana? ¿Cómo te llamaba?

—Normalmente me llamaba «hermanita» o, a veces, Hope. En el colegio lo hacía muy bien y se acordaba de llamarme Janice. Es así de lista. Lo pilla todo rápidamente.

La habitación se queda en silencio, con ambas mujeres perdidas en sus pensamientos.

Al final, la señora B suspira y pregunta con voz tierna:

* «Esperanza» en inglés. *(N. del T.).*

** «Piedad, Gracia y Feliz» en inglés. *(N. del T.).*

—¿Quieres que te llame Hope?

—No, a menos que usted desee que yo la llame Rosie. —Las dos mujeres intentan sonreír, pero les parece una destreza que les queda lejos.

La señora B se endereza en su sillón.

—Quiero saber por qué nadie vio lo que os estaba pasando a ti y a tu hermana —dice volviendo a su anterior pregunta.

—La verdad es que no conocíamos a nuestros vecinos y le hice prometer a mi hermana que no dijera nada en el colegio. Estaba segura de que lo que yo hacía estaba mal y que si alguien se enteraba de que yo estaba cuidando sola de mi hermana me metería en un lío tremendo. —Janice hace un gesto de negación—. Ahora me parece increíble.

—Pero ¿en el colegio nadie te preguntó nunca sobre cómo era tu vida en casa?

—El dinero que mi padre apartó para mi hermana y para mí fue para un colegio privado, un convento. —Janice piensa que en otra vida habría bromeado sobre esto con la señora B, que se habrían reído porque tenía razón; que la habían educado unas monjas—. El colegio era muy formal. Las profesoras no eran mujeres simpáticas ni cercanas. Solo una maestra que daba clase de Lengua, la hermana Bernadette, mostró verdadero interés por mí. Era buena y, a veces, en el recreo o a la hora de comer, nunca después de las clases porque yo me tenía que asegurar de irme a casa, me dejaba que ordenara libros con ella y me regalaba galletas por ayudarla.

—Debería haber hecho más —sentencia la señora B.

Janice se pregunta si eso importa ya. Lo que importaba era lo que pasó en aquel entonces y siempre le estará agradecida a la hermana Bernadette. Necesita aferrarse a sus pequeños actos de bondad como algo bueno. Si no, ¿qué otra cosa le queda?

Mira a la mujer que está a su lado y ve que las lágrimas que creía suyas son de la anciana. Piensa en la noche que estuvieron riendo y llorando, cuando no supo ver la diferencia entre las dos cosas. Ahora ya no puede decir con seguridad quién está llorando. Siente como si estuviese mirando desde una gran altura. ¿Puede dejarse caer? Desde luego, no será un salto, pero quizá podría simplemente dejarse ir. Si hay algún lugar donde puede hacerlo es aquí, entre los libros, con esta mujer.

—Mi madre conoció a alguien, un hombre que trabajaba donde ella. Mi madre era gerente de una oficina; no sé bien qué hacía él. Simplemente, un día empezó a aparecer por casa.

—¿Cómo era?

—Ah, pues no había nada que Ray no supiera hacer. Y el cambio en mi madre fue asombroso. Ahora se reía, cantaba por la casa, se esforzaba por tener buen aspecto. Joy estaba muy contenta y se sentaba a ver cómo se vestía, sin dejar de decirle a mi madre lo guapa que estaba.

—¿Y tú?

—Yo estaba muy enfadada. ¿Por qué Joy, que era tan dulce y encantadora, no hacía que mi madre se sintiera así? Una parte de mí deseaba que mi hermana se enfadara igual que yo. Pero otra parte deseaba ser feliz igual que ella, sucumbir sin más a todo aquello. Supongo que, en cierto modo, lo que quería era creer que todo iba a ir bien y que mi madre empezaría a comportarse como cualquier madre.

—¿Y lo hizo? —pregunta la señora B como si ya conociera la respuesta.

—¿Usted qué cree? —responde Janice, como una mujer que también conoce la respuesta—. Después de... no sé cuánto tiempo, Ray se mudó a nuestra casa. No trajo gran cosa con él salvo unas mancuernas y un saco de boxeo que colocó en la sala de estar enfrente de la televisión. Ahora que lo recuerdo, me pregunto por qué se molestó. Al fin y al cabo, pronto descubrió que mi madre le servía como un estupendo saco de boxeo. Era un hombre pequeño, delgado y enjuto, de movimientos rápidos. Nadie pensaría que iba a invadir tanto la casa, pero lo hizo. Podías notarlo en todas partes. Aun cuando no estaba en la habitación, lo sentías dentro de ti porque te asustaba que pudiera entrar.

—¿Os maltrataba a tu hermana y a ti? —pregunta directamente la señora B.

—No de primeras ni tampoco del modo al que usted se refiere. Pero ahora puedo entender que era de esas personas que son violentas por naturaleza. Cualquier cambio en su estado de ánimo podía desatar una respuesta física, normalmente agresiva. Pero no fue evidente al principio. Lo único que sabíamos mi hermana y yo era que nos observaba. Podíamos estar en el sofá viendo la televisión, Joy y yo acurrucadas la una contra la otra, y yo levantaba la vista y le veía mirándonos con los ojos medio cerrados. Creo que poco después me di cuenta de que no era yo la que le interesaba, sino Joy. La observaba sobre todo cuando estaba contenta, cuando se parecía un poco a como era de pequeña. La estudiaba como si fuese algo que no había visto antes.

—Y tu madre ¿qué hacía mientras ocurría todo esto?

—Estaba ocupada. Ocupada cocinando, ocupada hablando, ocupada poniendo orden detrás de él y ocupada arreglándose el pelo y las uñas. Pero, sobre todo, estaba ocupada riéndose con todo lo que Ray decía. Y él se reía también y, entonces, mi hermana trataba de unirse a ellos, aunque la mayor parte de las veces no tuviera ni idea de qué era de lo que los dos se reían.

—¿Y tú?

—Yo quería que todos se callaran. Se convirtió en un sonido insoportable, como la alarma de un coche que se dispara y no deja de sonar. Todas esas carcajadas metálicas resonando por toda la casa. Yo no podía unirme a ellos, así que me quedaba sentada y en silencio buena parte de las veces, vigilando a mi hermana y vigilándolo a él. Fue entonces cuando Ray empezó a hacer bromas sobre mí por ser una adolescente malhumorada y todos le seguían la corriente, incluso mi hermana. Y empezaban las risas de nuevo.

—Ay, Janice. —Sus palabras son apenas un susurro.

—No puedo hacer esto, señora B —dice, de repente, Janice, derrotada.

—Sí que puedes, Janice. Eres una mujer excepcional y creo que muy valiente.

Janice sabe que no lo es.

—¿Cuántas historias cree que existen en el mundo? —pregunta—. ¿Siete? ¿Ocho? No puedo recordar cuántas. Una vez, leí en una revista que solo se han contado cierto número de historias.

La señora B guarda silencio, observándola.

Janice suspira.

—Tanto usted como yo sabemos lo que viene ahora, ¿verdad? Es una historia previsible. Se ha representado en casuchas y palacios de todo el mundo desde el principio de los tiempos. No hay ninguna historia nueva, señora B.

—Pero esta es tu historia, Janice, y creo que necesitas contarla.

—¿Sí? ¿Cambiará eso algo? No puedo cambiar el final.

—Es ahí donde creo que te equivocas —dice la señora B sin más. Hace una pausa antes de añadir—: Una de las citas preferidas de Augustus del filósofo Cicerón era: «Mientras haya vida, hay esperanza». Él la necesitó durante su lucha contra el cáncer y yo sé que le ayudó, aunque al final el cáncer le venciera. —Extiende una mano y agarra la de su amiga. Su amiga que se llama Hope—. A veces, todos necesitamos un poco de esperanza.

Janice baja la mirada a sus dos manos entrelazadas, blanca caliza y cedro pulido. Gira la cabeza y mira por la hermosa ventana. El cielo está ahora sin las nubes de lluvia que se habían acumulado horas antes y la luz es nítida y limpia. Desea que esa luz pura e inmaculada la inunde de esperanza pero no puede capturar esa sensación. No puede capturar lo que significa su nombre. Se le derrama entre los dedos como la luz del sol difractada que crea dibujos sobre la mesa de roble. Mira a su alrededor, a los estantes de libros, cada uno de ellos ordenado por ella, y empieza a pensar que puede haber una salida. Una forma de encontrar esa esperanza. Al fin y al cabo, es una coleccionista de historias y una narradora. Quizá pueda contar su historia igual que ha contado otras.

Así que empieza.

—Esta es la historia de una niña que vivía con su hermana pequeña en una ciudad donde fabricaban zapatos. Su casa no era grande, pero tenía espacio para las dos niñas y su madre y para un hombre que no era su padre. La madre amaba mucho a ese hombre. Le amaba incluso cuando él le provocaba heridas con un cortador de linóleo, haciéndola sangrar. La sangre que caía como gotas de agua sobre el suelo era del mismo color rojo que las rosas que él le regalaba para pedirle perdón.

Janice mira a la señora B, que asiente ligeramente.

—El hombre decía que quería a la mujer, pero nunca dijo que quisiera a sus hijas. ¿Por qué iba a hacerlo? No eran de su sangre, y la niña lo entendía. También sabía que él no la quería porque, cuando ella le miraba, su mirada le decía: «Sé quién eres en realidad». El hombre pequeño y delgado rara vez la miraba a ella y la niña creía que él la había visto mirarle y que sabía qué quería decir. Pero el hombre sí observaba a su hermana. Esta hermana quería que todos creyeran que era feliz, así que se reía y jugaba como si lo fuera. Y trataba de hacer felices a otras personas porque creía que, si conseguía hacerlas felices, esa felicidad sería contagiosa y así podría conseguir parte de ella para sí misma. A veces, el hombre fingía que ella le hacía feliz y lanzaba a la hermana pequeña al aire, riéndose, y otras veces la dejaba caer y fingía que había sido un accidente. Después, se daba la vuelta y sonreía. No creía que nadie le hubiese visto sonreír, ni la madre ni la hermana que estaba llorando. Pero la niña sí le vio porque se había prometido a sí misma que, mientras estuviese despierta, nunca apartaría los ojos de él.

Janice siente la fría presión de la mano de la señora B sobre la suya y ella se aferra a esa frágil pero firme mano como si eso fuera a impedir que se cayese. No está segura de que una mano tan diminuta pueda hacer eso, pero sí sabe que la señora B no la va a soltar y que se caerá con ella si es necesario.

—Un día, el hombre llegó a casa y dijo que tenía un regalo para la madre. Era un perro. La madre se rio nerviosa porque no le gustaban los perros y, después, se rio más para asegurarse de que el hombre no lo supiera. El perro era pequeño, como el hombre, y fuerte como él, pero mientras que el hombre era delgado, el perro era robusto, como una roca pequeña. La hermana se rio como su madre cuando vio al perro y, aunque le daba miedo, lo acarició. La niña mayor miró al perro de la misma forma que miraba al hombre, pero, al contrario que el hombre, el perro sí le devolvía la mirada. La niña se acordó de un libro que había leído en el colegio y que decía que todas las criaturas de Dios habían empezado su vida como peces nadando en el mar. Sabía que el perro había empezado su vida como un tiburón porque aún tenía los mismos ojos.

»La hermana trató de hacerse amiga del perro porque sabía que al hombre le encantaba el perro. Le hablaba al perro con una voz distinta y se tiraba al suelo a jugar con él. La hermana trató de hacer lo mismo, pero el hombre pequeño y delgado hizo que el perro le mordiera los dedos de las manos y los pies. Y la sangre que la niña limpió de la piel de su hermana cuando la besó para consolarla era del mismo color que la sangre de su madre que goteaba contra el suelo como si fuese agua. El hombre no compró flores a la hermana pequeña del color de su sangre, pero sí se rio cuando ella no miraba. La niña supo que había hecho esto porque nunca dejaba de vigilarle.

»Un día de sol, cuando la madre había salido de compras, la niña estaba en su habitación leyendo un libro. Podía hacerlo porque el hombre había salido con sus amigos. Así que, por una vez, no tenía que estar vigilándolo, pero por la ventana sí que vigilaba a su hermana, que estaba tomando el té en el jardín con sus muñecas. Como la niña estaba muy cansada de tanto vigilar, pronto se quedó dormida.

»Cuando despertó, pudo oír a la hermana pequeña llorando y al hombre gritando. Había también otro sonido, que era espeluznante y terrible, pero no sabía qué era. La niña corrió más de lo que lo había hecho en toda su vida y vio al hombre sujetando a su hermana pequeña como si fuera una de las muñecas, y la estaba zarandeando. Tenía su cara muy cerca de la de la hermana pequeña y, al gritar, escupía. La niña vio que el perro también escupía. El perro estaba tumbado mientras escupía y su esputo se parecía a la espuma de la parte sucia del río junto a la fábrica de cerveza. El hombre estaba furioso porque el perro se había unido a la merienda de las muñecas. Como las muñecas no tenían hambre, el perro se había comido todo el chocolate que la hermana les había servido en unos platos, además del suyo. El hombre decía que la hermana lo había hecho a propósito para que el perro enfermara.

»La niña sentía mucho miedo pero también estaba muy enfadada consigo misma por haberse quedado dormida y no haber estado vigilando. Así que fue corriendo hacia el hombre que no era su padre y no paró de golpearle hasta que dejó caer a su hermana en el suelo. Entonces, él se giró y la miró como si quisiera zarandearla también como a una muñeca, o peor. Así que la niña agarró a su hermana de la mano y subieron corriendo las escaleras hasta su dormitorio. El hombre era rápido pero, por una vez, ellas lo fueron más. Cuando llegaron a su dormitorio, la niña empujó a su hermana por la puerta y la cerró. No entró en la habitación con ella porque había visto lo que el hombre podía hacer con las puertas cuando se enfadaba y pensó que esta vez él tendría que abrirse paso aporreándola a ella además de a la puerta.

»El hombre corrió escaleras arriba muy rápido hacia ella y la niña sintió más miedo del que había sentido en su vida. Pero no quería que ese hombre llegara hasta su hermana, a la que tanto quería, así que ella también corrió hacia él. Y fue entonces cuando pasó. El hombre pequeño y delgado tenía los pies pequeños. Si hubiese tenido pies más grandes, si hubiese sido más lento, quizá no hubiese sucedido. Pero su pequeño pie se resbaló en el escalón de arriba y la niña le empujó con todas sus fuerzas por las escaleras.

La señora B va a hablar, pero Janice tiene que terminar esto; tiene que contarlo todo.

—El hombre estaba ahora en el suelo como un hombre roto. Tenía el brazo torcido y la pierna también, pero su voz seguía funcionando y la utilizó para gritar cosas a la niña. Ella no sabía qué significaban sus palabras, salvo que suponían un problema para su hermana. Así que no fue a ayudarle ni llamó a una ambulancia, tal y como le habían enseñado las monjas. En lugar de eso, se sentó en lo alto de las escaleras para mirarle a través de la barandilla. No sabía qué hacer. Lo único que oía era el sonido de su hermana llorando tras la puerta del dormitorio y al hombre torcido gritándole a ella, diciéndole lo que le iba a hacer a su hermana para castigarla.

»Fue entonces cuando la niña vio las pesas que el hombre usaba para mantenerse fuerte; estaban detrás de ella, en el rellano. Como ya no podía seguir soportando sus palabras, tiró de las pesas hacia el borde del escalón superior y, con sus dos pies, las empujó. Y entonces los gritos cesaron. La niña bajó las escaleras y pasó por encima del hombre roto para ir a la cocina a por un trapo. Cogió el trapo y limpió sus huellas de las pesadas mancuernas antes de volver a dejarlas caer al fondo de las escaleras, igual que el hombre torcido había dejado caer a su hermana. No miró al perro mientras hacía esto, pero sabía que no tenía por qué hacerlo. Sabía que ya no tenía que sentir miedo por su culpa. Después, fue a la puerta de atrás, donde guardaba su vieja comba, y la colocó en medio de las escaleras. La niña esperó, después, con su hermana en su dormitorio. Se sentó con ella en la litera de abajo, le agarró la mano y le susurró con voz muy baja al oído.

32

La pena no pesa tanto como la culpa

—No deberías sentirte culpable por lo que hiciste. Lo sabes, ¿no, Janice? Estabas protegiendo a tu hermana —dice la señora B con seriedad.

¿Por dónde empezar? ¿Cómo puede explicar las cosas por las que se siente culpable y por las que no? Las dos forman largas listas, pero una lo es mucho más que la otra. Entonces, piensa que quizá debería contárselo a la señora B. Al fin y al cabo, ya han llegado hasta aquí.

—¿Piensa que, si se lo pedimos, Stan nos traería una botella de brandi? Me gustaría hablarle de esto, pero no creo que pueda hacerlo sin una copa ni tampoco creo que las piernas me funcionen.

—Bienvenida al club —contesta la señora B, y esta corta respuesta da a Janice la misma fuerza que podría proporcionarle un chupito de brandi. Se acuerda de otras ocasiones en las que han discutido y han tratado de imponerse la una a la otra. La señora B coge su teléfono y, muy poco después, Stan aparece en la puerta. Da la casualidad de que él guarda una pequeña botella en su taquilla y está encantado de dejársela para que así no tengan ellas (ni él) que salir.

En cuanto Janice se ha tomado el primer sorbo de brandi, empieza.

—En primer lugar, señora B, yo nunca me he sentido culpable por matar a Ray. Sé que debería y en medio de la noche puedo llegar a sentirme culpable por no sentirme culpable. Sé que la mayoría de las personas jamás lo entenderían. ¿Cómo puedes quitarle la vida a alguien y no sentirte mal por ello? Pero lo cierto es que es así.

—Me alegra saberlo —responde la señora B, y su tono hace que Janice sienta que, si la señora B hubiese estado presente aquel día, ella no habría empujado a Ray por las escaleras porque la señora B habría estado encantada de hacerlo por ella.

—No me siento culpable tampoco por haber mentido a la policía. Dije que lamentaba que hubiese tantas cosas en las escaleras cuando Ray subió corriendo a buscar el número del veterinario. Iba a toda prisa y no las vio. No, mi hermana y yo no lo vimos. Estábamos leyendo en nuestro dormitorio. Al recordarlo, no estoy segura de qué debió de pensar en realidad la policía. Había un hombre, un agente joven, que creo que sospechaba que había pasado algo más, pero no dejaba de preguntar si había alguien más en la casa. Sé que confirmaron dónde estaba mi madre, pero conocían a Ray desde hacía tiempo y, por lo que veo ahora, pensaron que pudo haber una pelea. Pero Joy y yo no dejamos de decir la verdad, que no había nadie más en la casa. Y no creo que nadie pensara en las implicaciones de aquello. Aunque creo que sí sabían qué tipo de hombre era Ray. Resultó que tenía antecedentes de maltrato a mujeres y solo había que mirar a mi madre y a nuestra casa para saberlo. Incluso en las paredes había golpes.

La señora B asiente mientras remueve el brandi en su vaso. Había insistido en usar los mejores vasos de Augustus.

—Y no me siento culpable por haberle contado a mi hermana, a lo largo de los años, una y otra vez esta versión de los acontecimientos y que fue un accidente...

—Fue un accidente —la interrumpe la señora B.

Las dos saben que esto es mentira, pero Janice piensa en lo bueno que es tener a esta mujer como su defensora. Ojalá la hubiese conocido cuando era más joven. ¿O quizá no hubiese funcionado? Puede que algunas relaciones florezcan porque se forman en un momento y un espacio específicos de la vida.

Vuelve a su hermana.

—Sinceramente, pensaba que Joy se había creído esta versión y que era tan pequeña que eso era lo que recordaba.

—¿Pero? —La señora B está segura de que hay algo más.

—La última vez que vi a mi hermana, la vez que me alojé en su casa de Canadá, ella hizo una cosa justo al final de la visita y, bueno, no sé qué pensar.

La señora B espera.

—Lo habíamos pasado muy bien. Pude conocer mucho mejor a mi sobrino, a mis sobrinas y a mi cuñado, pero, cuando se iban al colegio y al trabajo, Joy y yo teníamos el día para las dos solas. Fue maravilloso. Ella estaba cambiando de trabajo en esa época, por lo que pudimos disfrutar de tres semanas enteras libres. Es enfermera especializada en pediatría. Mi hermana es muy inteligente. —Janice cree que merece la pena repetir esto—. Hablamos de cómo había sido nuestra vida de niñas, claro, pero nos vino bien. Aunque los recuerdos no fuesen los mejores, y algunos muy dolorosos, decirlo y compartirlo con la única persona que sabía cómo había sido nos ayudaba a las dos. Pero no hizo ninguna mención directa a aquel día y lo único que dijo con relación a aquello me confirmó que la versión que yo le había contado era lo que ella recordaba. Pero luego, la última noche, estábamos las dos solas y ella fue a su escritorio, sacó un papel y una pluma estilográfica y escribió: «Recuerdo lo que hiciste». Nada más, solo eso.

—¿Dijo algo?

—No, simplemente fue a preparar la cena.

—¿Parecía enfadada?

—En absoluto. Más bien, sonreía un poco.

—¿Puede ser que sí se acuerde y te estuviera diciendo que no te preocuparas? —sugiere la señora B.

—No. No podía ser. Si quería hablar de Ray, había tenido muchas ocasiones de hacerlo durante mi visita. Y aquella sonrisa no se corresponde con decirle a tu hermana «Oye, sé que le mataste...».

—¿Pero?

—Ahora me preocupa que yo pueda estar equivocada y que durante todo este tiempo ella lo haya sabido y haya tenido que vivir con ello. Pero es que no sé cómo preguntárselo. Y el problema es que sé que no la llamo tanto ni hablamos por Skype como antes y..., bueno, la echo de menos.

—Creo que deberías llamarla cuando llegues a casa esta noche y hablar con ella. Considero que después de todo lo que habéis pasado juntas no hay nada que no puedas preguntarle a tu hermana. ¿Ella es feliz ahora?

A Janice le conmueve que la señora B quiera saber eso.

—Sí, sí que lo es. No creo que sea ya como esa niña, la hermana a la que yo conocía al principio, pero quizá se hubiese convertido en otra persona de todos modos. Encontrarse con su marido supuso para ella un enorme cambio. Creo que fue como usted con Augustus: se conocieron y eso bastó. Y tener hijos fue aún mejor. Sí, yo creo que han sido de mucha ayuda porque así ha podido ser para ellos una madre muy distinta.

La señora B asiente, satisfecha.

—Deberías preguntárselo, Janice. No debes dejar que esa relación se enfríe. Yo no tengo hermanos y me habría gustado mucho haber tenido una hermana. Y ahora la distancia no tiene por qué suponer un obstáculo tan grande.

Janice asiente, pero cree que ese obstáculo es mucho mayor cuando tu marido se ha gastado todos tus ahorros y te tienes que enfrentar a la perspectiva de pagar una hipoteca y tratar de buscar otro sitio donde vivir.

—Ahora cuéntame la otra parte. Has hablado de lo que no te hace sentir culpable. ¿Qué es lo que te angustia tanto? —La señora B extiende la mano y sirve un segundo brandi para las dos.

—¿Cómo sabe que estoy angustiada?

—Janice, lo supe desde la primera vez que te vi. —Sonríe—. Además, soy espía. Estoy entrenada para ver esas cosas.

Janice respira hondo. Espera que la señora B esté cómoda, porque esto puede durar un buen rato.

—Me siento culpable la mayor parte del tiempo y ha sido así durante casi toda mi vida, según parece. Me siento culpable por no haber protegido de verdad a mi hermana. Siendo adulta, puedo entender que no podía hacer gran cosa, pero, aun así, me siento culpable de que ella no tuviera la infancia que se merecía. Me siento culpable de que lo que pasó tras la muerte de Ray hizo que su vida fuera más difícil y siento que fue responsabilidad mía.

—¿Qué pasó?

—Ya le conté que, cuando mi padre murió, mi madre prácticamente se marchó con él. Ahora me doy cuenta de que aquella era su forma de enfrentarse a todo, de que había una parte de ella que todavía seguía ahí. Porque, cuando Ray murió, de repente ella se convirtió en una gran presencia, en una fuerza, si es que se puede describir así. Pero no fue en nosotras en quien se concentró; dedicó toda su atención a su pena. No parecía que le importara que él le diera palizas; no había consuelo para ella. Incluso cuando pasó el tiempo y el impacto inicial se diluyó, estaba tan dolida que era como si fuese algo físico. Yo me preguntaba si el cáncer sería igual. ¿Mi padre había sufrido tanto dolor cuando murió? Y ella no veía nada que no fuese su propio sufrimiento, así que Joy, que tenía ocho años, es decir, que solo era una niña que deseaba y necesitaba amor y...

—Tú también, Janice. No eras más que una adolescente.

—Yo sabía que no me merecía algo mejor, pero Joy sí. Ella no había hecho nada.

—Creía que habías dicho que no te sentías culpable —la provoca la señora B.

—Quizá la culpa sea como una enfermedad. Puedes tenerla sin ser consciente de que está ahí. —Janice se da cuenta de que eso es algo que ya se había planteado antes. Quizá la culpa haya estado siempre en su sangre.

»En fin, hice lo que pude con mi madre, pero yo era la última persona que ella quería tener cerca. Creo que lo sabía. Nunca dijo nada, pero ella sabía que esas mancuernas no estaban en las escaleras. Nunca se lo dijo a la policía. De vez en cuando, pasaba un rato con Joy y se acurrucaba con ella en el sofá. Yo trataba de sacar tiempo para aquello, buscar unos buenos DVD, llevarles las chucherías que les gustaban. No tenía que estar ahí con ellas. Podía sentarme en el otro sillón y observarlas mientras ellas veían la película. —Se pregunta cuánto tiempo de su infancia lo pasó observando a otros.

—Ay, Janice —dice la señora B, y no es más que un eco de su anterior tristeza.

—Luego, mi madre empezó a salir de nuevo y a no volver. A veces, durante varios días. Yo intentaba mantenerlo todo bajo control; normalmente había algo de dinero y cupones en casa y, al principio, ella sí nos dejaba suelto. Pero, cuando empezó a beber en serio, simplemente se olvidaba. Así que yo me siento culpable también por esto; quizá ella no habría bebido tanto si las cosas hubiesen sido distintas.

—Y quizá Ray hubiese matado a tu madre, a ti o a tu hermana. ¿No lo has pensado? —pregunta la señora B con brusquedad.

Se encoge de hombros; ha pensado en cualquier escenario posible. Se gira hacia la señora B. Hay una cosa que quiere decirle.

—Ni por un momento he pensado que sea usted una borracha, señora B. Sé muy bien cómo son los alcohólicos.

La señora B niega con la cabeza, como si eso no viniera al caso.

—Sigue poniéndome furiosa que te puedas sentir culpable por todo esto, Janice.

—No creo que la culpa pida permiso para entrar. No creo que llame a la puerta y espere pacientemente sobre el felpudo.

—Como la hierba nudosa japonesa —dice la señora B. Janice sabe que está tratando de hacerle sonreír, y casi le funciona.

—¿De qué más te sientes culpable? —pregunta la anciana.

—Me siento mal porque nunca vi a mi madre como una víctima de todo esto: se había mudado a otro país, su marido había muerto y había tenido que aceptar un trabajo que no le gustaba; contó con la mala ayuda de su hermana borracha, sufrió malos tratos y, después, tuvo que enfrentarse a otra muerte. Me siento culpable porque no me mostré comprensiva ni compasiva con ella.

—¿Y?

Janice cree que a la señora B se le habría dado bien dedicarse a hacer interrogatorios. Siempre parecía saber cuándo había algo más que decir.

—Me siento culpable porque cuando por fin se implicaron los Servicios Sociales, por una vecina, creo, yo me sentí aliviada. Y, aunque nuestra casa de acogida no fue perfecta, ya no dependía todo de mí. Y, aun así, todavía no puedo evitar sentir que decepcioné a Joy.

—¡Tonterías! —espeta la señora B como si eso le pusiera muy furiosa.

Antes de que la señora B pueda decir nada más, Janice continúa.

—Y por lo que me siento más culpable es porque cuando murió mi madre hace quince años, alcohólica, en un albergue del Ejército de Salvación, no solo no pude salvarla, sino que ni siquiera lamenté que muriera.

—Querida, tú ya habías hecho todo lo que podías. No puedes llevar esa carga sobre tus hombros, créeme. ¿No ha habido nadie ahí que te cuide durante todo ese tiempo?

¿Qué puede decir? Conoció a Mike en la oficina cuando trabajaba con dieciocho años. Creyó que él podría cuidarla, o que podrían cuidarse el uno al otro. No podría haber estado más equivocada. No quiere repasar los años con su marido, así que se lo explica a la señora B del único modo que se le ocurre.

—La niña de la historia sí conoció a un hombre que esperaba que pudiera ayudarla. Ese hombre no era ningún príncipe ni un rey, pero la niña estaba feliz; más que nada, deseaba un hombre que fuese bueno. Sin embargo, resultó que el hombre se creía un emperador. Y vestía con ropas nuevas y muy elegantes.

El estallido de carcajadas funciona mejor que el brandi y Janice sonríe mientras extiende la mano y agarra la de la señora B.

33

Dos lados de cada historia

—¡No sabía que conocías a Geordie Bowman!

Está sentada en la silla de Geordie junto a la cocina de leña y, por un momento, la voz la confunde. Acababa de estar pensando en su hermana y oír su voz en casa de Geordie es como si se hubiese adentrado en un sueño extraño.

—¿Estás ahí, hermanita?

—Ah, sí. De hecho, estoy sentada en su silla ahora.

—Pero si él está en Canadá. ¡No me digas que estás con él!

El corazón se le sacude ante el entusiasmo de su hermana pequeña.

—No, no. Estoy cuidándole su casa de Inglaterra.

—Pero ¿de qué le conoces?

—Solo soy su asistenta.

—Ah, yo no lo creo. Deberías leer el correo electrónico que me ha enviado. Nos ha regalado entradas VIP para el sábado y quiere que después vayamos a tomar unas copas con él. Siempre he sabido que eras una caja de sorpresas, hermanita.

—Me alegra mucho oírte, Joy. —Janice sube los pies a la silla de Geordie y se abraza las rodillas. Siente que va a echarse a llorar… otra vez.

—¿Estás bien, hermanita?

—He dejado a Mike.

—¿Qué? ¿Definitivamente?

—Sí. —¿Por qué tanto Joy como Simon le tienen que hacer esa pregunta?

—¡Pues ya era hora, joder!

¿Era ella la única que no sabía que debería haber dejado a su marido hace años?

—¿Estás bien, hermanita? —repite Joy, pero su voz suena más feliz ahora. Feliz, piensa Janice, de que su hermana haya dejado por fin a ese imbécil de marido.

—Estoy bien. Iba a llamarte esta noche. Quería preguntarte una cosa.

—Dispara... Espera, primero deja que me ponga una copa de vino. ¿Tienes tú una?

—No, pero voy a por ella. —La verdad es que Janice no quiere beber más, pero tienen como tradición compartir una copa de vino mientras hablan por teléfono. Se da cuenta de que llevan tiempo sin hacerlo.

—Vale, ¿qué quieres saber? —Su hermana ha vuelto.

—La última noche, cuando estuve contigo en Canadá, escribiste algo en un trozo de papel y no estoy segura de qué quería decir.

Su hermana se ríe suavemente. No es el sonido de alguien que ha recordado a su hermana que mató a una persona.

—No estaba segura de si lo recordabas. Pero hiciste mucho.

—¿Si recordaba qué?

—Fue una de las veces que mamá se fue. Creo que en esa ocasión estuvo fuera unas dos semanas. Sé que fue mucho tiempo. Creo que yo debía de tener unos diez años. Así que ¿cuántos tendrías tú?

—Quince.

—Debes acordarte —insiste su hermana.

Janice no sabe de qué le está hablando su hermana, pero ahora sí sabe que no puede ser nada sobre Ray y se echa a temblar, aliviada. Da un sorbo al vino tinto que tiene a su lado sobre la cocina.

—Como te iba diciendo, mamá se había ido. Creo que esa vez había dejado algo de dinero, pero no mucho. Y era alrededor de la Navidad. Hope, debes acordarte —vuelve a insistir su hermana.

Y, junto a su antiguo nombre, regresa a su mente el recuerdo. Había creído que su madre estaría de vuelta para la Navidad, pero no volvió. Habían empezado las vacaciones uno o dos días antes de la Nochebuena y había estado trabajando hasta bien entrada la noche decorando la casa. Su hermana la había ayudado y después, cuando estaba dormida, Janice había añadido más cosas para darle una sorpresa. Intentó preparar unos regalos para Joy y arreglar algunas cosas suyas que a su hermana le gustarían. Tenía poco dinero y había utilizado la mayor parte en la comida, pero le había comprado un regalo, algo nuevo. Se había decidido por una cosa que pensó que su padre habría elegido.

—Sí, ya lo recuerdo —le dice a su hermana, a la que quiere más que a nadie en el mundo.

—Me compraste una pluma estilográfica. Todavía la tengo. Por eso escribí aquella nota con la misma pluma. Pensé que al verla lo entenderías.

—Ahora sí lo entiendo —es lo único que consigue decir—. ¿Joy?

—Sí.

Tiene que preguntárselo, tiene que saberlo, de una vez por todas.

—¿Te acuerdas de lo que le pasó a Ray?

—Claro, una cosa así no se olvida.

—Pero ¿sabes qué pasó de verdad?

—¿Qué? —pregunta su hermana, recelosa.

Silencio. No encuentra las palabras.

Su hermana la ayuda.

—¿Qué? ¿Que le mataste tú?

Su respiración sale como una ráfaga. Siempre lo dice: su hermana es muy inteligente.

—¿Estás ahí, hermanita? —Joy parece preocupada.

—¿Desde cuándo lo sabes?

—Desde siempre. Yo sabía que las pesas y la comba no estaban en las escaleras. Solo que pensé que no querrías hablar de ello.

Janice no sabe por dónde empezar.

—Y a ti..., ¿a ti te parece bien?

—Claro. Iba a matarnos, Hope. No te engañes pensando que no lo iba a hacer. Sabes que eres la mejor hermana del mundo, ¿verdad? ¿Sabes cuánto te quiero? Nunca me has fallado.

Ahora Janice no puede detener las lágrimas.

—Es que siento mucho que no pudieras estar mejor.

—Te tenía a ti. Eso bastaba.

Janice piensa en Fiona y en que ella le había dicho lo mismo: «Adam te tiene a ti».

—¿Puedo preguntarte una cosa que siempre he querido saber? —pregunta su hermana.

—Lo que quieras.

—¿Mataste también al perro?

Janice suelta ahora una carcajada y, aunque le encantan los perros y la muerte de un animal no debería resultar divertida, no puede evitar contestar:

—No. Fuiste tú.

Su hermana se está riendo también.

—Joder, era un cabrón malvado. Bueno, dicen que los perros son como sus dueños.

Janice sabe que eso no siempre es verdad. Solo hay que ver cómo terminan siendo algunos fox terrier.

—¿Vas a venir pronto a verme? —pregunta Joy.

—Me encantaría, pero tengo que decidir dónde voy a vivir y... —A Janice le cuesta confesarle a su hermana menor que tiene problemas económicos.

—Y una mierda. Vamos a decidir una fecha y te envío el billete.

—Pero no puedes hacer eso.

—Por supuesto que puedo. Soy tu hermana.

Y Janice ve que no sabe qué responder a eso.

34

El niño y el perro

Janice ha conseguido limpiar buena parte de la casa sin tropezarse con la señora SíSíSí. Si la oye entrar en alguna habitación, ella se va rápidamente a otra. Piensa que es una suerte que con los suelos de madera se oigan tan fuerte los pasos, pues así es más fácil saber que su jefa se está acercando. Mientras se desliza de la forma más silenciosa que le es posible de una habitación a otra (dejó los zapatos junto a la puerta de la casa), Decius la sigue. La ha estado mirando con su expresión de «¿Qué coño te pasa, mujer?», pero a ella no le importa. Ha estado pensando en su hermana, y en lo inteligente que es, y en la señora B. Sabe que el simple hecho de contarle su historia a la señora B ha supuesto una gran diferencia para ella. Eso y haber hablado con su hermana. Nada ha cambiado pero todo es distinto. Para bien.

Ha recibido un mensaje de Euan y se van a ver después para dar un paseo con Decius y Adam. No sabe si alguna vez podrá contarle a Euan su historia. Le gustaría pensar que sí, pero no se le ocurre en qué momento, y se le han ocurrido muchos, podrá encontrar las palabras para hacerlo. Así que está pensando en otras dos cosas. Posiblemente, aprender a bailar el tango con él e imaginar una ocasión en la que puedan ir juntos a Canadá. Para esto, le permite a su imaginación el lujo de no tener problemas de dinero y de contar con un nuevo armario de ropa.

—Ah, aquí estás.

Se da la vuelta al oír a Tiberius. No le ha oído llegar. Ve que lleva puestos unos mocasines de borrego y también nota, por primera vez, que tiene unas piernas muy arqueadas.

—¿Me puedes explicar qué significa esto? —pregunta levantando en el aire una botella de brandi casi vacía. No es ninguna experta en brandi, pero está bastante segura de que es la botella que la señora B y ella estuvieron compartiendo ayer.

Se queda en silencio, aunque los pensamientos repiquetean en su cabeza como una ametralladora.

«¿Otra vez has estado molestando a la señora B?».

«¿Está bien la señora B?».

«Qué mierda de hijo eres».

«¿Ha preparado Mycroft algo?».

«Tienes unas piernas increíblemente arqueadas».

«Ese es el brandi de Stan».

«No debo decir nada que le cause problemas».

«¿Por qué te crees que me puedes hablar así?».

Su último pensamiento es el que termina afianzándose: «¿Qué es lo que hace que este hombre tan arrogante piense que puede hablarle a la gente como si fuera algún tipo de especie inferior?».

—Te he preguntado qué significa esto.

Decius le da un empujón en la pierna justo a tiempo. Ella baja la mirada hacia él y recuerda qué es lo que se está jugando. Su expresión es especialmente elocuente esta mañana: «No vayas por ahí».

—Lo siento, no tengo ni idea de qué me está hablando —responde Janice mientras pasa por su lado con la mopa de diseño especial y mango largo (y filamentos de cachemir).

Tiberius extiende una mano y la agarra del brazo. No se lo aprieta con fuerza pero, aun así, la está tocando y ella siente en lo más hondo la humillación. Se detiene en seco y le mira la mano y, después, la cara. Él se apresura a apartar la mano.

—Nunca en su vida se le ocurra volver a tocarme —dice con una voz que apenas consigue contener su rabia.

Desde el suelo, justo a su izquierda, se oye un leve gruñido gutural. Decius ya no está brincando y ella está segura de que si le pone una mano encima va a notar su costado completamente rígido. El perro no aparta ni por un segundo los ojos de Tiberius. Ella sabe que está metida en un lío pero, en cierto modo, lo celebra, pues ha encontrado a su leona interior y el perro al que quiere tanto es un lobo a su lado.

El embrujo se rompe cuando Tiberius sale de la habitación.

—Yo no creo que esto vaya a funcionar. ¿Y tú? —No es una pregunta—. Te vas al final de esta semana. Mi mujer te pagará lo que se te deba.

Su furia la lleva al cuarto de la entrada para coger su abrigo y la correa de Decius. Y la lleva por el camino de entrada, cruzando la calle y adentrándose en el campo. Cuando está a mitad de camino de la casa de Fiona y Adam, se empieza a ablandar y a sentir mareada. No quiere mirar a Decius, que va dando brincos a su lado, orgulloso. No puede verle la cara, pero sabe qué diría.

—Ay, Decius, ¿qué hemos hecho? —pregunta en voz alta.

Él se gira para mirarla y ella ve que tenía razón, su expresión es tal y como se había esperado: «Joder, así aprenderá ese gilipollas».

¿Cómo explicarle a un fox terrier que todo se ha echado a perder y que no van volver a verse?

¿Y a Adam? Dios, ¿qué le va a decir a Adam? Eso le angustia más que su propio dolor y siente que ha traicionado a un niño. Y Adam sigue siendo un niño. Tiene que encontrar la forma de salir de esta. Sabe que Tiberius jamás va a replantearse su decisión. Decius se ha puesto de su parte y ya no hay forma de dar marcha atrás. Pero quizá pueda conseguir que Adam le pregunte a la señora SíSíSí si puede pasear al perro. Ella no tiene por qué saber que Adam la conoce y va a necesitar a alguien que la sustituya.

—¿Qué pasa? —Euan va hacia ella antes de que Janice entre en el sendero que lleva a la puerta de Fiona y Adam.

¿Tan evidente es? O quizá ese hombre del barco de salvamento esté acostumbrado a identificar los problemas. Ella intenta formar las frases que necesita pero salen como palabras individuales que no tienen ningún sentido. Euan da un paso hacia ella y la abraza, envolviéndola con sus brazos y su abrigo, adecuado para mantenerte abrigado cuando subes al Snowdon. Mientras llora puede notar la lana de su abrigo contra su cara y su mentón y mejilla contra su pelo. Pero, sobre todo, siente el consuelo de ser abrazada por alguien de quien se está enamorando.

Por fin, se separan y tienen que dar vueltas para desenredar la correa de Decius, que les ha rodeado las piernas.

—Encontraremos la forma de salir de esto —le dice él. A ella le gustaría creerle, pero Euan no conoce a Tiberius.

Respira hondo.

—Ya veremos —es lo único que consigue decir.

Para entonces, Adam ya ha salido y Decius y él están en pleno ritual de saludo entre brincos y vueltas. Eso solo hace que ella se sienta peor. Tendrá que buscar la forma de que, por lo menos, Adam vea a Decius. Ve a Fiona en la puerta y se dirige hacia ella. Le explica todo lo rápido que puede lo que acaba de ocurrir.

—Pero eso es terrible. —Fiona le pone la mano en el brazo y a ella le sorprende el contraste de lo que siente en comparación a cuando Tiberius la ha tocado—. Oye, llevo mucho tiempo queriendo contarte una cosa y quizá sea ahora un buen momento para decíroslo a Adam y a ti. —Fiona llama a su hijo.

—Adam, Janice me ha contado que quizá no pueda seguir paseando a Decius. Espera encontrar la forma de que tú puedas seguir viéndolo pero a mí se me ha ocurrido una idea. He hablado con unos criadores. ¿Te gustaría tener un perro como Decius?

Janice ve venir la tragedia antes que Fiona. Pero es que ella quiere a este fox terrier y sabe que nunca podrá haber otro perro como Decius.

Adam se queda inmóvil durante unos treinta segundos. Y, después, lanza un bramido.

—¿Qué pasa? ¿Crees también que algún día podrás traerme un papá nuevo? Cómprame uno. Un padre nuevo y un puto perro nuevo. —Cambia el peso de su cuerpo de un pie a otro—. ¿Qué os pasa a todos? —Ahora les está gritando. Janice mira a su derecha y ve que Fiona se ha quedado completamente pálida y con la boca abierta—. ¿Qué os pasa? —repite—. Nunca hablas de papá y, si lo haces, tiene que ser como un puto héroe perfecto que nunca hizo nada malo. Bueno, pues a veces era un mierda. ¿Por qué no lo dice nadie? A veces, nos falló a todos. No podía levantarse por la mañana ni hacer nada porque estaba dopado. Pero no, era el papá perfecto.

Golpea con fuerza el pie contra el suelo y, por una parte, es un niño pequeño y, por otra, un adulto furioso.

—¿Crees que le quiero menos porque, a veces, fuera un mierda? ¿O que no le voy a echar de menos si me dices estas cosas? —Se gira hacia Janice—. Y nadie habla nunca de él. Tú..., tú. —Se lanza contra ella—. Creía que serías distinta. Creía que podrías preguntarme por él. —Adam está llorando ahora y ella puede ver cómo Euan planta los pies con más fuerza en el suelo y, para su sorpresa, hace que le recuerde a un hombre que se cuadra antes de hacer un saludo—. ¿Cómo se te ocurre que iba a querer otro perro? ¿Y crees que no sé por qué no vamos nunca al bosque? Siempre es en el campo o el prado. ¿Qué crees que voy a hacer? ¿Buscar un puto árbol como mi padre y ahorcarme? ¿Qué os pasa a todos? —Y dicho esto, se da la vuelta y sale corriendo. Empuja a Euan al pasar y, con Decius a su lado, se va a toda velocidad como si le fuera la vida en ello. Janice ve cómo pone tanta distancia como le es posible entre él y las personas que le han decepcionado. En el posterior silencio de estupefacción, lo único que se le ocurre pensar es que se alegra de que Decius esté con él.

Fiona se derrumba y se queda sentada sobre el muro bajo del jardín. Es como si las piernas le hubiesen fallado sin previo aviso. Empieza a balancearse adelante y atrás. El sonido que emite no se parece a nada que Janice haya oído nunca. Es como escuchar a un animal dolorido. Da un paso hacia Fiona y, entonces, vacilando, otro en la dirección en que Adam se ha ido. De repente, Euan está a su lado.

—Vamos a llevar dentro a Fiona. —Se gira hacia la figura que está en el muro y se agacha a su lado—. Fiona, ven conmigo y con Janice. Vamos a buscar a Adam y ayudarle, pero antes tienes que ayudarnos tú.

Su llanto se detiene cuando toma aire y levanta los ojos hacia él.

—Puedo ayudarte, Fiona, pero necesitamos tu ayuda —repite él.

Ella deja de balancearse y mira insegura a Janice. Janice le agarra de las manos y la ayuda a ponerse de pie.

—Vamos dentro.

Fiona entra en la casa con ellos casi tambaleándose y Janice los guía hasta la cocina, pues no sabe a qué otro sitio ir. Se sienta al lado de Fiona en la mesa de la cocina. Euan le da la vuelta a otra silla para así poder mirar directamente a Fiona.

—Bueno, Fiona, ¿adónde crees que ha podido ir Adam?

Ella niega con la cabeza. Es como si hubiese perdido la capacidad de hablar.

—¿Habrá ido a casa de un amigo o es más probable que quiera estar solo?

—No tiene muchos amigos —consigue decir Fiona antes de empezar a llorar. Janice le agarra la mano.

—Entonces es más probable que esté solo. ¿Adónde iría? Ha mencionado un campo, un prado y un bosque. —Fiona se estremece ante la mención del bosque, pero Euan sigue insistiendo—. ¿Algún otro sitio que se te ocurra? —Fiona hace un gesto de negación—. ¿Tiene móvil?

Fiona levanta la cabeza al oír esto.

—Sí. ¿Se le puede localizar con eso?

Euan se dispone a decir algo pero Janice le interrumpe. Sabe cómo es el móvil de Adam y puede verlo sobre el aparador de la cocina.

—No hay que preocuparse —le dice Euan a Fiona, y coge una libreta y un bolígrafo que están al lado del teléfono. Después, mira su reloj. Rápidamente elabora una lista.

—Fiona, esto es lo que quiero que hagas.

Ella le mira y Janice se rompe ante la mirada de esperanza y angustia en sus ojos.

Euan le sonríe.

—No va a pasar nada, Fiona. Adam es un chico sensato. Solo está enfadado y necesita estar un rato a solas. Lo que vamos a hacer es solo como precaución, ¿vale? —Repite—: No va a pasarle nada. —A continuación, Euan le enseña la lista que ha escrito—. Janice y yo vamos a hacer una búsqueda rápida por los tres sitios que ha mencionado. Tú tienes que quedarte aquí por si vuelve. Vamos a apuntar nuestros móviles para poder estar en contacto. —Vuelve a mirar su reloj—. Va a anochecer dentro de una hora, así que vamos a dedicar cuarenta minutos como máximo para buscar y, después, volveremos aquí. Mientras estamos fuera, quiero que hagas lo que hay en esa lista y recojas algunas cosas. Necesitamos una foto reciente…

Fiona le mira alarmada.

—Es solo por precaución. En el trabajo me llaman Checkpoint Charlie; no puedo evitar ser precavido. —Le sonríe—. Antes trabajaba para el Instituto Real de Salvamento Marítimo. Esto no son más que medidas habituales, pero es mejor estar seguros. Probablemente no necesitemos nada de eso.

Fiona suelta un suspiro y asiente.

—Así que busca una foto, escribe una descripción de la ropa que lleva…

Fiona le interrumpe.

—No llevaba abrigo; solo una camisa del colegio.

—Razón de más por la que estará de vuelta rápido —dice

Euan con tono tranquilizador—. También quiero que escribas una lista de sus amigos, sus nombres y números. Y cualquier red social que tenga. ¿Conoces sus contraseñas?

Fiona asiente.

—Bien. Luego, quiero que pienses en otros sitios a los que podría ir, sobre todo algún lugar que pueda ser importante para él y su padre. Escríbelos aquí abajo. —Señala la libreta—. Bueno, vamos a salir ya pero volveremos en cuarenta minutos, si no antes. No habrá ido lejos. Y lleva a Decius con él. No va a permitir que le pase nada al perro, eso seguro. No va a ponerlo en peligro.

Fiona levanta los ojos hacia él.

—¿En qué estaba pensando? No puedo creer lo estúpida que he sido. Había pensado que… —No puede terminar la frase.

Janice la rodea rápidamente con los brazos.

—Solo estabas pensando en cómo hacerle feliz. No hay nada de malo en eso. Todo saldrá bien. Solo necesita un poco de tiempo, eso es todo.

Janice sigue a Euan al pasillo.

—¿Y qué hacemos ahora?

—¿Sabes dónde está el bosque? Conozco el prado y el campo de haber estado contigo. ¿Te parece bien ir tú al bosque?

—Sí, no está lejos —contesta.

—¿Seguro que te parece bien? —pregunta Euan angustiado, de repente.

—De verdad, no pasa nada.

—De acuerdo, no más de cuarenta minutos. Después, nos veremos aquí.

—¿Y luego qué? ¿Y si no le encontramos?

—Llamaremos a la policía.

—¿Qué? ¿Tan pronto? ¿No tenemos que esperar unas horas o algo así?

—No, desde luego que no. Los llamaremos de inmediato. Adam es un niño, está angustiado y no va vestido para el frío de la noche. Ellos cuentan con las fuerzas que quizá podamos necesitar. —Se inclina hacia delante y le da un beso rápido en la mejilla—. He dicho quizá. Solo estoy actuando como Checkpoint Charlie. Y recuerda, no estaba de broma cuando he dicho que él no va a permitir que le pase nada a Decius.

Se separan al final del camino y Janice empieza a caminar y, después, casi a correr en dirección al bosque. Ahora que está sola piensa en todo lo que ha dicho Adam. ¿Por qué no le había preguntado por su padre? No tenía duda de que creía conocer mejor su inquietud que lo que Fiona estaba dispuesta a admitir. Entonces ¿por qué no le preguntó? ¿No quería molestarle? ¿O creía que no le correspondía a ella por ser «solo la asistenta»? Ha estado enfadada con Mike por ver solo las limitaciones y el estigma relacionados con su trabajo. ¿Se había escondido también ella tras él? «No te impliques, Janice; solo eres la asistenta».

Llega al borde del bosque y se adentra por el sendero principal, con las hojas del pasado otoño crujiendo bajo sus pies. A medida que avanza por la vereda ve cómo se va formando la neblina en la hondonada y esto le da más miedo que las formas oscuras de los árboles que se elevan a ambos lados. ¿Y si Adam baja hasta el río? ¿Podría perderse, resbalarse con la neblina? Le llama mientras va caminando y, de vez en cuando, grita «Decius» hacia las sombras. Ya no le importa lo que pueda pensar cualquiera. Sabe que el perro le respondería. Y, al pensar esto, algo se rompe dentro de ella. Estuvo a su lado y la defendió y ahora ella no tiene forma de poder pasar siquiera unas cuantas horas de vez en cuando con él. Interrumpe de pronto este pensamiento. Tiene que encontrar a Adam. No es el momento de compadecerse de sí misma. «¡Adam!», grita con todas sus fuerzas una y otra vez hasta que le duele la garganta.

Se sale del sendero principal y toma un desvío hacia la orilla del bosque que da hacia los extensos campos de Cambridge. Sabe exactamente adónde va. Es uno de los árboles más altos sobre la pequeña cumbre. Es el roble al que John, el padre de Adam, se subió antes de ahorcarse. Eligió una de las ramas más altas, así que Janice sospecha que debió de estar subido a esa rama un rato divisando las vistas. ¿Qué debió de pensar ese pobre hombre? O quizá perdió la capacidad de raciocinio. Encuentra el árbol que está buscando y lo rodea, con la esperanza de ver a un niño agachado con los brazos envolviendo a un pequeño perro. Nada.

Cuando vuelve a la casa, Euan ya está ahí, hablando por teléfono con la policía local. Fiona está más serena y le ofrece una taza de té mientras le da las gracias.

—¿Estás bien? —le pregunta Janice.

—Sí. Euan ha estado increíble.

Janice tiene que darle la razón. Está demasiado angustiada como para ponerse a pensarlo ahora pero es consciente de que es un hombre que asume el control de una forma silenciosa. Pero ¿no es de eso de lo que trata una de sus historias favoritas? Le distraen otras personas que llegan a la cocina. Fiona da algunas instrucciones rápidamente. Euan le ha pedido que reúna a todos los vecinos que crea que pueden ayudar en la búsqueda. Tienen que estar preparados para cuando llegue la policía. Sin saber qué más hacer, Janice empieza a preparar más tazas de té y a sacar termos y botellas de agua.

Las siguientes horas pasan a trompicones. A veces, con oleadas de actividad y, otras, sin hacer nada mientras se realizan llamadas o se reorganizan los grupos. Janice tiene que dejarlo en manos de la policía. Son increíbles: calmados, amables y profesionales y, cosa que no se esperaba, divertidos a ratos, manteniendo en alto los ánimos de Fiona. No parece que pase nada grave y ella no percibe que se estén esperando cualquier cosa que no sea un buen resultado. Lleva a Euan a un lado en uno de sus trayectos de vuelta a la casa. «¿Crees que están preocupados?». Son ya las once de la noche, la temperatura ha bajado y los coches de la policía y sus luces recuerdan a Janice al escenario de un crimen.

«Están siendo muy exhaustivos», responde él antes de volver a salir. Pero, por su tono de voz, ella está segura de que está preocupado.

Oye el grito desde la cocina. Atraviesa la noche y ella sale empujando a un vecino. En el camino de entrada, Fiona está de rodillas sobre la gravilla abrazando a su hijo. Adam está inclinado sobre ella y es imposible ver dónde empieza la madre y dónde el hijo. Se balancean juntos de un lado a otro. Puede oír la voz de Adam repitiendo: «Lo siento, mamá». De pie, algo apartado de los dos, está Tiberius. No hay rastro de Decius y, de repente, Janice siente miedo. El cuadro se separa de repente. La policía los rodea y les ayuda a entrar; va apareciendo un vecino tras otro y el murmullo de conversaciones de alivio se eleva por encima de los coches de policía que ponen en marcha sus motores. La gente se mueve por su campo de visión. No puede ver al perro por ningún lado ni tampoco a Euan.

Al otro lado del camino de entrada, ve que Tiberius la está mirando. Ella serpentea entre la gente para llegar hasta él. Cuando se acerca, ve que está rígido y furioso. Ni siquiera espera a que ella esté a tres metros de él.

—Has estado utilizando a un niño de doce años para que pasee a nuestro perro con pedigrí mientras tú te quedabas con el dinero. No solo es deshonesto y fraudulento, sino que has puesto en riesgo a un animal valioso…

Ella le interrumpe.

—¿Dónde está Decius?

—De vuelta en su casa, pero no gracias a ti. Ha estado perdido durante más de siete horas y ni siquiera has tenido la cortesía ni la decencia de llamarnos…

De nuevo, le interrumpe ahora que su alivio le da más valor.

—¿Estaba usted en casa?

—Eso no tiene nada que ver.

—He llamado a la casa a cada hora para informarles de lo que estaba pasando, pero no contestaba nadie.

—El caso es que estábamos en una cata de vinos…

—¿Quién ha llevado a Decius a casa?

—El niño.

Ah, Adam debió de ver la etiqueta del collar. Euan tenía razón: no iba a permitir que le pasara nada a Decius.

—Entonces ¿les estaba esperando cuando volvieron a casa?

—Sí...

—¿Cuánto tiempo ha estado esperando?

—Ni lo sé ni me importa. Esa no es la cuestión.

Pero para ella sí que es la cuestión. Le angustia la idea de que Adam estuviese esperando en el escalón de atrás pasando frío mientras Fiona estaba volviéndose loca de preocupación. Por supuesto, Adam no sabía que había una llave de repuesto para usarla cuando no hubiese nadie en casa con la que podría haber accedido al porche de atrás y al cuarto de la entrada. Su único consuelo es pensar que Decius estaba con él. De repente, se siente completamente agotada.

—Bueno, lo más importante es que Adam está ya en casa y que Decius está bien. Así que no ha pasado nada.

—Desde luego que sí ha pasado...

—Oiga, no ha pasado nada. No tiene ni idea de lo que Adam ha sufrido. —A pesar de su abrumador agotamiento, quiere insistir para ayudar a Adam—. Adora a su perro; jamás permitiría que le ocurriera nada a Decius. Entiendo que ya no sigan queriendo darme trabajo. Pero, por favor, por favor, ¿puede dejar que sea él quien pasee a su perro? Es un niño muy sensato. Es decir, encontró su dirección y llevó al perro a su casa sano y salvo.

Tiberius suelta un fuerte resoplido y niega con la cabeza como si no pudiese creer lo que está oyendo.

—¿Estás loca? ¿Tan mentecata eres? ¿Crees que voy a confiar a un perro tan valioso a ese niño solo porque piensas que...?

De repente, Janice levanta una mano en el aire y su cansancio desaparece de forma milagrosa. Levanta la palma de la mano hacia Tiberius como si fuese uno de los agentes de policía que están en la entrada y hubiese decidido dirigir el tráfico. Tiberius se interrumpe en medio de la frase y mira confundido de un lado a otro.

—¿Me hace a mí y al resto del mundo el favor de cerrar el pico, pedazo de pretencioso gilipollas? —exclama Janice. Todos los que están alrededor se quedan inmóviles, como si fuesen figuras de una caja de música—. Se lo tengo que decir. Jamás en mi vida he conocido a un esnob más grosero, arrogante y terco. Es usted, sin duda alguna, el hombre más ignorante que he visto nunca. Y he estado casada con un verdadero imbécil, así que créame que sé de lo que hablo. En cuanto a lo de decir que yo he cometido un fraude, vaya. Usted no es más que un vulgar ladrón. Lo sabe usted y lo sé yo. —Se da media vuelta para mirar a la gente que está en la entrada y que, de repente, han cobrado vida—. Y ahora, ellos también lo saben.

Tiberius se ha puesto de un colorado intenso.

—Eso es una difamación y estoy tentado de...

Janice da un paso hacia él y Tiberius rápidamente se aparta hacia el parterre.

—Póngame a prueba. No se atreverá, pedazo de lamentable ser humano. ¡Por respeto a su madre, que vale más que cien como usted, no le digo que se LARGUE DE AQUÍ!

Vuelve a girarse de nuevo y se aleja, directa hacia Euan.

—Un final absurdo pero, por lo demás, magnífico. —Euan se está riendo—. Y, Janice...

—¡Sí! —grita ella.

—Recuérdame que nunca te haga enfadar.

35

Palabras escritas en un papel

Esta vez el techo es de un verde muy pálido. Janice se está acostumbrando a despertar en diferentes camas. Esta no es demasiado mullida ni demasiado dura y piensa en la historia de Ricitos de oro y los tres osos. Está en la cama sola y no sabe si pensar si eso es bueno o malo. Cuando la casa se vació de gente y Janice preparó unos sándwiches de huevo y beicon para Fiona, Euan, Adam y ella, ya eran las dos y media de la madrugada y Fiona había insistido en que se quedaran. Había llevado discretamente a un lado a Janice para preguntarle sobre cómo organizarse para dormir. Durante un breve segundo, Janice había estado tentada, pero ahora se alegraba de haber optado por habitaciones separadas. O eso cree.

Adam quiso ir a la cocina para ver a Euan y Janice. Les había dado las gracias y le había pedido perdón a ella antes de llevarse su comida y su bebida a su habitación. Parecía muy pequeño, pálido y conmovido, pero a Janice le pareció ver un atisbo del hombre en que se iba a convertir. Había cierta dignidad en su modo de hablar y ella sintió que le estaba hablando con franqueza. Y Janice también había sido sincera cuando le dijo que sentía mucho no haberle preguntado por John, que le gustaría saber más cosas sobre su padre y que esperaba que él le enseñara algunas fotos algún día de estos. Ninguno de los dos mencionó a Decius.

Tumbada ahora en esta cama nueva, mirando fijamente al techo, intenta pensar en lo que le espera, pero no llega a ninguna conclusión. Hay mucha incertidumbre. Después, piensa en lo que siente respecto a lo que le ha pasado durante las últimas semanas. Resulta difícil desenredar todo esto pero le queda una sensación de distintos extremos. Es como si sus emociones hubiesen salido disparadas en una máquina de pinball y solo pudieran caer en dos lugares. O en la ranura del premio, con muchas estrellas iluminándose, o catapultadas a las entrañas de la máquina. Se pregunta por qué se ha quejado siempre de que su vida fuera aburrida. ¿No sería eso mejor? Aparta ese pensamiento de inmediato. Al menos, ahora sabe que está viva.

En el lado bueno de su pinball emocional están: Euan, sin duda. Le gusta empezar por él y se le ocurre que también le gustaría terminar por él. Así que la hermana Bernadette tenía razón cuando le susurró al oído en la cafetería que daba al King's College.

También se mantienen firmes en el lado positivo sus sentimientos en cuanto a su hermana y la señora B. Incluye también aquí a sus otras amigas y decide en ese momento que va a dejar de pensar que no es más que una asistenta. No es que haya nada malo en ser una asistenta, pero también puede ser una amiga. Al fin y al cabo, es una mujer que puede realizar distintas tareas y que sabe usar un soplete, una lijadora y una motosierra.

Luego está lo que piensa sobre su pasado, su historia. Sabe que aquí no todo es bueno, pero sí que reconoce que ha desenterrado parte de su culpa. Ahora está tranquila con respecto a la forma en que cuidó a su hermana. Y si no se siente del todo en paz con lo que le hizo a Ray, sabe que puede vivir con ello. Se pregunta si parte de la narración no solo consiste en contar las cosas buenas de la vida, sino también permitir que el narrador saque las cosas malas y deje que se dispersen como polvo en el viento.

Piensa también en Simon. Ha tenido que aplazar su comida, pero va a venir en unos días a Cambridge para sacarla a algún sitio y se va a quedar a pasar la noche. Sin duda, él está en el lado bueno. Está deseando verlo y, ahora que ella ha dejado a Mike y que Simon ha podido decir qué era lo que le mantenía alejado, puede tener la ilusión de que él forme parte de su vida. También es capaz de recordar la infancia de su hijo con una mirada menos hostil. Sí que fue una buena madre para él y piensa que, como Joy, se aseguró de que su hijo tuviese una infancia completamente distinta a la suya.

Le cuesta mucho más pensar en las cosas que caen en el hueco de su máquina de pinball emocional. Pero cree que necesita sacárselas y examinarlas también. Primero, se enfrenta a la más fácil. ¿Qué va a hacer cuando Geordie regrese en menos de una semana? Tiene poco dinero y ahora mismo no tiene adonde ir. Recuerda cuando estuvo sentada en su coche junto a los viejos establos. Nota la misma sensación de pánico, pero se da cuenta de que ya no es desesperación. Encontrará una salida. Ahora cuenta con personas a las que puede pedir ayuda. Tiene amigos y... aquí se queda bloqueada. ¿Cómo llamar a Euan? La palabra «novio» no sirve para describir a un hombre de cincuenta y cinco años, y tampoco son «amantes». Al menos, no todavía. Ese pensamiento hace que el corazón se le acelere y el pulso le recuerda a los pasos trepidantes del tango. Intenta concentrarse. «Amante» no, así que... ¿qué? En una ocasión leyó una historia sobre una pareja escocesa, muy apropiada para un hombre de Aberdeen, y, aunque el cuento no era suficientemente digno de mención como para incluirlo en su biblioteca mental, se encontró con una expresión que le gustó. En esa pareja, que compartía casa sin estar casados, se referían el uno al otro como «convivientes». Cree que algún día le gustaría que Euan fuera su conviviente.

Mucho más difícil resulta enfrentarse a las últimas dos cosas que sabe que tiene que sacar para examinarlas. Una está muy conectada con el presente, la otra es del pasado. Hay un fox terrier al que adora y que ahora sabe que no puede ver. Y, añadido a esto, está el hecho de que un niño que ha perdido a su padre tampoco puede verle. No hay nada que hacer con este pensamiento. Lo único que le queda es la pena y la pérdida. Sabe que decir que «no es más que un perro» no es forma de describir a Decius. Y, de todos modos, ahora sabe que es un lobo.

Lo último en lo que piensa es en su madre. Sabe que está en el centro de la culpa que durante años la ha corroído como un cáncer. Puede conciliar sus sentimientos hacia su hermana pero, en el fondo, cree que le falló a su madre. Especialmente, cuando su madre cayó en el alcoholismo. La lógica y la razón no tienen lugar aquí. No pueden servirle de ayuda. Cree que sus actos condujeron al alcoholismo de su madre y, finalmente, a su muerte. El hecho de que no pudiera llorar su muerte no hace más que hundirle la culpa más adentro, como un cuchillo.

Oye que llaman a la puerta y Fiona asoma la cabeza. «Te he traído un té». La sacudida de vuelta al presente le hace sentir esperanzas por Fiona. Tiene una oportunidad de hacer las cosas bien con Adam. Durante su cena tardía de anoche les contó que ella y Adam habían tenido una larga charla en su dormitorio cuando volvió. Dijo que habían llorado mucho pero que también lo que había sucedido les había obligado a ser más sinceros el uno con el otro. Dijo que estaba segura de que podrían recordar esta terrible noche como algo bueno.

Fiona se sienta en el borde de la cama.

—Bueno, cuéntame más sobre Euan. Es encantador. —Mientras Janice le explica un poco cómo se conocieron y sus actuales circunstancias, recuerda que solo ha oído dos de sus cuatro historias, o posiblemente cinco—. ¿Y creéis que vais en serio? —pregunta Fiona. Janice no está preparada para compartir sus pensamientos sobre lo de «convivientes», así que se limita a reírse y a darle las gracias por el té.

Adam aparece brevemente en el desayuno. Es sábado, por lo que no tiene que salir corriendo al colegio. Se muestra silencioso y reservado y Janice piensa en todo a lo que ese joven niño se está enfrentando en cuanto a la pérdida: su padre, John; y ahora Decius. Mientras se sirve una segunda taza de café, ve que Euan se acerca a Fiona. Le dice algo en voz baja y Fiona levanta los ojos hacia él, sorprendida, y hay algo más en la expresión de ella que Fiona no sabe interpretar. Hace un gesto de asentimiento a Euan y le da una palmada en el brazo antes de que él salga de la habitación. Janice la mira con gesto de curiosidad.

—Euan me ha preguntado si puede hablar un poco con Adam.

Las dos se quedan sentadas un rato, compartiendo café y charlando sobre lo bien que estuvieron la policía y los vecinos. Fiona está pensando en cómo dar las gracias a todos y Janice la tranquiliza diciéndole que el hecho de que sepan que Adam está de vuelta sano y salvo será suficiente. Pasan los minutos y Janice está cada vez más intrigada sobre lo que Euan puede estar hablando con Adam.

Al final, después de una hora más o menos, se abre la puerta y entran los dos. Ni dicen nada ni actúan de una forma distinta, pero Janice nota el cambio en Adam y no le cabe duda de que su madre también lo ha notado. Adam no se ha transformado en un niño de doce años feliz, pero su rostro parece menos contraído y más relajado. Las dos mujeres se dan cuenta también de que ha estado llorando. Se prepara una tostada y se sienta en una de las cómodas sillas junto al ventanal. Janice y Fiona siguen charlando, cohibidas.

—Mamá, ¿podemos ir hoy al centro?

—Sí, claro —responde rápidamente Fiona. Después, espera. ¿Va a decir algo más? ¿Alguna explicación de por qué quiere ir?

Adam mastica su tostada sin inmutarse y, por fin, Fiona mira a Janice y se encoge de hombros. Parece que la habitual forma de comunicación de los doce años ha regresado.

Cuando Janice y Euan salen de la casa, ella le pregunta:

—¿Qué le has dicho a Adam? —Él mira por detrás de ella, como si el chico pudiera oírle.

—Luego te lo cuento.

Se dirigen al bar de Cambridge junto al río para tomar un almuerzo tardío. Hace sol pero están apareciendo nubes de lluvia; parece que va a ser un típico día lluvioso de primavera.

El bar está lleno de estudiantes y clientes que han salido de compras, pero encuentran una mesa junto a una de las paredes laterales y piden unas tapas variadas y vino tinto.

—Ibas a contarme lo de Adam —dice Janice, antes de recordar que ella no le ha dicho nada sobre lo que él hizo anoche. Se interrumpe para hacerlo, pero él la corta. Está claramente abochornado por su agradecimiento y Janice recuerda que las personas pueden ser una mezcla de tímidas en un momento dado y tremendamente confiadas en el siguiente.

—¿Y bien? —pregunta ella de nuevo.

Él mira su vino con el ceño fruncido y Janice piensa en cuando Euan le habló del niño que se ahogó cuando él trabajaba en el Instituto Real de Salvamento Marítimo en Irlanda.

—Solo le he preguntado por su padre. —Levanta la mirada—. Sé que dijo que podía quererle a pesar de todos sus defectos, pero he podido ver lo difícil que le resulta. Al fin y al cabo, no es más que un niño y, por tanto, quiere pensar lo mejor de su padre. Por otra parte, debe de haber momentos en los que esté tremendamente furioso con él por haberles abandonado.

Janice asiente. Puede entenderlo.

—Le dije que escribiera en un papel cosas buenas de su padre. Después, y esto fue mucho más difícil, tenía que anotar por el otro lado las cosas que le molestaban de él y que le enfadaban. Creo que es importante saber que esas cosas formaban parte también de su padre.

Euan vuelve a fijar la mirada en el vino de su copa.

—Con eso terminas teniendo una mejor imagen de ese

hombre. Los dos lados son reales, pero no puedes separarlos. No puedes tener el uno sin el otro. Puedes romper un papel por la mitad, pero no puedes separar un lado del otro.

Levanta los ojos.

—No sé si ha servido de algo. Parece que un poco. Y la cuestión es que sé que Fiona se equivocó con lo del perro, pero ella va a estar a su lado al cien por cien. Un buen padre o madre puede hacer que todo sea muy distinto.

Mientras Euan bebe de su vino y mira al río, Janice se pregunta qué le pasó a la madre de Euan. Ha hablado de su padre, pero nunca de su madre. También piensa que quizá, solo quizá, un hombre que puede ser así de sensible sería capaz de comprender su historia. Sabe que le resultaría insoportable estar con otro hombre al que tuviera que ocultarle su historia.

Él la vuelve a mirar.

—Creo que quizá debería contarte la tercera de mis historias. No fue mía esa idea del papel. Otra persona me la enseñó.

—¿Qué pasó? ¿Tu madre?

—Sí. —Toma aire con fuerza—. Cuando tenía siete años mi madre se suicidó. Por eso es por lo que mi padre quiso hacer un cambio radical. Pasó de ser un pescador al que le gustaban los libros a ser el propietario de una librería al que le gustaba la pesca. Al principio fue todo un desastre, pero finalmente lo consiguió y creo que, en algunos aspectos, fue eso lo que le salvó.

—Estoy segura de que contar contigo también le ayudó. —Mientras dice esto, Janice desea que su madre pudiera haber visto de esa forma a su hermana.

Euan asiente.

—Sí, yo creo que casi conseguimos arreglárnoslas juntos. Empecé a amar los libros y en ellos se puede encontrar todo tipo de cosas. Creo que eso del papel venía de un libro que mi padre leyó. No siempre lo llevé muy bien y me metía en muchas peleas y cosas así. Robaba muchos caramelos —dice con una media sonrisa—. Estaba muy enfadado. Así que, cuando oí a Adam gritar, comprendí un poco cómo se sentía.

Janice se da cuenta de que eso es lo que debió decirle a Fiona en la cocina. Ahora comprende que la expresión de ella era de compasión.

—Guardo la muerte de mi madre como una de mis historias porque lo que ocurrió forma parte de lo que soy; aquello hizo que mi padre y yo cambiáramos juntos y... —Hace una pausa—. Lo guardo porque quería a mi madre.

—¿Sabes por qué se suicidó?

—Perdió un bebé. Habría sido una hija. Mi padre me contó más cosas sobre esto cuando crecí. Lo cierto es que de niño no supe qué pasaba. Sabía que había perdido a una hermana, y lo siguiente fueron las discusiones por el alcohol.

—¿Tu madre bebía?

—Sí. Creo que no pudo soportar que mi padre se recuperara, aunque fuera un poco, de la pérdida y ella no tuviera adónde ir. Su pena la dejó varada. Su familia la apoyaba, pero eran los tiempos de «Sigue adelante». Éramos del mundo de la pesca y la vida podía ser bastante cruel. No tuvo el apoyo que necesitaba y, poco a poco, el alcohol la llevó a la muerte. Aunque resulta que no fue tan lento. Mi madre era una mujer pequeña y bastante decidida. A veces, pienso que, si hubiese tenido a mano unas pastillas o una pistola, habría acabado con todo antes.

Janice puede notar cómo la sangre desaparece de su rostro mientras la esperanza desaparece de su corazón. Sabe, de la misma forma que es consciente de la copa que tiene en su mano, del río que fluye junto a la ventana y de que hay un sol en el cielo, que nunca va a poder contarle a este hombre que hizo algo que provocó que su madre muriera alcoholizada. Y contarle que no lamentó que su madre muriera sería total y absolutamente imposible. Mira por la ventana y piensa que hay un lamento que va más allá de las lágrimas.

Se pone de pie. Se da cuenta de que se siente sorprendentemente serena. Una serenidad que viene de una desesperanza calmada.

—No puedo hacer esto, Euan. Creía que sí, pero es imposible.

Él la mira, confundido, y entonces, ella ve el dolor.

Se apresura a coger su bolso y su abrigo de la silla.

—Janice, no, por favor. ¿Podemos hablar?

Piensa que si él le pide que hablen de libros y de historias, ella podría romperse y echarse a llorar..., podría quedarse..., pero él no dice nada más. Se limita a mirarla. Ella no le puede mirar.

Se encuentra al final de una calle, en un cruce. Se ha levantado de la silla de la cafetería y ha caminado sin parar. Ve el flujo de coches pasar: negros, grises, luego una mancha de color, resaltando sobre una calle oscura por la lluvia de marzo. Bicicletas que pasan pegadas a la acera y, después, serpentean para evitar un charco. Pasan tan cerca que ella podría levantar una mano y empujarlas.

Suena su teléfono. Piensa que será Euan, pero ve en la pantalla que es Stan. En cuanto oye su voz se da cuenta y echa a correr. Al girar la esquina de la calle que lleva a la facultad, ve la ambulancia que se detiene.

36

El fin de una era

La capilla está llena y Janice siente como si estuviese viendo una vieja película en blanco y negro. Negro por los dolientes. Blanco por las flores: lirios, narcisos, rosas y cree identificar el olor a jacintos. Cree que esa mezcla no se corresponde con la mujer a la que ella conocía. Cada flor por sí sola, quizá, pero la fragancia de todas juntas le parece empalagosa, agobiante. No obstante, debe admitir que hoy no hay nada que pueda ser de su agrado.

Al frente de la capilla ve a una mujer con una casaca. Negro carbón. Está llorando y eso la sorprende. La mayor parte del tiempo creyó que no le gustaba. Los sollozos hacen que su cuerpo se sacuda y ve cómo se saca un pañuelo del bolsillo. Después, la mujer se gira y le hace señas para que se acerque. Esto le sorprende más que el llanto. La mujer extiende una mano cuando ella se acerca y susurra: «Te he guardado un sitio». Después, se gira al hombre rechoncho que tiene a su lado. Este es mi marido, George. No sé si ya le conocías. —Janice se sienta junto a Mavis y le da las gracias. «Sé que Carrie-Louise te tenía mucho cariño. Lo decía a menudo. Decía que eras una mujer que ocultaba su luz bajo una vasija. —Janice nota que los ojos se le llenan de lágrimas; puede oír a Carrie-Louise diciendo eso, pero sabe que habría añadido un «querida» al final.

Carrie-Louise murió de un derrame cerebral. Había sido muy repentino y, por una vez, Janice piensa que la expresión «Ha sido muy rápido» puede ser una bendición. No sufrió el trauma de un largo deterioro ni tuvo que enfrentarse a la pérdida de la voz. Janice sabe que se habría enfrentado a todo eso con elegancia y buen humor, aunque cree que Carrie-Louise lo habría preferido de esta forma. Pero le entristece que no pueda ver que Mavis, su más antigua amiga, la quería de verdad. Puede oírla decir: «Bueno..., querida..., bendita sea..., en realidad, era... encantadora... al fin y al cabo». También desea que hubiesen elegido solamente rosas blancas para el ataúd. Era una mujer muy elegante. Janice no puede evitar sentir que algo tan recargado le habría parecido un poco vulgar. «Ay, querida..., busca siempre... la sencillez..., así debe ser».

Mientras vuelve por el pasillo después de la misa, ve una figura familiar sentada en el último banco: la señora B. Tiberius está de pie a su lado. Ella va vestida de negro, salvo por la escayola blanca que lleva en el brazo. Por una vez, la escalera de caracol la ha traicionado y ha caído por ella precipitadamente. También luce un espectacular ojo morado. Janice quiere acercarse a hablar con ella pero recuerda con demasiada nitidez su último encuentro con Tiberius. La señora B se inclina hacia delante y le dice algo a su hijo y él la mira. Hace un diminuto gesto de asentimiento hacia ella y, después, se gira y sale de la capilla. Janice no puede evitar preguntarse si habrá traído a su perro con él. La señora B le hace una señal para que se acerque.

—Ven a sentarte conmigo, Janice, mientras Tiberius va a por el coche.

—No sabía que conociera a Carrie-Louise.

—Cambridge es una ciudad pequeña y su marido, Ernest, y

Augustus eran amigos. He pensado que a Augustus le habría gustado que yo viniera.

—Era una mujer encantadora. Creo que le habría gustado.

La señora B asiente.

—Un nombre interesante —comenta.

—Le quedaba bien. Era una mujer interesante. Y también valiente. —Sus pensamientos se dejan llevar hacia los nombres. Ella nunca se ha sentido más alejada de su nombre de nacimiento—. ¿Tiene usted un segundo nombre? —pregunta para distraerse de sus propios pensamientos.

—Mary.

Janice sonríe.

—¿Por qué sonríes? ¿Estás pensando en la virtuosa Virgen María o quizá en la descarriada María Magdalena?

—Ah, no. Mary, Mary, más bien lo contrario. —A pesar de ese día y de la sensación de pena que sufre por tantos frentes, Janice no deja de sonreír y experimenta una leve calma en su corazón—. En fin, ¿qué tal está, señora B?

—Bueno, como puedes ver, otra vez de un lado para otro. Gracias por las flores y por venir a verme.

—No ha sido usted muy buena paciente, ¿verdad, señora B? —comenta Janice.

—Te lo dije la primera vez que te vi, que no pienso estar rodeada de tontos. Y el hospital donde me tuvieron ingresada parece haber sido bendecido con una buena ración de idiotas. Estoy convencida de que uno de los especialistas debió caerse de cabeza al nacer.

A Janice le habría encantado ver el altercado de la señora B con ese especialista en particular.

—Los voluntarios tampoco eran mejor. Una mujer especialmente condescendiente se empeñaba en llevar camisetas adornadas con frases como: «Por favor, sé bueno con los animales». Le di las gracias por recordármelo y le dije que me lo pensaría dos veces antes de meter a mi siguiente gatito dentro de un contenedor de basura.

—Ay, señora B. —Janice niega con la cabeza, pero no puede evitar reírse.

—Yo no sentiría mucha lástima por ella. Estoy bastante segura de que escupía en mi sopa.

—Entonces ¿no era vegana?

La señora B suelta un bufido.

—¿Y ahora, qué? —pregunta a la anciana.

—Justo iba a hacerte la misma pregunta.

—Bueno, las cosas se van moviendo poco a poco. Mi hijo Simon vino a pasar una noche conmigo, y fue maravilloso, y también estuvo bien porque habló con Mike y le convenció de que devolviera el coche y de que aceptara vender la casa. —No le cuenta a la señora B que Mike no deja de quejarse porque pensaba que Geordie Bowman podría muy bien permitirse comprar su parte. O que, desde entonces, ha visto a Mike conduciendo un BMW que pertenece a la dueña del pub que él frecuenta. Parece que no le ha costado buscarse una sustituta y también que ha encontrado consuelo en los brazos de una viuda pechugona de cincuenta y muchos años. Lo único que se le ocurre pensar es que le sorprende no haberlo visto venir. Casi sentía lástima por la viuda. Solo casi. Siempre había mirado a Janice «como una simple asistenta» cuando acompañaba a Mike al pub.

Se da cuenta de que ha dejado la mirada perdida y vuelve a dirigirla a la señora B.

—He encontrado un pequeño sitio donde vivir hasta que se produzca la venta. —No le cuenta a la señora B que es un albergue y que lo odia. No se lo cuenta a nadie. Quizá sea por un orgullo fuera de lugar, pero espera que no sea por mucho tiempo. En lugar de ello, añade—: Mi amiga, Fiona, es estupenda y, a veces, me quedo en su casa. Su hijo es Adam, el niño del que le hablé.

—Ah, sí. ¿Cómo le va?

—Está bien. Creo que se está haciendo a la idea de que busquen un perro. —Se da cuenta de que no tiene que dar más explicaciones a la señora B. Lo sabe todo sobre el día que Adam se escapó e incluso que habló con Tiberius para intentar convencerle de que aceptara que Adam paseara al perro, pero que fue en vano.

—¿Y usted, señora B? ¿Qué tal todo? ¿Cómo está Mycroft?

—Creo que se puede decir que he renunciado a Mycroft. Me mudo.

—¡Ay, señora B, no! Sus libros... Augustus... Por favor, debe haber una solución. —No le dice que no soporta la idea de no volver a pasar más tiempo entre los libros de la señora B, pero no puede evitar pensarlo.

—No, llega un momento en el que hay que aceptar que el cambio es inevitable. No puedo apañarme con las escaleras... y Tiberius...

—¿Sí?

—Sé que mi hijo es el malo de la película, pero es mi hijo, así que prefiero llegar a un acuerdo con él. No ha sido tan difícil.

«Apuesto a que no», piensa Janice mientras se acuerda de los dos millones de libras.

—¿Adónde va a ir?

—Hemos encontrado un apartamento de planta baja junto al río. Es de un tamaño razonable, así que podré llevarme muchos de mis libros y Tiberius ha aceptado devolverme parte de mi vino. Podré sentarme allí a beber mi burdeos mientras miro el río. —La señora B levanta una ceja—. Creo que hay noches de bridge los miércoles.

—Apuesto a que también tienen tardes de manualidades. Le gustará —sugiere Janice.

—No, porque desde luego no pienso ir —responde la señora B con rotundidad.

—¿Y a las noches de concursos de preguntas y respuestas?

—Vete a la mierda, Janice.

La anciana agarra la mano de Janice con la suya.

—Vendrás a limpiar, ¿verdad? Y, si es que no, ¿vendrás a tomarte una ginebra conmigo?

—Haré las dos cosas, señora B —acepta Janice.

—Estás distinta.

Janice sabe que esto no va a terminar bien.

—¿Y?

—La última vez que te dije esto respondiste que estabas feliz —comenta la señora B.

—¿Y? —insiste Janice cuando la señora B se queda en silencio.

—Bueno, ahora no pareces nada feliz. ¿Quieres hablarme de ello?

—No creo que pueda, señora B. —¿Cómo le va a explicar que ha estado muy cerca de arreglarlo todo pero que, al final, su culpa, o lo que quede de ella, le ha impedido disfrutar de un final feliz? Y no cree que tenga muchas cosas de las que quejarse. Al fin y al cabo, la familia es lo que más echó de menos de niña y ahora cuenta con la oportunidad de construirse un futuro con su hijo y su hermana. Joy ya está buscando fechas para su viaje.

—¿Estás segura?

Janice asiente. Sabe que no puede hablarle a la señora B de Euan. Él todavía le envía mensajes con frecuencia. Ella no se atreve a borrar su número, pero hay días que lee sus mensajes solo cuatro o cinco veces. Intenta no pensar en Decius. Se limita a aguantar su carga como una herida que nunca se cierra.

—He estado pensando en *La feria de las vanidades* —dice la señora B apretándole la mano. Janice siente alivio al ver que cambia de conversación.

»Tú no eres una Amelia. Pero creo que la tragedia está en que tu madre sí, y no tuvo un buen final. Tú eras una niña y no eras responsable de ella, Janice. El hecho de que no hubiese un leal William Dobbin que la salvara demuestra que la vida es mucho más cruel que la ficción. Pero, desde luego, no fue culpa tuya.

—Entonces ¿soy Becky Sharp?

—No, en el fondo, ella era una mujer egoísta y tú eres la mujer más generosa que he tenido el placer de conocer. Pero, a veces, desearía que hubiese algo más de Becky en ti y que te guardaras cierta felicidad para ti. —Mientras la señora B dice esto, Janice se pregunta cómo va a verse alguna vez como una leona—. En fin, dejémoslo ya. Aquí llega el pretencioso gilipollas de mi hijo.

Janice levanta la vista sorprendida.

—¿Le ha contado lo que le dije?

—Sí, estaba furioso. —La señora B está ahora riéndose.

—¿Qué le dijo usted?

—Nada. Yo no podía hablar. Pero casi me lo hago encima de la risa —recuerda la señora B con placer—. Será mejor que no te vea mucho. Pero ¿vendrás a visitarme el lunes? Los de la mudanza ya habrán terminado para entonces.

—Yo puedo ayudarla a hacerlo, señora B.

—Tonterías. Que lo pague Tiberius. Al fin y al cabo, se lo puede permitir.

37

Todos somos narradores de historias

El nuevo apartamento de la señora B está situado en una gran casa de imitación georgiana dispuesta alrededor de un patio. Hay una fuente en el centro del patio y numerosas estatuas colocadas elegantemente alrededor de los extensos jardines. Janice está segura de que a la señora B ha debido desagradarle nada más verlo. Una gran recepción se conecta con salas comunes y pasillos que conducen a apartamentos individuales. Janice está encantada al ver que no hay olor alguno a orina ni a repollo, sino una fuerte fragancia de ambientadores eléctricos. Espera que la señora B no tenga que pasar mucho tiempo en las salas ni en el comedor.

La puerta de entrada de la señora B da a un gran pasillo con espacio suficiente para una mesa y dos sillas. Mientras la señora B la lleva al interior, Janice piensa que es un buen presagio del resto de su nueva casa, que la señora B le ha dicho que está compuesta por una cocina, un baño, dos dormitorios y un amplio salón-comedor. Dice que la mayoría de las estancias tienen vistas a los jardines y al río. La señora B parece estar de un excelente humor y parlotea alegremente con Janice. Como está claro que esta no es la señora B de siempre, piensa si habrá estado bebiendo, aunque sabe que es mejor no preguntar. Mientras la sigue al interior del pasillo, Janice piensa en la primera vez que vio a esta mujer, vestida de púrpura y rojo, y la siguió pasando junto a ardillas disecadas, un diyeridú, maletas y una bolsa con viejos palos de golf.

—Señora B, ¿qué ha hecho con todas las cosas que tenía en el almacén?

—Las he donado a la facultad —responde la señora B con tono alegre.

—Ah, apuesto a que les ha encantado —dice Janice, elogiosa. Entonces, se detiene y la señora B también. En la silla que está junto a la puerta que da a la sala principal hay un casco de bicicleta. Se gira para mirar a la señora B.

—¿Qué ha hecho? ¿Quién está aquí? —Señala hacia la puerta con el pulgar.

—Bueno, como eres una mujer inteligente supongo que ya sabrás la respuesta. —La señora B no parece sentirse precisamente culpable, sino más bien desafiante.

—¿Qué ha hecho, señora B? —pregunta Janice, más despacio. Nota cómo el corazón se le acelera y las manos se le van humedeciendo.

—El joven que está ahí dentro se puso en contacto conmigo porque estaba preocupado por ti. También tiene un regalo para ti. Debo decir que me ha parecido tremendamente encantador y sorprendentemente bien leído para ser conductor de autobús. Pero hoy en día la educación ha avanzado mucho.

Janice sabe que la señora B está tratando de ganar tiempo, pero a ella le cuesta concentrarse sabiendo quién está tras la puerta. Se imagina a Euan con expresión de angustia y eso no hace más que empeorarlo todo.

—Tiene cincuenta y cinco años, así que apenas se le puede considerar joven —dice sin que venga al caso—. Su padre tenía una librería y él era antes timonel en un barco de salvamento.

—Eso sí que es interesante. Me ha contado lo de la librería, pero no lo del barco de salvamento. No puedo evitar pensar que cualquiera puede sentirse a salvo con él.

Janice está ahora preocupada de verdad. Por la forma de hablar de la señora B, puede ver que está nerviosa y eso no es propio de ella.

—Janice, tengo que confesarte una cosa. —Hace una pausa—. Quiero que sepas que he pensado mucho en esto. He creído que, en este caso, yo también tenía que ser una narradora de historias. Le he contado a Euan tu historia.

—¿Que ha hecho qué? —grita Janice y, después, mirando a la puerta, repite con un susurro lleno de rabia—. ¿Que ha hecho qué? ¡Cómo se atreve!

La señora B se deja caer en la silla y se coloca el casco de bicicleta de Euan en el regazo. Janice resiste el deseo de preguntar si se encuentra bien.

—Sé que al hacer esto he traicionado tu confianza y he puesto en peligro nuestra amistad. No es algo que yo haría a la ligera, eso te lo prometo. Me lo he pensado mucho desde que Euan vino a verme la primera vez. He dado este paso tan drástico por dos razones...

Janice se da cuenta de que está sujetando el casco de bicicleta como si fuese un salvavidas.

—... En primer lugar, porque creo que un sentimiento de culpa infundado te está impidiendo que le cuentes a este hombre lo que claramente necesita saber y creo que, si alguna vez lo superaras, cosa que dudo muchísimo, seguirías sin contar la historia tal y como se debe contar.

Janice intenta interrumpirla, pero la señora B levanta la mano para detenerla.

—Te conozco, Janice. Vas a contar la historia colocando a tu hermana en el centro de ella. Pero esta es tu historia, Janice, y ojalá lo entendieras de una vez. Eras una niña y estabas muy mal atendida. Tú no fuiste la responsable de la muerte de tu madre ni de su alcoholismo. —La señora B hace un gesto de negación mientras dice esto y Janice puede ver su aflicción—. Me enfada muchísimo pensar que nadie te ayudó. Eras una niña, Janice; jamás deberías haber soportado una carga tan pesada.

—Se pasa una mano temblorosa por los ojos y respira hondo. Janice ya no está tratando de interrumpirla y se sienta pesadamente en la segunda silla del pasillo.

»La segunda razón por la que le he contado tu historia es porque, después del tiempo que hemos pasado juntas, he podido ver que conocer a este hombre supuso un cambio para ti. Te hizo feliz. Y, si existe una mujer que merezca ser feliz, esa eres tú. Yo daría lo que fuera, lo que fuera, por pasar una hora más con Augustus. No desperdicies esta oportunidad por culpa de una estúpida y equivocada sensación de culpa. Y ahora, te lo ruego, hazles un favor a mis nervios y a Euan y ve a hablar con ese pobre hombre.

Janice no sabe qué decir, así que no dice nada. Pero sí que se pone de pie y abre la puerta. Entra en la habitación y cierra la puerta. Euan está de pie y de espaldas a ella, mirando al río que está al otro lado del jardín. Se gira para mirarla.

—Si no quieres verme, me iré. —Señala con la cabeza hacia el pasillo—. He podido oír casi todo lo que Rosie ha dicho.

Lo único en lo que ella puede pensar es: «¡Rosie!». Y en que se alegra mucho de volver a verle. Parece cansado.

—Tiene razón, ¿sabes? No fue culpa tuya, Janice. Pero ¿decirte eso supone para ti alguna diferencia? La verdad es que no importa lo que pensemos nosotros.

—¿Y tú no crees que fuera culpa mía? —pregunta ella.

Él vuelve a girarse para mirar al río.

—Por supuesto que no, Janice. Solo siento una tremenda lástima por ti... y tristeza. —Gira la cabeza y mira rápidamente por encima del hombro—. ¿Qué tal está Adam?

Ella se queda desconcertada ante el cambio de conversación pero, en parte, aliviada. Y claro que él quiere saber cómo está Adam.

—Creo que está avanzando; espero que consiga sentirse bien —contesta.

—Puede que sí o puede que no —dice él.

—Sé que será largo —concluye ella.

Él se encoge de hombros, aún de espaldas a ella.

—Espero de verdad que se ponga bien… al final —dice Janice, confusa ante el inusual pesimismo de Euan.

Sigue sin girarse.

—Puede ser, pero quizá podría haber pasado algo más de tiempo con su padre. Eso es lo que debe de pensar —replica él.

—Estoy segura de que hizo todo lo que pudo. Sé que salían juntos de acampada. —Está desconcertada ante el cambio de él.

—Lo que yo sé es que me contó que era más consciente de lo que ocurría de lo que Fiona pensaba. Quizá habría sido mejor que él hubiese acudido a alguien que pudiera ayudar a su padre.

—¿De dónde sacas eso, Euan? —Empieza no solo a sentirse confundida, sino molesta.

—Pues que quizá él pudo haber hecho más, es lo único que digo.

—¿De qué estás hablando?

—Bueno, algo debió provocar que John estuviera como estaba. Y, ya sabes, los padres y los hijos…

Algo se rompe dentro de Janice.

—¡Tiene doce años, por el amor de Dios! ¡Adam no es más que un niño! —Le dice esto gritándole. La leona ha vuelto.

Él se da la vuelta para mirarla.

—Exacto, Janice. Es un niño. Tiene la misma edad que tenías tú. Ya que vas a luchar por Adam, ¿haces el favor de luchar por la Janice de doce años?

Ella se queda mirándole fijamente.

Él continúa con un tono más suave y extendiendo la mano hacia ella.

—Por favor, lucha por ella, Janice. Alguien tiene que hacerlo.

Janice acerca la mano a la suya y él tira de ella. Mientras la envuelve con sus brazos, murmura sobre su pelo:

—Yo lucharía por todos ellos, Janice, pero creo que la única persona que de verdad puede hacer esto por ella eres tú.

Mientras está ahí de pie, Janice puede sentir el latido del corazón de él y, de repente, recuerda una de las pocas fotos que tiene de ella y su hermana de niñas. Piensa que tiene que buscar esa imagen y mirar a esa niña, mirarse a sí misma. Aquella niña que se llamaba Hope. Era muy joven, como dice Euan. Tanto como Adam, y él sigue siendo un niño.

—Te he traído una fotografía —dice él un rato después, como si le leyera el pensamiento.

Ella se aparta.

—¿Qué? ¿Mía? —está confundida.

—No, pero me gustaría que la vieras. —Se mete la mano en el bolsillo de la chaqueta y saca una foto en sepia de una mujer joven—. Esta es Becky.

—¿En serio? —La joven que le devuelve la mirada tiene unos ojos oscuros y grandes y un mentón firme y decidido. Es imposible interpretar su expresión. ¿Podría ser esta una mujer que había disparado a un marido del que se había cansado? Cuesta saberlo mirando la foto. ¿Podría ser Becky Sharp? Sí, cree que definitivamente podría ser ella. Janice mira hacia el otro lado de la habitación y se da cuenta de que ha dejado a la señora B en el pasillo. Abre la puerta y la señora B sigue sentada en la silla. Janice no puede evitar pensar que parece encantada.

—¿Perdonada? —pregunta con tono desenfadado.

—Es posible —responde Janice antes de inclinarse para besarla. Y añade—: Tramposa. Pero que muy tramposa. —Después, ayuda a la anciana a ponerse de pie y la conduce hasta su viejo y estropeado sillón que está junto a una nueva chimenea de llamas falsas con un marco de mármol. La señora B mira con desprecio la chimenea al sentarse.

—¿Ha visto esto, señora B? —Le pasa la foto de Becky. La señora B la mira y se la devuelve.

—Claro que sí. Muy interesante. ¿Quieres saber su verdadero nombre?

Janice niega con la cabeza y se queda mirando la imagen del rostro joven que tiene delante.

—No es ninguna belleza, pero yo diría que tenía una gran presencia.

La señora B resopla.

—Entonces ¿estás segura de que no quieres que te la presente como es debido?

—No. Yo creo que quiero que sea simplemente «Becky». No sé por qué eso es importante, pero creo que prefiero dejarlo así.

Janice levanta los ojos cuando la señora B acerca la mano y echa otro vistazo a la fotografía.

—Por supuesto, esta foto no le hace justicia, ¿sabes? —dice la señora B antes de lanzar a Janice una mirada traviesa.

—¿Qué? —exclaman al unísono Janice y Euan. Tramposa es poco para describir a esa mujer—. ¿La conoció? —pregunta Janice.

La señora B inclina la cabeza a un lado.

—Creo que sería más acertado decir que la vi. Estaba un día en el Ritz de París bebiendo con un perrito faldero muy desagradable y un estadounidense enorme y vociferante. Augustus la reconoció. Por supuesto, era ya bastante anciana, pero había oído hablar de ella durante la época que estuvo dirigiendo la base de París.

—¡Dios mío! ¿Cómo era?

—Era una de esas mujeres que notas que tiene una profundidad por debajo de un aspecto de lo más superficial. Tenía algo.

—¿Es por eso por lo que me ha contado su historia? ¿Porque la había visto? Me preguntaba por qué la habría elegido.

—La verdad es que no puedo decirlo —reflexiona la señora B—. Posiblemente sea cosa del destino, si es que se puede creer en él. A lo mejor fue simplemente porque había estado pensando en Augustus y cuando hablamos de historias…

—Usted habló de historias —la interrumpe Janice.

—Bueno, sí, cuando yo empecé a hablar de historias, por alguna razón recordé que Augustus me habló de ella cuando aquella noche estábamos sentados en el Ritz cenando. Normalmente, era muy discreto, pero habíamos tomado champán y creo que se dio cuenta de que su historia me fascinaría.

—¿Cree que él sabía lo de las cartas y lo que pasó?

—No me sorprendería nada, pero mantuvo el secreto profesional. —La señora B la mira bajo sus pobladas pestañas y Janice se pregunta si le habrá contado toda la verdad.

Suena el timbre y Janice comenta:

—Salvados por la campana.

La señora B mantiene un gesto inexpresivo y empieza a tratar de levantarse.

—¿Voy yo? —se ofrece Janice al darse cuenta de que no va a conseguir sacarle más a la exespía.

—No, mejor no. Será Tiberius con el vino. Solo puedo tolerar una pequeña dosis de excitación al día y que tú llames ladrón a mi hijo puede ser demasiado para mí. —La señora B vuelve a sonreír.

Janice abre la puerta que da al pasillo para que pase la señora B y la cierra cuando sale. Euan y ella se quedan de nuevo solos.

—Rosie es todo un personaje —comenta él con un gesto hacia la puerta.

—¡Rosie! —no puede evitar exclamar Janice.

—Bueno, no voy a llamarla señora B y dijo que lo de «lady» era muy formal. —La rodea con un brazo—. ¿Estamos bien tú y yo?

—Bueno, yo diría que más que bien.

—No tenemos por qué apresurarnos, Janice. Vayamos poco a poco. ¿Podremos hacerlo?

Asiente.

—Paso a paso. —Y no es la primera vez que se pregunta si a este hombre le gustaría bailar con ella.

Oyen voces en la entrada y se acomodan en silencio en el sofá. Janice se siente como una colegiala traviesa que se esconde del director. Oye que se cierra la puerta de la casa y, después, de forma repentina, la puerta de la sala de estar se abre. Por ella, entra corriendo un fox terrier de patas afiladas y con la cabeza en alto. Salta sobre Janice como si le hubiesen lanzado en su dirección con una cuerda. Cuando cae sobre ella, su cara lo dice todo: «Joder, sí que has tardado».

Durante unos momentos, Janice no puede hablar con nadie más. Está de lo más ocupada diciéndole a Decius lo mucho que lo ha echado de menos. Al final, levanta la cabeza.

—Gracias, señora B. Lo ha traído para que me vea.

—No lo he traído. Lo he comprado.

—No entiendo.

—Ah, esas monjas perdieron el tiempo contigo.

—¿Qué quiere decir?

—He dicho que no lo he traído, que lo he comprado. Una parte de mi negociación con mi hijo, que probablemente sería capaz de vender a su abuela si la tuviera, fue que como yo vivía sola en un sitio nuevo iba a necesitar un perro que me diera compañía y seguridad. Y da la casualidad de que yo tenía en mente a un perro en particular.

—Pero si usted no quiere perro —exclama Janice—. Ni siquiera sabía que le gustaran los perros.

—No seas absurda. Claro que no quiero perro —replica tajante la señora B mientras se sienta en su sillón, pero Janice puede ver el delator tic en su cara—. Es tuyo. Y espero que lo sepas apreciar, porque tengo entendido que ese fox terrier ha costado la friolera de dos millones de libras.

Janice no se puede mover; se limita a quedarse sentada mirando al frente. Después, se lanza sobre la anciana, intentando no aplastarla cuando la abraza.

—¡Joder, cómo la quiero, señora B!

Mientras la abraza, la señora B trata de emitir pequeños balbuceos. Los balbuceos se convierten en un ataque de tos y Janice se acuerda de la vez que le dijo que su hijo había llamado Decius a su perro. Janice se aparta y ve cómo la señora B golpea con los dos brazos el sillón mientras unas lágrimas de risa empiezan a correrle por su arrugado rostro.

—¿Qué le pasa, señora B? —pregunta Janice, pero parece que con eso solo consigue que se ría aún más y lo único que la anciana consigue decir con voz ronca es: «Mycroft»—. ¿Mycroft ha hecho algo? —pregunta Janice sentándose a su lado sobre la alfombra con una mano sobre la rodilla de la señora B y un brazo rodeando a Decius.

Lo único que la señora B consigue hacer es asentir mientras se balancea adelante y atrás.

Janice mira a Euan y hace un gesto de negación, sin comprender.

La señora B consigue sofocar su risa y acaricia a Decius en la cabeza.

—Quizá haya exagerado un poco el valor de este perro, ahora que lo pienso. —Sonríe—. No estoy segura de que fueran dos millones de libras.

Janice apoya el peso en sus talones.

—¿Qué quiere decir?

—Jarndyce contra Jarndyce —sentencia la señora B y emite un sonido claramente parecido a una risa nerviosa.

Janice niega con la cabeza.

—Será mejor que me explique —dice la señora B.

—Creo que será lo mejor —se muestra de acuerdo Janice mientras se levanta y se vuelve a sentar de nuevo en el sofá junto a Euan. Decius apoya alegremente su trasero sobre su pie.

La señora B empieza a tararear alegremente.

—Creo que lo que mi hijo ha pasado por alto es que cualquier gasto legal relacionado con el fideicomiso de su padre...

—¿Los dos millones de libras? —aclara Euan.

La señora B asiente y continúa:

—Sí, cualquier gasto que haya saldrá del capital antes de que se transfiera el legado. Y parece ser que Mycroft es un abogado tremendamente caro. Y bien que lo vale, por supuesto.

Janice está confundida.

—Pero yo creía que no iba a cobrarle nada a usted.

—Ah, mi querido amigo no iba a hacerlo, hasta que se dio

cuenta de que todo el capital iba a destinarse a mi malvado hijo. —Ahora mira a Janice con tristeza—. Luego, pensó que sería una buena idea quedarse un buen trozo de la tarta para él.

—¿Y a usted no le importa? —Euan parece tan confundido como Janice.

La señora B mira a uno y a otro.

—Jamás subestiméis a Mycroft. —A continuación, mira directamente a Janice—. Y tú no deberías perder nunca la esperanza, porque ese nombre tuyo lo cambia todo. —Asiente con un ligerísimo movimiento hacia Janice. Y continúa—: Resulta que Mycroft ha donado sus honorarios a la facultad al saber que él y yo tenemos algo que decir con respecto a la conversión de mi antigua casa en una biblioteca. Para que eso ocurra será necesaria una generosa inversión y Mycroft ha estado hablando con el rector para que la nueva biblioteca lleve el nombre de Augustus. —La señora B sonríe con los ojos empañados.

—Ay, señora B, eso es maravilloso —murmura entonces Janice—. Nadie ve venir nunca a Mycroft, ¿verdad?

—Desde luego que no, querida. Y no —añade la señora B como si le leyera el pensamiento—. No voy a contarte lo de Madagascar.

La risa de Janice se interrumpe de pronto.

—¿Se va a enfadar Tiberius? ¿No querrá recuperar a Decius?

—No, querida. Mycroft ha sido especialmente estricto a la hora de incluirle en las condiciones del acuerdo que los dos hemos firmado. Tengo entendido que, si lo retirara, le llevaría una cantidad de tiempo considerable y podría costar a Tiberius varios miles de libras.

La señora B mira por un momento al techo y a Janice le recuerda muchísimo a su amigo Fred Spink.

—Es impresionante la de gastos que pueden surgir —dice la señora B distraídamente—. Bueno, yo creo que podríamos abrir una botella de vino especial para celebrarlo —añade volviendo a mirarlos a los dos.

Tras beber una muy buena botella de pinot noir de Augustus, Euan y Janice se despiden y, con Decius, se dirigen de vuelta hacia la ciudad, Euan sujetando su bici y Janice la correa de Decius, como si, de repente, pudiera desvanecerse en el aire si le soltara.

—Debemos ir a ver a Adam.

—Lo he estado pensando —dice Euan esquivando un bolardo—. Decius es un perro con pedigrí, ¿verdad?

—Claro —responde Janice mirando con cariño la cabeza rizada de Decius.

—¿Y qué te parece un «Hijo de Decius» para Adam?

—Ah, pues me parece una idea estupenda. Pero mejor no decirlo todavía. Ya sabes qué pasó la última vez.

Caminan en silencio y, en ese momento, Janice recuerda algo.

—Nunca me contaste tu cuarta historia.

—Ah, no sé. Quizá no necesite más. ¿Y tú? ¿Sigues recopilando historias de otras personas?

Asiente.

—No creo que pueda dejar de hacerlo. Ni quiero. Creo que es en las historias de las personas donde descubres todo lo buenas que pueden llegar a ser.

—¿Y tú qué quieres ser? —pregunta Euan mirando su perfil.

Janice no está del todo segura, pero sí sabe que, con este hombre caminando a su lado, podrá averiguarlo sobre la marcha. Así que se limita a sonreírle y niega con la cabeza.

—¿Una nueva historia? —sugiere él, esperanzado.

—Creo que sí. Y puede que estés en lo cierto, quizá tenga tres o cuatro historias. Creo que debo ponerme al día. —Extiende la mano y agarra la suya—. Bueno, venga, creía que me habías dicho que querías tener cinco historias.

—Bueno, yo creo que me estaba haciendo ilusiones. —La mira—. Vale, ¿quieres la del conductor de autobús aprendiendo a bailar? ¿O prefieres la del conductor de autobús que gana la lotería?

—Ah, pues yo creo que la del baile. ¿Y tú?

—Lo que tú digas —asiente Euan.

Siguen caminando en silencio.

—Entonces ¿te gustaría ir a bailar? —pregunta él.

—Sí que me gustaría. ¿Qué se te ha ocurrido? ¿Hay alguna clase de tango por ahí donde podamos ir a probar?

—Estaba pensando que quizá en Argentina —sugiere él tímidamente.

—¿Argentina? No bromees.

—No bromeo. Y he pensado que quizá podríamos volver pasando por Canadá. Estoy seguro de que Adam podrá quedarse cuidando de Decius.

Janice le mira de arriba abajo.

Es entonces cuando nota que Euan lleva a su lado una bicicleta nueva de fibra de carbono bastante elegante.

Nota de la autora

Me crucé con la historia de «Becky» —en realidad, una mujer llamada Marguerite Alibert— cuando leía el magnífico libro de Adrian Phillip sobre Eduardo VIII, *The King who had to go*. A Marguerite se la menciona muy brevemente, pero quedaba claro que había una mujer que estuvo relacionada con el futuro rey y que consiguió salir impune de un asesinato. Me quedé tan fascinada que quise saber más y acudí al libro de Andrew Rose sobre aquel escándalo, *The Prince, the Princess and the perfect murder*, así como a reportajes y documentales de investigación sobre aquel suceso.

Existe un debate sobre si Marguerite tuvo la intención de sobornar al príncipe de Gales y qué papel tuvieron las cartas en su juicio y exculpación. Sin embargo, no hay ninguna duda de que fue una mujer importante en los comienzos de la vida sexual del príncipe y que él le envió muchas cartas nada discretas. Tengo que decir que coincido con la opinión que la señora B tiene sobre el personaje de Marguerite: una Becky Sharp, sin duda. Y estoy segura de que la señora B sabe más de lo que dice sobre esas cartas...

Agradecimientos

Quiero dar las gracias a mis amigos y a mis hijas, que, a lo largo de este camino, han leído mis distintos intentos de incursión en la escritura creativa. Gracias por vuestro aguante y paciencia y también por vuestra bondad a la hora de dar vuestras opiniones. En particular, me gustaría dar las gracias a mi padre, que ha corregido cada página que he escrito con un entusiasmo y apoyo infinitos.

Me gustaría dar las gracias a todas las personas que me han prestado sus historias. Durante un año, fui recolectora de historias, igual que Janice. Casi cada historia que aparece en este libro es real o está basada en un hecho real. En ciertas ocasiones, he adornado esas historias para encajarlas en la narración o para ocultar la identidad de la persona cuya historia estaba contando. Pero los datos esenciales están sacados de la vida real. Y esto no hace más que demostrar que Janice tiene razón: es en las personas normales y corrientes donde se puede encontrar lo extraordinario.

Gracias a mi agente, Tanera Simons. Sobre mi vida como escritora ahora pienso que hay un antes y un después con Tanera. Escribir en un vacío mientras te enfrentas a los rechazos puede resultar deprimente y desolador. Después de que me aceptara Tanera, de la agencia Darley Anderson, descubrí que tenía a una amiga a mi lado que me ofrecía un asesoramiento astuto e inestimable.

También deseo dar las gracias a mi editora, Charlotte Ledger, y al equipo de One More Chapter, sin quienes Decius jamás habría encontrado su voz. Y eso habría sido una p*** pena.

Por último, no podría escribir un libro sobre una asistenta sin mencionar a la mía, Angela. Durante muchos años, Angela ha hecho que mi vida sea más fácil y mi casa mucho más limpia. Así que gracias, Angela.

La coleccionista de historias de Sally Page
se terminó de imprimir en noviembre de 2023
en los talleres de
Litográfica Ingramex S.A. de C.V.,
Centeno 162-1, Col. Granjas Esmeralda, C.P. 09810,
Ciudad de México.